U1069835

魅丽文化　飞言情工作室

萌主有命 II

一枚铜钱 著
YIMEI TONGQIAN

江苏凤凰文艺出版社
JIANGSU PHOENIX LITERATURE AND ART PUBLISHING, LTD

图书在版编目（CIP）数据

萌主有命．2 / 一枚铜钱著．-- 南京：江苏凤凰文艺出版社，2015
ISBN 978-7-5399-8783-5

Ⅰ．①萌… Ⅱ．①一… Ⅲ．①长篇小说－中国－当代
Ⅳ．①I247.5

中国版本图书馆 CIP 数据核字（2015）第 238740 号

书　　名	萌主有命．2
作　　者	一枚铜钱
出版统筹	黄小初 邹立勋
选题策划	飞言情工作室
责任编辑	胡小河 姚　丽
文字编辑	孔新婵
责任监制	刘　巍 江伟明
出版发行	凤凰出版传媒集团 凤凰出版传媒股份有限公司 江苏凤凰文艺出版社
集团地址	南京市湖南路 1 号 A 楼，邮编：210009
集团网址	http://www.ppm.cn
出版社地址	南京市中央路 165 号，邮编：210009
出版社网址	http://www.jswenyi.com
经　　销	江苏省新华发行集团有限公司
印　　刷	湖南新华精品印务有限公司
开　　本	880×1230 毫米 1/32
字　　数	172 千字
印　　张	9
版　　次	2015 年 12 月第 1 版，2015 年 12 月第 1 次印刷
标准书号	ISBN 978-7-5399-8783-5
定　　价	26.80 元

目录

第一章 衡山帅师叔

月黑杀人夜，风高放火天。

远处传来更夫敲打铜锣的声响，三更已过，天地间唯有虫鸣，不闻人声。

我蹲在佛祖石像后面，紧握长剑，终于知道为什么师姐会语重心长地说“梨子，你不要想不开，赶紧站直了”。可我贪图一时享乐，开始半个时辰还好，后来脚就渐渐发软发麻，偏偏这里人挤人，我动不了分毫，苦不堪言。

今晚是武林联盟围剿江湖大魔头的日子。

上月十五，盟主大人收到密报，一直在京城发展分支势力的西域逍遥教教主水东流秘密赶赴关中，意欲践踏正义联盟，夺权称霸。

江湖往来的反派素来不少，可是像水东流这样反常的还是很罕见，这不得不让人多想。一来，他久居京城，势力多在北方，无故来此，必有蹊跷；二来，有确切消息说他来者不善。鉴于他爹娘都是有名的反派人士，众掌门权衡商议，终于决定围剿大魔头。

而身为华山派弟子的我，自然要参加这次盛举。

十年前我拜师华山派，因它是数一数二的名门正派，爹娘要是在小巷大叔大婶面前说“我闺女是华山派弟子”，唰唰就会飞来一片崇拜目光，忒有面子。于是为了面子，爹娘把年仅六岁的我拖到太师父面前，奉上学费，求太师父收徒。

太师父捏捏我的小胳膊小腿，伸手捋捋白花花的胡须，沉吟："筋骨奇佳，习武天才。宋知，这娃儿就由你带吧。"

我一听，鬼哭狼嚎地抱着爹爹大腿不松手，僵持了半天，娘亲往宋知，也就是我师父手里丢了一包蜜饯，在我注意力转移之际，拉着爹爹撒腿跑了，留下师父和我大眼瞪小眼。最后我本着不要跑了爹娘又没了美食的想法，认命地抓住了他手里的蜜饯。

本来我还以为太师父说的什么筋骨奇佳是真话，还扬扬得意了很久，以为本姑娘以后可是能拯救全武林的，谁都别得罪我，否则记入黑名单。结果我在当扫地童子时，听见太师父对来拜师的人说"筋骨奇佳，习武天才啊"；在我做见习弟子时，太师父依旧对前来拜师的人说着"筋骨奇佳习武天才啊"；等我做了……好吧，后来在某天月黑风高时，我在后山默默烧掉了黑名单。

可惜如今正派不吃香了，在反派横行，武功天下第一必出自反派的世道下，众正派弟子去买袋米、买斤油都容易被邪派持刀围殴。身为正派中的正派，我时常觉得压力很大呀。

"咕噜。"我摸摸瘪掉的肚子，蹲在佛祖屁股下默默在内心流泪：大魔头，你快点出现好吗？我还等着回去吃饭堂大婶蒸的肉包子啊！新鲜出炉的肉包子又松又软，馅料还冒着热气，一口咬下去……

"来者何人？"

不知谁喝了一声，破庙里哗啦响起清脆的刀剑声，窄小的地方如潮水般涌出百人。身旁的师兄师姐早就提剑出去，我刚试图站起身，腿的麻劲还没过去，啪地摔倒了。混乱中，不知被谁踩了一脚，我顿时泪流满面，出来做一次集体任务我容易吗！

等我爬起来，我瞧不见前头有谁，只听见有人喧哗，如百鸟争鸣，突然听见盟主那如洪钟的声音："定是逍遥教接应的人，废话少说，众人听命，活捉他们，再问魔头下落。"话音一落，人群如遇漩涡，往前拥去，转瞬就传来兵器相交的声音。

大魔头放我们关中正派的鸽子？我愤然提剑，心想竟然白白等了大半天，还有可能赶不回去吃大婶的肉包子，怎么说也要抓个喽啰泄恨。

可惜前面的人太多，我只能听到前面噼里啪啦地传来众掌门耍起看家绝活的声音。我努力往前挤，正准备匡扶正义，忽然瞅见庙门背后有个身影正在四处躲闪。

这人鬼鬼祟祟的，肯定不是我大正派人士，身为反派却胆小躲避，想必是个菜鸟。我蓦地勾唇一笑，提剑往庙门后走去。在我们出发前，太师父曾说“捉敌一人，得鸭脖”。我舔了舔有点干的唇，咽了咽口水，仿佛已看见有根大鸭脖在召唤我。

我左手抓门，蓦地打开，右手长剑以虚招直刺而去，没想到却刺了个空，剑尖直接嵌在土墙上。

没人?

可我分明没看见有人从这里出去。

我倒抽一口冷气，一想不对，低头看去，就见一个白衣小童仰头看来，七八岁，瞧不清脸，眸光因外头微亮光芒的映照隐约闪现，顿感冷意和轻蔑。他声调不屑：“又是个战斗力负五万的渣。”

“……”我大怒，哪个做爹娘的这么缺心眼，抓大魔头竟然带孩子来，还如此毒舌?

我伸手捏他的脸，手感嫩滑又软，真像个肉包子：“你才是个渣！”

我的手瞬时被他推开，只见他竟然怒了：“不要捏我的脸！”

我扯了扯嘴角，抬手，又捏了一把。

“……”

我瞅了一眼那边的局势，依旧是挤不过去的样子，算了，在这里保护某大侠的孩子也算是做贡献了：“小鬼，你的爹娘是谁?”

话落，不知谁劈来一道劲风，猛地拍在门上，我忙抱住那小鬼。破旧的门顿时断裂，急劲打在身上，痛得我咝咝抽气，再看他，毫发无损。没了大门遮挡，我总算是看清他的模样，眼眸明亮而大，面庞红润，真是个俊俏的男童。我本以为自己这下总算是在他心中树立起伟大形象了，谁想他僵硬地勾了嘴角：“这都躲不开，果然是渣渣。”

这到底是谁家孩子?我很想打他一百遍啊一百遍!

我反手摸摸背缓解痛处，好一会儿才直起了腰，他又拧眉，问：“真的很疼？”

我拍拍他的脑袋，语重心长道：“好了，江湖很危险，快点回家喝奶去。”

他的小脸顿时憋成猪肝色。

我心满意足地抬头看去，只见前方人潮已经不那么拥挤，有大开之势，忙提剑，准备上前增援，谁想一人轻落在我身边，面上神色一如既往的肃穆。师父声音低沉：“对方有援兵，速速撤离。”

说罢，师父脚尖一点，又跃入前头乱阵，众高手已开始掩护众菜鸟离去。我忙拉了小鬼的手往外跑，可他却一只手抓住门不肯走。到底是哪家爹娘教出的如此胆大包天的娃，日后一定要好好讨教。只是片刻，偌大的庙里已经只剩下几派掌门和几个身份不明的黑衣人。顾不了那么多，我抓了小鬼的衣服，一把将他扛起，往外跑去。

庙外已不见一人，第一次参加集体行动的我傻眼了，这撤退的速度未免也太快了吧。

我循着小镇的方向一路狂奔，生怕后头的人追上来。本来以我的半吊子武功，我扛着一个人跑已经够累了，谁想那小鬼还在拼命挣扎，磨得我肩膀酸疼，最后我忍不住吼道：“再吵，我把你丢去喂老虎！”他这才安静了。

树林晦暗无明光，我放缓步子，隐约看见有兽类发着光的眼睛虎视眈眈，在这阴冷之地看去更觉可怕，让人只想速速逃离。

只是这里离华山稍远，我们赶了一日路程才到，地形并不熟悉，只知道穿过树林再行三里就能见到小镇大门。前头亮光隐现，我大喜，看来我认路的本领还是不错的，可以和师兄他们会合了。

眼见只差一步就能迈上人生光明大地，却不想迎着那满眼亮色，我脚下一空，重心陡然消失，往下坠落。我竟然跑错方向了！这一飞坠，已将扛在肩上的小鬼甩出去。那小鬼也是愕然，只是一瞬，就用眼神向我传达了一系列心理活动：“你这笨蛋！救命啊啊啊！”

我急忙抓住他肩膀，这一扯，衣襟紧勒脖子，他立刻翻了个大白眼，一脸要杀了我的表情。来不及多想，我抱了他往下摔去。

身子重重摔在满是石子的地上，还未反应过来，我已像一颗鸡蛋般滚啊滚……滚得我脑袋昏胀，手掌却托着小鬼的后脑勺不敢松手，感觉手背的骨头都被压断了。

几乎力竭气尽时，我终于是停了下来，小鬼也随之急停，脑门砰地磕碰在我的脸上，我的鼻梁骨差点被他撞断。最要命的是，我的唇上隐约感觉到两瓣热乎柔软的唇……

“……”

“……”

守护了十六年的初吻，就这么被一个小鬼夺走了！我愤然握拳想揍他，可手已经没力气抬起，眼前模糊不清。据说猛烈的撞击会导致神志不清，我果然已经出现幻觉了。

要不然，为什么我会觉得压在身上的人越来越重？而且，似是一瞬十年过，那孩子转眼变成了一个身形高大的男人！

算了，根据武林趣事记载，重伤之后晕倒，会走桃花运的。

如此一想，我安心地晕了过去。

太师父说得果然没错，现实永远是残酷的。

醒来后，我确实没有露宿荒野，但是一睁眼就听见剑声铛铛，那剑还顶在脖子上。这是闹哪样？我咽了咽口水，看着围观我的人，讪笑道：“几位大侠怎么称呼？”

一人的视线冷冷扫过来：“大半夜擅闯山谷，非奸即盗。”

另一人道：“师姐，杀了她吧。”

我蓦地哆嗦：“我……我只是路过，从山上摔下来，要真的是来偷盗的，怎么会把自己弄得一身伤？那也太笨了。”

那人拧眉：“听闻昨夜山上有异动，正派围剿水东流……你是？”

我正色道：“我当然是逍遥教的人。”

正派人士怎么可能会对陌生人拔刀相向？像太师父和几位师伯，都是将人请到桌前，喝杯茶，探讨一下人生，等发现对方是奸佞之人，才立刻碎桌开打。这才是正派的作风。他们笑得一脸小人模样，怎么可能跟我是同一个阵营的？

那人微挑了眉："逍遥教总舵、分支皆离这里甚远，杀他几个弟子也神不知鬼不觉。正好宫主缺个人练银针……"

我抖了抖，宫主……银针，又是山谷里，诧异道："这是邪月宫？"

那人轻笑一声："是。"末了又哼了一声，"那群蠢人偏偏在这儿玩什么围剿，活该被我们抓。"

我顿时倒抽一口冷气，掉哪里不好，竟然掉进狼窝里来了！

邪月宫本来叫明月宫，后来他们前前前任宫主嫌弃这个名字太正派，喊出来也不霸气，实在无法突出邪恶形象，于是改名叫邪月宫。

还有……要不是我一脚踩空了，谁愿意来这儿？我瞧瞧身边，不见那小鬼的踪影，差点抬头问出一句"跟我一起的小家伙去哪儿了"。话到嘴边，我硬生生咽回去，要是问了，我简直就变成了猪队友。

我厚着脸皮道："我身负重伤，再不疗伤命不久矣，还怎么做针靶子，是吧？不如等我养好身体再做针靶子？"

几人相觑一眼，结果我得到了一瓶金疮药，接着被踹进地牢。

听闻邪月宫的金疮药非常不错，可惜分量太少，半瓶都用在了手背上。我摸摸脸，那儿也擦伤了不少，动动脚，又疼得咝咝抽气。在破相和变瘸子之间挣扎一番，最后我悲壮地把药用在了脚上。

等我出去了，一定要抱住师父的大腿哭诉，然后领兵十万，践踏邪月宫。想到明天要被抓去做针靶子，我顿觉前途晦暗无光。

我躺在干稻草堆上，抓了一把草抱在怀里，庆幸现在还好是夏天，不然一夜过后肯定会被冻成冰棍。

夜里睡得迷迷糊糊，我隐约听见声响，但实在是又困又饿，没力气睁眼，心想横竖死不了，要被抓去做针靶子也逃不掉，干脆让他们拖着去好了，我还是多睡一会儿吧。

铁门果然咣当一声被打开，我能感觉得到地面传来轻微的脚步声，一听就是高手。我心道，那我就更不用反抗了。谁想那人停在我身侧，声音极不耐烦："死了没？"

我微微睁眼看去，那人正对着地牢小窗亮处，一身月牙白长衣，丝毫未衬得他肤色黯淡，反而在倾照月光下更显白净，如仙人临世。他狭长眉眼微垂看来，又皱眉："没死就快起来。"

"你是……"我忽然想起方才在破庙里，师姐心神荡漾地指着前面一个白衣人说，那个就是衡山派最年轻的师叔，武功盖世、英俊潇洒但不近女色，真是太可惜了……说了一大通。现在他可不就是一身白衣加一脸禁欲的模样，又是来救自己，不是帅师叔能是谁？我一把抓住他的手，借力而起，泪流满面："师叔，我就知道大家没有忘记我。"

"……"他抿着唇，斜乜我一眼，"出去后，我们人情两清，你若再敢这么抓我的手，我就将你大卸八块。"说罢，面露杀气，连眼里的煞气也慑人。

我嘿嘿低笑："师叔你真是幽默。"

他扶额，愤愤抓了我的手："我要赶紧把你丢出去，从此天涯不见！"

"嗷嗷……"我浑身一抖，"别抓我左手，抓右手。对了，师叔，你进来的时候有没有看见一个小鬼？"

他换了只手继续拉着我往前走，头也没回："没有。"

"就是一个穿着白衣，脸上写着'你这个蠢货'，不可一世，又毒舌又欠揍的小屁孩，七八岁的模样。"

"……没有！"

没有就没有，不要吼嘛，谁说帅师叔散发着禁欲气息了，分明内火旺盛到不行。不过师叔，你为什么把自己裹得跟粽子一样，连手指头都不露一根？不能趁机碰一下，我表示很忧伤呀。

我一边哆嗦，一边跟在他后面跑。师叔求您怜香惜玉，我脸不受伤还是挺好看的，真的是一块美玉，您能不能跑慢点？再这么跑下去，我就真要变瘸子了。

不得不说，帅师叔的武功实在不错，从地牢跑出去，我一路都能看见倒地的宫人。他们气息未绝，但却挺身不动，身上无血，分明就是被点了穴道。能悄无声息这么做的，武功自是深不可测。

我顿时又崇拜起他来，觉得他要是能再体贴点就好了。脚步实在是跟不上，我脚一崴，师叔又仍在跑，几乎是将我拖了出去。我整个身子趴在地上，手还被他拽着。

“嗷……”我痛苦地低声号叫，“师叔，其实您是邪月宫派来折磨我的吧！”

师叔满是嫌弃，伸了伸手，缩回，又视死如归般伸手，似乎终于狠下心，咬牙道：“我从没抱过女人。”

我大感欣慰：“人生难免有第一次的。”说罢乖乖抬手求抱。

师叔果然不会抱人，抱的姿势十分奇怪，还不肯听从我的建议，说这样抱着舒服而且跑得快。我只好憋屈地以怪异的姿势窝在他怀里，不过这比起被他拖着像个神经病那样跑，实在是好太多了。

邪月宫并不算是江湖大反派，但势力也并不小，与恒山派实力相当。他们深居谷底，主要以贩卖古墓珠宝玉器为生，为江湖中人所不齿。

身为盗贼，他们也怕有贼来顺手牵羊，因此这邪月宫的地盘素来是易守难攻，四面都有机关布置，外人一旦进来，很难全身而退。

虽然不知道师叔找到逃出的法子没，但是有人在身边，我还是觉得安心无比。

只是我伤得有些严重，神志也越发不清。没一会儿，我舔了舔干得要裂开的唇，嘀咕道：“师叔，你有肉包子吗？饿……”

“没有。”

“有水吗？渴……”

“没有。”

“有……”

“你够了！”

碰到一个不会照顾人的师叔，估计即便能出去，我也只剩半条命了。我迷迷糊糊想着，师叔却忽然停了下来，侧身站在墙后，低声道：“有人。”

我紧闭了嘴，不敢发出一点声响。师叔左右看了看，往反方向继续跑。

师叔轻功很好，即便抱着我，落地也几乎无声。我不由感慨，原来衡山派的轻功这么厉害，看来他们在今年的正反武林大会上大有为正派出一口恶气的希望。

我快被颠得习惯了，他又停下步子，满目肃色地看了看四周。我小声问道："怎么了？"

他沉思片刻："这里不对劲。"

我挣扎着偏头看去，这儿确实有点不对劲。我们刚才经过的地方或多或少都有人把守，可这里却空无一人。凌晨的风不该这么冷，可这风轻拂而过，无端端地让人起了一身鸡皮疙瘩。

"这该不会是邪月宫的禁地吧？"

"禁地？"

我认真点头，抓着他的衣裳往他怀里钻："是啊，那些江湖大反派在自家门派里不都爱弄这些幺蛾子故弄玄虚吗？"

他扯了扯嘴角："既然是故弄玄虚，那就无妨了。"

我惶恐，脑袋里嗡嗡直响："师叔，你不要想不开啊，重点是你不要带着我想不开啊！"

"再吵，丢你回地牢！"

"去吧！师叔！"

"……"

这里绝对是禁地，无论是构造还是气氛，明显就是话本里说的那种地方。我们穿过大片竹林后，月沉天际，朝阳给天地渐抹明媚亮色。

天地明亮起来，我也稍稍恢复了些精神。师叔的步子依旧轻快，我顿时感叹我真是身轻如燕，没有给他带来一点负重感。我正美滋滋地想着，师叔步子猛地一顿，只是刹那，身子下沉。这种感觉实在是太熟悉，不就是踏空吗？难道我还要再滚一次？

我立刻抱紧他，生怕他将我甩出去，谁想底下犹如无底洞，瞬间将我们两人吞噬。师叔反应极快，立即伸手抓住凸石，我能感觉他正尽力伸腿在探石壁，寻借力点。他还未找到，手上攀着的石头一松，又再次往下坠去。

风声急急掠过左耳，呼啸作响，从这么高的地方掉下去，我们肯定会没命。

不过以师叔的轻功，他一人上去不是难事吧？我蓦地松手，将他一推。看着他满目诧异，我忽然想，半吊子了十六年，我终于做了一件可歌可泣的事。但我还没把自己称赞够，就见师叔满脸黑线，竟然没往上飞，而是往我这儿靠，一把将我捞了回去。

师叔不愧出自名门正派，与我萍水相逢还生死不弃。

“师叔，”夹着风声，声音都走样了，见他看来，我扯着嗓子继续喊，“求嫁！”

师叔陡然落地，抱着我踉跄三步，一副要将我丢去喂狼的模样：“谁要娶你？”

这四个字几乎是用吼的，还咬牙切齿，我缩了缩，他又问道：“能不能自己走？”

我动了动腿，脚踝那儿如被抽筋剥骨的痛猛地冲上脑袋，遂艰难道：“好像……不能。”

“女人就是麻烦。”

我腹诽道：师叔，你这么诋毁姑娘，我以后一定告诉你夫人，罚你跪搓衣板。我偏头看着前头的狭长通道，见石壁上的灯火隐约闪现，看那油灯容量，约莫可够三日用，那就是说邪月宫还是有人会来这里。那通道尽头该不会真有什么不可告人的秘密吧？

蓦地脑子里一道灵光闪过：“师叔，这里面一定藏有宝藏！”

他抿着唇：“我看有武功秘籍还差不多。”

说罢，他就抬腿往里头走去。我抓紧他的衣裳，此时灯火微亮，能看清他穿的衣裳细节，顿了顿，怎么这衣服和刚才见到的邪月宫弟子穿的一样？我想了想，了然，师叔要混进来，装扮成这里的弟子很正常嘛。

这通道十分长，却是越走越宽敞，越来越幽深。石壁上爬满青苔，一股地底下久湿不见日头的霉味隐约扑来。

我们终于走到尽头，前头却是一个巨大的铁笼子。笼里并未点灯，隐约有股阴冷气息。察觉到师叔的手微僵，我低声唤他：“师叔……”

他拧眉轻嘘，我忙噤声，只觉那铁笼子里似藏着一只野兽，危险得让人不敢靠近。

“何人在此？”

声音阴冷，让人听着就觉瘆得慌。师叔却无惧色，双眸紧盯前方，似无火也能瞧出端倪。我本以为他要说出什么霸气的话，谁想他淡定道：“路人甲。”

整个石洞顿时一片死寂。

不过仔细一想，又好像没错……我咽了咽口水，大着胆子问道：“前辈，请问这儿有路可以出去吗？”

那老者忽然朗声大笑：“女娃子，你算是问对人了，这儿的确有一条通往山谷外面的隧道。”

师叔冷笑：“若真有路，你为何会被困于此？”

“师叔，你怎么知道他被困着？”我们在这儿还没见到人，兴许他是在这儿看守财宝的也不一定。

师叔又一脸看见笨蛋的表情：“你没听见有铁镣的声音？他分明是被囚禁于此。啧，长得不好看就算了，武功差也算了，听觉还差，最要命的是你这样竟然还敢去围剿水东流，简直是找死。”

我扯了扯嘴角：“谢谢师叔夸奖！”

“……耍嘴皮子倒是一流。”

估计那前辈被我们的无视惹怒了，忽然那铁栏后面出现一个高大身躯，低吼声伴着铁链子的激烈碰撞声一起传来，师叔猜得果然没错。那人身形一现，师叔目光灼灼盯去：“前辈武功深厚，当今武林能有这种武功造诣的，近三十年不超过十人，而无故失踪的，唯有一人。”

等了片刻不见他往下说，我愤然，这种叙述方式不要太坑人，只好配合问道：“是谁？”

“百里双图，武林大会上一夜屠杀一百七十三条人命的亡命屠夫。”

我瞪大眼，看着那白发苍苍、胡须都快垂到胸前的老人，没想到他竟然是那个亡命屠夫。十五年前，百里屠夫无故斩杀正反两派，后来众人寻他，却怎么都找不到他的下落，没想到他竟然是被囚禁在这里了。我蓦地一抖：“师叔，我看我们还是从原路折回，跟邪月宫的人大战三百回合比较靠谱。”

师叔神色倦怠：“啰唆。”

话音一落，他却抱着我转身，我对他的鄙视又默默加深了。

百里忽然冷笑：“若非我当年身受重伤，又怎会被邪月宫的人趁机封闭脉门！你年纪轻轻，武功倒不错，可惜操之过急，走火入魔，落下奇病。”

师叔步子一顿，面上神色变幻似云飘浮过境般快速。百里又道：“你若为我解开脉门，我便教你如何化解。”

习武之人走火入魔确实是大忌，可跟这种人打交道未免太冒险。只是这种事不好劝，跟他做交易可能会死，但走火入魔严重了，同样是死路一条。

“即便脉门被封，小小铁链也奈何不了你。”

“铁链是奈何不了我，可我在黑白两道皆已树敌，等我出去，还没找到百里门人，恐怕已经死在他们手上。”

我恍然大悟：“所以你是故意被囚，好躲开黑白两道追杀？”

他冷冷一笑：“邪月宫的虾兵蟹将怎能困得住我！”

师叔到底还是迈开步子。

百里的声音却未停，朗朗说道：“你体质极阳，需寻体质极阴的女子双修。只是这样的女子难寻，外人也根本不知如何辨别，但这对我百里家族来说却并不难。你放了我，我告诉你。”

师叔终于回头，眸色更添三分冷意：“百里家族人人武功深不可测，如今看来，就是与体质奇特的女子双修的缘故？”

百里又笑道：“果真是个聪明人！老夫可以考虑收你为徒，将毕生所学传授于你。”

师叔淡声道：“我没兴趣。拿女人练功，令人不齿。”

我立刻给师叔加了分，果真有正派骨气。

无论那屠夫说什么，师叔依旧是大步流星，丝毫没有留下的意思。等从这通道出来，他才说道：“我现在教你点穴，待会儿我假意答应，伺机擒他，若是无法擒拿，你就趁机封了他的穴道，我去探路。”

连对付一个脉门被封的人都如此小心，可想那屠夫到底是有多恐怖，我摇头：“这么做太危险了。”

他轻笑一声：“这洞穴颇深，带着你根本上不去。”

我颇为感动，两眼泪汪汪地看他：“师叔……”

他的神色忽然凝重起来，随后他沉吟道：“这点穴手法是我独门的，你这么笨，不知道要学多久……”

感动的泪水立刻蒸发得无影无踪。师叔，不要再打击人了！

师叔虽然满眼狐疑，但还是耐着性子教我。等我有十成把握了，他才又抱起我，往里走。

想到待会儿要跟大屠夫面对面，我的心就扑通跳个不停。佛祖保佑万事大吉，若我安然回去，一定去庙里给您点上一打的香烛。

百里瞧见我们回来，脸上一分喜三分得意，其余的全是轻蔑：“不是瞧不起老夫吗？那回来做什么？”

师叔挑了挑眉：“哦，那我们走了。”

“……站住！”百里满脸死灰，“速速过来，少废话。”

师叔眉头挑得更高：“我替你解开被封脉门，你允诺放我们出去。”

“成交。”

师叔将我轻放下，走到铁笼前，抬手一震，那铁笼大门轰然被震开。百里声音微顿，竟带了欣赏的意思：“虽是走火入魔，但所得功力，却颇为值当。”

我紧跟在后，伺机而动。因我们拿了一盏油灯进来，这铁屋被照得清晰可见，除了地下，三面都是精铁。再看百里屠夫，手脚被铁索缠绕，铁索另一头嵌入石壁，稍稍一扯便是满耳的叮当叮当。

师叔说道：“我要看看地道。”

百里了然笑笑：“这青石板下面，就是地道所在。”

我警惕地看着他：“麻烦你站远一点。”

师叔又斜乜我一眼，然后拾起地上石子，往那儿重重一弹，石板立马碎成了渣渣，那儿果真有个洞穴：“这路不见得真的可通到外面。”

百里笑得冷然：“这地道是我所挖，就为了哪一日冲开穴道离去，岂能有假？”

“那好，让她先去探路。”

百里面色一沉：“你当老夫是傻子吗？以你的功夫，要想从通天洞出去是易事。她从这儿走，你大可从前门走。”

师叔耸了耸肩：“你若反悔了，我们也吃亏。”

“你再拖一个时辰，待会儿送饭的人来了，看你们如何脱身。”

感觉这场交易已经进入白热化阶段，他们马上就要动手了，我紧张地留意着局势。第一次正面和超级屠夫交战，我压力很大呀。

师叔倒是轻松，往百里那边走去，运了运气，看似已准备解开他的脉门。百里目如鹰隼，不见丝毫松懈，只怕是一察觉到师叔出手不对，就准备拍死我们。

那修长的手已伸了出去，刹那速度变快，气氛一瞬凝滞，百里大怒，喝了一声，已出手反击。师叔动作疾速，转眼一掌重重拍在他的肩上，随即脚尖起步，转瞬到他身后，又在背上落下重重一掌。

百里步子不稳，向我扑来，我起指试图点他穴道，谁想双指一去，那胸膛却似铁块，指骨咔嚓两声……痛得我浑身一震，断……断了……只是瞬间，喉咙已被扼住，我痛不欲生，只觉他五指利如鹰爪，若再用力半分，我的脖子就要被他生生拧断。

“无耻小人，竟敢偷袭老夫！”

师叔双眉高挑：“跟屠夫还讲什么仁义道德？放你出去，继续屠杀武林？”

百里冷笑：“明明身练魔功，却瞧不起同道中人。我要你在老夫面前自废武功，否则我杀了她！”

我艰难吐字：“师叔……不……不要为了我……而……”

大义凛然的话还没说完，师叔就说道：“为了这种渣渣自废武功？百里双图，你脑子糊涂了？”

我的脸僵了僵，师叔的毒舌功夫天下第一。不过自弃和被放弃的感觉还是很不一样呀……

百里指上力道稍松：“她的体质与你的体质匹配，天下难寻，你竟要放弃？方才你毅然决然走开，莫非是早就知道她的体质才不屑与我合作？”

什么？这话是说我就是那个适合和师叔双修的、拥有极阴体质的女人？我和师叔难得同声同色，一脸嫌弃加鄙视：“大叔，你说谎很没天赋，你知道吗？”

“……”

话一出口，直觉告诉我，百里快要暴走且拧断我的脖子了。果然，那咬牙切齿的声音在耳边咯吱响：“既然如此，老夫就成全你们！”

瞬间，我感觉到掐住脖子的手指力道开始变大，我闭上眼狠狠往上顶脑袋，一头撞在他下巴上，痛得我眼冒金星。那如鹰爪的手登时松开，随后师叔帅气的身影出现在眼前，一掌拍在百里的印堂穴上，将还在痛得满眼冒星星的我扯到身后。

咔……我的胳膊被扯断了……

“嗷！”百里号叫一声，身体轰然落地，已经气绝。

“嗷！”

我哀号一声，却立刻被师叔拍了头，声音里满是嫌弃：“他叫你也叫，渣渣。”

“……”我愤然抬头，“师叔，你这样会找不到老婆的！”

师叔挑眉：“想嫁我的，挤满了十八条街。”

我“喊”了一声，笑道：“对，隔壁的三婶二大娘都想嫁你。”见他又要拍我，我捂着那被卸了关节的胳膊正色，“走吧。”

师叔看了看那洞穴，将方才我拿进来的灯拿到手上：“我先去瞧瞧。”

“师叔，能不能先帮我把胳膊接好？”

师叔叹气：“果然是战斗力负五的渣。”

无情、冷血、毒舌——找不到老婆！

咔……手臂接好了……

师叔走后，我才想起旁边还有个超级屠夫，咽了咽口水，往他倒下的地方看去，只见他两眼圆瞪，目光凶狠，因是被内力震碎了脑袋，那血还渗在外头，惊得我念了好几遍“阿弥陀佛”后，才敢起身取那过道里的灯。

半盏茶的工夫，师叔就回来了。头从隧道探出，似乎是见了满地的灯，他嘴角一扯：“渣渣，你不会没杀过人吧？”

“没有。”我咬牙，“不要叫我渣渣！”

他不予理会，伸手：“走。”

我拖着这儿痛、那儿痛的身体，探手握住他的手，随他钻进地道里面。

地道入口很窄，却是越走越宽，只是墙壁多由大石撑起，走两步还有泥土滚落，随时都有塌方的危机感。再往前走，我竟然看见有木棍撑着墙壁了，这是因为打通了路从外面拖进来的？那老家伙果然是闲得没事做。

终于见到前头有光，我们奋力爬上去，夕阳入眼，暖得像大地回春。紧绷的神经终于松懈下来，见到随后跟上的师叔，我软软俯身抱住他的大腿："师叔，劳烦送我回……华山。"

师叔声音一变："渣渣？渣渣！"

年初，大师兄掐指一算，说我今年绝对没有桃花运。在再见到师叔前我还不信，毕竟我们一起出生入死还大战超级屠夫，可现在我信了。

睡梦中我被美食香味刺激得小胃一抽一抽，睁眼看去，就见师叔一人在屋里吃东西，点了一桌的菜。我愤然，他竟然不叫醒我。我掀了被子，踉跄走到桌前，颤颤举筷，大快朵颐。

师叔瞥了我一眼："吃饱就自己回去。"

等肚子填了半饱，我才空了嘴问道："这里离翠松镇有多远？"

"这里就是。"

我诧异："那为什么不直接去武林联盟会合地？在这儿等着被追上来的邪月宫削吗？"

师叔动了动唇，又抿紧了。

啧，师叔真是又毒舌又傲娇。我暗叹，老天为什么就不把习武的天赋赐给我这种善良正直的好姑娘呢？不公，不公啊。

总算是把肚子填饱了，见师叔手拿小酒杯，一双明眸直直盯来，似是沉思，我伸手摆了摆，小心问道："师叔，你练功真的会走火入魔呀？"

师叔扯了扯嘴角："听说女人上了年纪就会生出一颗八卦大婶心，果真不假。"

是可忍，孰不可忍！我起身抱拳，两只手还隐隐作痛："告辞。"

师叔淡淡应了一声，也准备起身离开。我瞅了他一眼，见他手脚依旧捆得严实，果然像颗大粽子："那个，粽子师叔，哦不，师叔，谢谢你的救命之恩，他日上衡山一定重礼拜谢。"

"不必了，"师叔好像懒得多说，"走吧。"

“那我走啦。”

我两手空空出了门，师父送我的剑丢了，师姐送我的玉佩也丢了，山上滚一滚，东西全没了。天穹漆黑，我低头向镇子上看去，华灯初上，灯火通明，五颜六色，看得人都爽朗了。

深吸一口气，我准备去同盟客栈和师父他们会合，希望他们不要以为我在逃跑的时候被大魔头给劈了，然后丢下我回华山了。步子还没踏出半步，后头传来轰然一声，我回头一看，敞开的窗户里竟跳进个黑衣人。

我内心默默念了一声“你二大爷”，那人破窗而入后就用长剑直指师叔的脖子，不是坏人是什么！我蓦地一想，难怪师叔赶我走，原来是早就料到有人夜袭。我顿时动容，恨不得上去替师叔剁了那贼人。

师叔手中空无一物，那被纱布裹住的手却是掌掌带着凌厉疾风，丝毫没让那刺客伤及。我躲在门背后，直勾勾地盯着他们，就等着时机成熟好偷袭刺客。

转眼他们已交战二三十招，刺客体力渐渐不支，越发显出败势。他纵身往后退去，以剑抵在前面，不再进攻。

师叔冷冷地盯着他，满眸的鹰隼厉色：“武功套路与破庙刺客的一模一样，你们到底是谁？”

刺客不答，眸光一动，已寻了逃走的路线。见他一眼盯来，我抱着花瓶盯着他，瞬间便见他向我袭来，忙下意识举起花瓶朝他砸去。他长剑一挥，瓶身爆裂，眼见要溅得我满脸瓷片，不想师叔的身影已经闪到前面，将碎屑挡了去，传来纱布裂开的嗞嗞声。

默默觉得师叔一定在心里吼了几万遍“渣渣、渣渣”，我……深表内疚……

我还没看清局势，又见刺客一记凌空飞剑直刺而来。师叔抬手出掌，只瞧了一眼，我一时忘了却敌，却分出心思想师叔的手真是嫩白啊。那刺客陡然变了手法，也挥出一掌。两掌相击，登时真气大震，师叔身体一僵，一只手捞了我往他怀里拽，我差点被闷死。屋内的油灯骤然熄灭，屋里什么都看不见，而那护着我的温热身躯，竟蓦地没了温度。

我心头拔凉，吓得以为师叔羽化登仙去了。我哆哆嗦嗦唤他，却不闻声响。我将身上的火折子摸了出来，隐约照见地上有人，俯身去看，见那刺客穿着黑衣，已是挺尸状。我长松一口气，师叔果真还是很可靠的。

可等了一会儿，我没听见师叔对我嗤之以鼻、毒舌相向，顿觉不好，难道师叔也中招了？一边摸到油灯那儿，一边唤了好几声，可都无人答应。我急得心口又猛跳，好不容易点亮了灯，这地上、这屋里哪里还有师叔的半点影子！

第二章　大手拉小手

“师叔，师叔？”

我来回寻了好几遍，都没见人。坐在这阴森森的房里许久，我才大彻大悟，痛心疾首。毒舌师叔，我再渣，你也不用不辞而别吧！好歹让我给你道个谢，夸赞你一番呀。

怕掌柜发现这里死了人，让官府顺藤摸瓜抓到我，确定师叔不在这里后，我才扛着刺客，准备扔得远点。既然我和师叔是在同一个小镇上，那这里离师父他们住的客栈应该不远，等到了街上问问路就好。

折腾了一天，又扛着个大汉，我全身骨头都要碎了。我暗叹，等我回到华山，一定少吃点肉，多念点经，求菩萨保佑。人在江湖飘，哪能不挨刀，这果然是真理呀。

此时已是夜深人静，瞅着后院没灯火，我拖着到处疼的身体潜伏进去，想着跃上墙垣再把那人丢到三条巷子外，约莫就没事了。刚进后院，我还没跳过矮墙，就听见有布撕裂的声音。我转身看去，没见着有人，正要走，就见那一堆靠在墙上的柴火背后有人。我咽了咽口水，被惊吓了一天的小心脏快要跳出来了。我强忍惊恐，喝道：“谁在那儿？快出来，否则我用霹雳掌了！”

满院寂静，一会儿才有一个白衣小孩从那后头出来，满目哀怨地朝我看来。我大喜，上前两步，抓住他的手道："小鬼，你怎么在这儿？"

这孩子不就是和我一起滚落山谷的臭脾气小鬼吗？没想到他竟然平安无事。呃……就是身上的衣裳破得有些惨不忍睹，仔细一看是邪月宫的衣服，或许他也跟师叔一样，是从他们那里偷来的，可惜太不合身了，难怪他要一直撕。

我拉着他往外走："等我找个地方把他放好，就带你去找你爹娘。"

小鬼咬牙道："你给我放手，跟你在一起准没好事。"

我戳了戳他的脑袋，嫌弃道："再说我劈了你啊。"

"悍妇，嫁不出去！"

"……小小年纪不要这么毒舌，想娶我的挤满了十八条街好不好？"

小鬼勾了勾唇，抬头看来，满眼轻蔑："是，隔壁二胖子、三麻子都想娶你。"

我扯了扯头发，这年头就没有一个会好好说话的吗？

回去将刺客丢到小巷里，我累得要虚脱了，扯扯小鬼："把他的衣服扒下给我。"

小鬼身子一偏："我不！"

"我暴揍你啦！"

小鬼这才回头看来，诚恳道："其实你穿成这样很好看，不需要换了。"

我低头看看自己像丐帮帮主的衣服，努力斜乜他，心道：你的演技还能再浮夸点吗？接着我伸脚踹他："快去！这个模样走到大街上要被人押送官府的。"

小鬼哼了一声："这几天小镇上不是来了很多武林中人吗？官府早就躲起来了，就怕惹上是非。"

我抡起拳头，凑到他鼻前："你去不去？"

"……"

我换上干爽的衣裳，在宽大的袖口和裤管那儿绑了结，虽然感觉不太舒服，但是比刚才那身好多了，回头去找小鬼，就见他背身仰头，看着月亮发呆，一身白衣被撕得像碎布。我大发慈悲，走上去，将他那没完工的衣服撕开再绑好。好不容易这身衣服可以看了，再看他，还是一脸我欠他八百万两银子的模样。

“你的伤很严重。”

我轻碰了一下脸，又抬了抬胳膊：“啊，没事，等见到师父，我就能安心地晕过去了。受伤的人可以坐马车回去哟。”

“……”小鬼满脸无法直视我的神色，等我拉了他的手往同盟客栈走去时，他仰头问道，“渣，为什么要围剿水东流？”

“他是魔头呀。”

小鬼拧眉：“他怎么就成魔头了？”

“他要把武林正派踩成渣渣还不是魔头呀？难道等他动手了，我们才反击吗？那就太笨了。”

小鬼莫名其妙：“他什么时候说要对付你们？”

“据可靠消息。”我刚填饱肚子得来的能量都要被他耗尽了，于是打断他，“不许再问，上头的事我也不清楚。”

小鬼撇撇嘴：“传说中的喽啰果然是什么都不知道的。”

我真想把他丢到猪圈去让猪头拱一百遍！

一路打听，我才知道那客栈离得不远，走了两条街，就见到略觉眼熟的街道了。步子立刻加快，到了客栈门口，我长松一口气，就要往后院走去。那小二却伸手拦住我：“姑娘姑娘，您这是住店还是打尖呢？”

“找人呀，我是华山派的。”

小二笑笑：“不巧，各大门派在今日正午就退了房，听说是全部撤离了。”

我愣了愣：“不可能……师父他们怎么会……”

小鬼嗤笑道：“被抛弃了。”

我咬了咬牙，执意要去我们华山派住的地方，进了里面，那儿果然空无一人。等我感伤春秋，忘情得几乎泪流满面时，小二才一拍脑袋：“对了，有个男子说，如果有人回来问他们下落，就说他们已回华山，速回。”

人生真是大起大落！

我正迈开步子准备回去，脑袋却晕乎乎的。小鬼说道：“渣，你的脸色都快赶超白无常了。”

我认命地掏出身上最后的一点银子给小二：“帮我买点刀伤药，还有绷带，再备间房，备好洗澡水……”

我絮絮叨叨着，越说到后面，小二的脸色越发难看：“姑娘，这点钱不够呀……”

我长叹一口气，将头上的簪子和耳坠都塞给他：“能值点钱。”

小二这才勉为其难地收下，去张罗东西。

进了房里，我便躺下缓神：“小鬼，你自由行动，但不许出这间房。”

小鬼声音僵硬：“那还叫自由行动吗？”

我无力应他，一闭上眼，就没力气再睁开。昏昏沉沉地睡了不知多久，直到小二敲门说打了热水、买好了药，我才迷迷糊糊地醒来。

小二打好热水，我将药粉、绷带准备好。等他出去，我拿了帕子浸湿拧干，抓了小鬼过来给他抹脸。

小鬼一脸嫌弃：“不要碰我。”

“脏死了，待会儿分你一半水沐浴。”

他顿时呈凌乱状，小脸憋得通红：“男女授受不亲，这怎么可以！”说罢，跑到屏风后，死活不肯回来。

这年头真是……几岁大的小孩也这么讲究了。我拧干帕子擦身，一身的伤，哪里敢进澡桶里泡着。好不容易小心擦拭好了身子，我回到桌前，将药抹在伤口处，除了脸不能包扎，其他地方都缠好，又费了好一番功夫。

折腾完这些，我人都痛得精神了：“小鬼，睡觉吧。”

他抿了抿嘴：“我睡床上，你睡地上。”

“你这么没风度，没姑娘会嫁给你的。”我拽住他丢上床，熄灯，睡觉。被我堵在里面的人一点也不安分，像只兔子一样要往外走，一不小心我被他的膝盖压了手，顿时痛得忍无可忍，吼了一声，抬手点了他的穴道。

天地间终于安静了。

这一觉睡得舒服极了，我睁开眼，已见房里被日头强光映得通亮。我伸了个懒腰，只觉浑身骨头都舒展开了，揉揉眼，往旁边看去，就见小鬼瞪大了满含哀怨的眼，直直盯来，便捏捏他的脸：“别装了，我的点穴功夫自己清楚，最多不过维持一个时辰。”

小鬼咬牙切齿道：“可是你用的不是自己的点穴功夫啊。”

我顿了顿，仔细一回想：“我用的好像是衡山派师叔教我的……你等等，我帮你解开。”

右手的两根手指在戳百里屠夫时给戳伤了关节，昨晚用左手点穴还挺顺当，但现在解穴好像……我眨眨眼：“我忘了跟师叔学解穴的手法。”

小鬼已经是快要哭了的节奏：“笨蛋，你个猪脑袋。”

“你能不能不要老攻击我？”我托腮坐在他面前，又捏了捏他粉嫩的脸，“要不这样吧，我带你回华山，太师父他肯定会解。”

“我不要去华山。”小鬼拧眉，“我教你怎么解好了。”

我哈哈大笑，差点笑趴在床上：“各家点穴功夫不一样，你怎么可能会衡山……”我蓦地一顿，听说衡山派掌门有个七八岁的儿子天资聪颖，是学武天才，莫非……我顿时恍然大悟，原来他是掌门的儿子，难怪这么傲气，立刻愉快道，“好，你教我吧。”

小鬼虽然依旧是不信任我的神情，但到底还是开课了。我来回试了十几次，左手实在不便，最后还是没解开。等我还想继续为解救他而奋斗时，他却忍痛道：“够了，不要再戳了。”

“为什么？”

衡山派小师弟面色惨白：“肩膀要被你戳废了。”

我尴尬缩手：“抱歉。”

他像个老夫子那样叹了口气，满脸的表情写着：孺子不可教也。我将被子叠起来，塞到他身后，看了看外头天色：“等到天黑吧，要是还没解开，我们也得走了。”

“为什么？”

“因为没钱了。”我摸摸肚子，又怀念起华山饭堂里大婶做的肉包子。

小鬼挑眉：“我有。”

我偏头看他，轻笑：“得了，你有钱还会可怜兮兮，像小狗那样被我捡到？”

他不满道：“我身上还有一串珍珠，很值钱。”

我立刻伸手去找，摸到他的怀里时，他的脸又像染了红霞：“你别乱碰。”

“不碰怎么找得到！”最后我总算是找到了珍珠，发现它们大小均匀，拿在手上仔细看了看，欣喜不已，“是好货色，盘缠够了。”

“你倒识货。”

“当然，我家是开当铺的。”我摸摸他的脑袋，“等我出去换了银子我们再上路。”

“哦。”

换好银子，我找了辆马车，将小鬼塞进去，直奔华山。因身上有伤，我没敢让车夫马不停蹄地赶路。

入夜，寻了客栈住下，见到那张大床，我才长松一口气。我打了水给他洗脸，心头乌云笼罩：“怎么办？你该不会一直这样吧？”

他甚是无奈：“你再点点。”

我咽了咽口水：“万一把你戳废了怎么办？”

我话音一落，就见他冷冷瞥来，一双明眸锐利如刀，看得我心生怯意，便挽起袖子道：“我试试！”

可事实证明，出师未捷身先死，我怎么戳都没用。见他忍得冷汗涔涔，我忙收了手，心想，还是等回到华山，请太师父出手吧。

快马加鞭回华山只要两天，可我们一个伤员，一个小鬼，马夫驾车来到华山山脚，已经是第三天的日落时分。抬头看着险峻高山，我身上的痛楚去了大半。我拉住小鬼的手刚要上去，他却瞪眼道：“我不去。”

我用力挤出和蔼可亲的笑容，将他一放，摸摸他的头：“我们华山终于有石像童子了。”

“……去就去。”

啧，衡山派小师弟，你还能再傲娇点吗？

我好不容易背着他爬上山，未到山门，便听见有人喝道：“何人擅闯华山？”

听见师兄的声音，我差点感动得流下幸福的泪水。那矫健身影从山道一旁跳出，定定看来，诧异道："梨子！"

我呜咽一声："师兄……"

师兄一把揽住我，欣喜道："梨子，你还活着！"

握住双肩的力道一大，我两眼一翻，眼前冒起无数小星星，连同背上的小鬼，一起倒入师兄怀里。

每次清晨被师姐从被窝里踹醒叫起来练功时，我总要抱着被子哀号再也不能愉快地玩耍了，这次睡得昏昏沉沉，怒吼声冲进耳朵，我睁开几乎黏住的眼，差点哭了："师姐，绝交吧。"

"……"师姐一脸忍着要暴揍我的样子，"梨子，你再不起来，那小鬼就没了。"

我大吃一惊，挣扎着起身，一瞬胳膊腿和后背疼如利剑齐扎，痛得我咝咝倒抽冷气："他怎么了？"

师姐拧眉："那小鬼的穴道十分难解，问他是谁点的又不肯说，太师父他们也束手无策，迫不得已只好将你叫醒，你快去瞧瞧。"

我心中顿时觉得莫名其妙，那小鬼为什么不说是我点的？

躺了大半天，乱七八糟的伤口又上了药，我身上总算没那么疼了。和师姐到了那里，看着黑压压的人，我不由咽了咽口水。

此时天还灰蒙蒙，霞光未开，肃心堂大门敞开，更显得堂中众人脸面昏黑。当太师父和师父以及一众师伯、师叔齐齐出现在这里时，显然，华山定有什么大事发生了。

我扫了一眼周围，却没看到那小鬼，偏头看师姐，师姐也是满目困惑。

师父沉声道："还不速速跪下。"

太师父缓声说道："阿梨有伤在身，不必下跪。"

瞥见师父那张老虎脸，我便觉小腿疼。我每回练功挨打，就是被抽小腿，这会儿听了这句话，简直觉得那里又要抽搐了，遂艰难道："太师父，师伯、师父、师叔，你们有何事吩咐？"

师父喝道："逆徒！竟敢和逍遥教中人勾结，罪无可恕！今次围剿一事泄露，你又延迟归来，可是你在捣鬼？"

我眨眨眼，这……这消失几天就成反派了吗？还没反应过来，师父一个眼刀飞来，我更觉腿软："徒弟没有……那天我在庙里发现一个小孩，他就是和我一起来的那小鬼。撤离时我拖着他，所以慢了几步，后来还跑错方向，跌落谷底，被邪月宫困住半天。"

太师父捋了捋花白的胡子，沉思片刻，微微点头："邪月宫确实是在那儿附近。"

我轻松了一下："幸好衡山派师叔将我救出，我才回到小镇。"

师父蹙眉："什么衡山派师叔？"

我挠挠头，指了指旁边的师姐："师姐知道的，当时在庙里她指过他给我瞧。"

视线唰唰就转移到师姐身上，我顿觉浑身轻松。师姐想也没想便道："那位师叔怎么可能出现在邪月宫！当时我们一同撤离，刚好他与我、三师兄一队，我们一同回到客栈，一直到翌日才道别，各自回山。"

火辣的视线又唰地扫来，我差点出了一脊背冷汗，貌似那家伙确实没承认过自己是衡山派师叔："太师父可以问问那小鬼以证明我的清白。"

太师父问道："阿梨，那点穴手法是何人所教？"

我脑袋歪了歪，见众人面色铁青，一副阎罗判官的模样，肃色道："就是那个冒牌的衡山派师叔。"

话音一落，大堂上众人似乎齐齐松了一口气，处于云里雾里的我表示压力很大呀，弱弱道："太师父，师父，这到底是怎么回事？那小鬼呢？"

师父喝道："你被逍遥教的人拐骗，竟毫无察觉，还学了邪教的点穴功夫，实在愧对祖师爷，去牌位前跪一个时辰忏悔。"

我脑子里登时嗡嗡叫，那……那个衡山派师叔竟然是逍遥教的人！早就听说西域武功与我们大不相同，难怪那穴道我解不开！我只好自认倒霉，起身去祠堂。走了几步想起那小鬼，我转身问道："太师父……那小鬼怎么样了？"

太师父像个得道高僧般抬手轻捋胡子："仍未解开。"

太师父，您不是高手中的高手吗？我默然，没想到连累了那小鬼，要是那穴道一辈子解不开，那我是不是要背他去找逍遥教的人？想到那凶残的逍遥教，我艰难地咽了咽口水，感觉真是……太恐怖了。

拖着沉重的步子走到祠堂，选了个最厚实的蒲团，双膝一跪，我开始对着祖师爷的牌位打瞌睡……不对，开始进行诚心的忏悔。

一个时辰后，我跪得双腿发麻，拿了门口的扫帚强撑到饭堂，当务之急是填饱肚子，恢复力气。谁想去的点不对，只见师姐端着最后一碗粥要走，我一着急，大叫一声：“师姐！”

师姐身子一抖，转身满目嫌弃地看来：“梨子，你打声哈欠都能吹走老虎，知不知道？”

我嬉笑着凑到她旁边：“师姐，美丽善良的师姐啊……能把这碗粥让给我吗？”

师姐斜乜我：“这粥是给那小鬼的，要不你去跟他商量商量？”

想到那傲娇毒舌的小鬼，我摸摸下巴，毅然将粥端了过去，还问了住处，要去瞧瞧他。

六师叔已经先我一步去了小鬼那里，我们在门口撞见，素来和蔼的六师叔先向我打了招呼：“那日的事已经得到证实，阿梨你辛苦了。”

我顿时感动得泪流满面，终于证明清白了。本来还想独占这肉粥，现在我决定把它全都给没有公报私仇的小鬼吃。

进了里面，我看见那小鬼坐在窗前小椅上，看着窗外，满目神伤。等我走到近处，探头去看，那双明亮的眼睛瞬时抹上“你这个笨蛋又出现”的眼神，只听他嗤笑道：“渣渣，你一路都在吹嘘华山派有多厉害多厉害，他们却连个穴道都解不开，不过尔尔嘛。”

我伸手握拳，凑到他鼻尖前：“不许再叫我渣渣。”

挪了凳子坐到一旁，我舀了清香扑鼻的粥吹了吹，递到他嘴边：“吃吧。”

他瞥了一眼，面色非常难看：“竟然放了葱这种反天地存在的东西。”

“……真挑。”我将面上的葱花全都舀起，想想又觉得倒了太可惜，一口吃进自己肚里，白米粥里还带了一点肉香，微甜，真想全都吃了。忍住五脏庙的抗议，我舀了一勺递给他，就见他憋红了脸看来。

“我才不要吃你的剩饭。”

我扯了扯嘴角，随后听见他肚子咕噜一声，顿时愉快起来：“好，那我全吃了。”

“……喂！”他乖乖张嘴，一脸嫌弃。

一口一口地喂他吃完，末了还用袖子把他的嘴擦干净，我顿时感觉自己真是有贤妻良母的天赋。

“渣渣，你在得意什么？”

“日后我夫君肯定会以娶我为荣的。”

“嘁。”

我大怒，他竟然敢当面嘲笑我，但还没抡起拳头暴揍他，自己的肚子也悠悠地咕噜一声，好饿……

小鬼拧眉看来：“难道你还没吃？”

我挑眉：“食堂最后一点米粮都在你肚子里。”

他竟然没嘲讽，抿紧了唇，一会儿才说：“我会请你吃一顿大鱼大肉做补偿的。”

我拍拍他的脑袋：“总算乖了一回。刚才我师叔过来，谢谢你帮我证明，差点就要被他们误以为我勾结逍遥教了。”

小鬼哼了一声：“逍遥教一点也不可怕，是你们疑神疑鬼的。”

我抬起左手，竖起两指，呵了呵气，他的脸色刹那间变得苍白：“你……你要做什么？”

“别动，我试试帮你解穴。”

“救命……胳膊要废了。”

“别叫，我手指受伤了，戳起来也很疼的。”

结果我试了十几次还是没成功，再戳的话，他胳膊不废，我手指也要废了。我万分沮丧地收手，再次肯定当年太师父说我筋骨奇佳、学武天才的话是骗人的。我叹气：“小鬼，要是明天还解不开，我带你去找逍遥教的人吧。”

他懒懒瞥了我一眼：“你知道逍遥教的人在哪儿？他们不是歪门邪道吗？你敢去？”

我呜咽：“不敢。”

“……”

“可总不能看着你这样，”我拍拍心口，“我们可是名门正派。”

他又是哼声：“这跟名门正派有什么关系……等下，你抱我干吗？松手！”

我掂了掂他，看不出来，他还挺重的：“抱你去床上躺着，久坐太累。”

小鬼认命地闭上眼：“我长这么大，还没被除了我娘以外的女人抱过。”

我一脸老学究样地沉吟：“人生总有第一次。”

给他盖好被子，我觉得自己真要饿晕了：“好好躺着，我去找吃的，等会儿来陪你。”

“哦。”

从小鬼房里出来，我就见师兄师姐都往外涌，耳边已响起钟鸣。

华山的大钟有三个作用，短而缓的是食堂开门，中而急的是华山弟子集合开会，长而急促的是有敌来袭，如今是第二个。我忙随师兄师姐们一起往大堂跑去，不知发生了什么事。

集合的大钟越敲越响，等我出了院子，人潮如流水，大家一起往正殿涌去，挤得我伤上加伤，恨不得全身绑上鸡蛋以震慑那些不会怜香惜玉、拼命挤我的人。

好不容易挤到正殿门前，众人先是个个屏气看着大门紧闭的大厅，等得久了，才终于有人低声议论。

我自然不能放过这个打听八卦的好机会，忙扯扯旁人的袖子：“怎么突然就敲响钟了？”

“听说是寺庙围剿那天出了奸细，水东流收到风声，非但没亲自出面，还派了多位逍遥教弟子前来，导致我们正派弟子死伤数十人。如今各大掌门齐聚华山，要揪出那细作，正在里面议事呢。”

打探到内幕的我心满意足，安心等师父他们出来。

过了半个时辰，大门终于打开，二师伯走了出来，让我们回去，众人当即散去。

我去食堂跟大婶要了点米，蒸了一大碗白米饭，配上腊肉，香味令人垂涎欲滴。食堂大婶看着我，伸手捏捏我的胳膊，痛心疾首：“阿梨啊，每日吃这么多还不长肉，真是浪费米粮。”

我抗议："大婶，我分明每天才吃一点。"

"喊，说谎眼都不眨一下。"

……这年头的人难道都以损我为乐趣吗？

我愤然扒了一大碗的饭，将胃填满后，感觉连伤口都没那么疼了，摸摸肚子，心情分外好。因我负伤，不用去练功，想到那小鬼没人照顾，我急忙往那边走去，思索着到底要不要告诉太师父他们他是衡山派小师弟。要是让衡山派掌门知道我把他儿子戳成这样，他一定会把我从山顶丢下悬崖吧。

想到衡山派掌门那张关公脸，我浑身抖了抖。听说他明日会和其他门派的人一起上山，说不定今天我就能把小鬼的穴道解开。

进了房里，我走到床边俯身看他。啧，脸嫩得都能滴出水来，真是让人羡慕嫉妒恨。

小鬼睁大了眼盯着我："你要干吗？"

我眯了眯眼，抬手："再试试。"

他倒抽一口冷气，立刻鬼叫起来。我伸手堵他的嘴，抬指，戳。

"……"

可惜事与愿违，穴道还是没有办法解开。见他眼神极为嫌弃，我慢慢给他轻揉肩膀："我的手也疼。"

他抿紧嘴巴："渣渣，你浑身上下都是药味。"

"在破庙里帮你挡了一扇碎门，又抱着你滚下山崖，还……"我默默收了手，"一说我倒想起来了，你这小鬼竟然亲我！"

他的脸明显一僵："那个'竟然'麻烦用在你身上。"

我起身把他往里推，和衣躺下，打了个哈欠："不要吵我，我要好好补觉。"

"回你的房间去！"

"……这本来就是我的房间，因为被你霸占了，我才被迫和师姐挤一张床！大清早被她踹醒，又跑去跪了一个时辰祖师爷，还在大殿站了半个时辰，我都快累哭了。"

"哦。"

我没心思理会他，等我睡好了，再揍他不迟，可刚起了睡意，耳边又有声音响起："渣渣，你跪祖师爷做什么？"末了微带奸诈，"肯定是做错事了。"

我闭着眼，迷迷糊糊答他："都是这点穴功夫害的，太师父他们以为我跟逍遥教中人勾结呢。"

"哦……"

声音轻而低，一会儿就没了。等我就快入睡，周公的小手都抓了一半时，他又开腔了："渣渣，我好像能动了，快起来给我揉腿。"

我困得有气无力："不要吵我。"这几天怕他身体僵掉，我每天都拖着伤手帮他仔细揉。不行，这会儿我要睡觉，雷打不动。

人生一大美事就是睡觉，难得不用练功，让我好好休息下行不？可旁边的小鬼动来动去，扭来扭去。隐约察觉床上微动，我强睁眼睛，就见小鬼已经撑起四肢，要往外面爬。我伸手去扶他，可他那紧撑的手被床罩一扯，立刻支持不住，脑袋往下压来，牙齿又磕在我嘴上，软唇一贴，我们四目愕然。

眼前人影幢幢，我还未看清，眼已经被掌遮住。我抬手去抓，只觉他的手突然变得宽大，全然遮住了我的视线，身上也是重压而来，又跟那晚滚落山谷时一样。我张嘴要叫，却觉脖间猛地一痛。浑蛋！竟然劈我！没有办法愉快地做朋友了。

那一掌击打力道太重，我一瞬彻底见周公去了。

"梨子！梨子！师兄用力点掐。"

人中那儿的疼痛瞬间蔓延到全身，我咝地抽了一口气，上头立刻传来欢喜声："梨子，你终于醒了！"

我微微眨眼，好不容易才撑开眼皮，看着师兄师姐们，动了动唇："那小鬼呢？"

师姐顿生感慨："梨子，你如此关心小辈，日后必定是贤妻良母。"

我干笑两声，关心……简直就想宰了他好吗！那小鬼真是忘恩负义，早知道那肉粥我自己独吞好了，再往他嘴里塞一把葱花。

师姐扶我坐起，我四下看了看："那小鬼不见了？"

"嗯，傍晚用饭时不见你，我便过来找，就见你躺在床上，被子盖得好好的，那小孩却不见了。叫了你一会儿不见醒，我急忙去喊师兄。"

算他有良心，走的时候还会帮我盖被子。只是那小鬼到底是什么来历，躲躲藏藏的？我咽了咽口水，心想先前碰见的不是衡山派帅师叔，难道这个衡山派小师弟也是我猜错了？

怪事太多，脑袋又昏胀，想不通呀想不通。我拉着被子倒头睡下，睡觉吃饭才是大事，其他都是浮云。

过了两日，我山上山下找了个遍，都没找到那小鬼的踪迹；问过守山门的人，他们也没瞧见。难道那小鬼轻功好到能从山上飞下去？

我心中挂念了两天，之后那日围剿水东流的各大门派陆续上山，但过了五六日，还是没找到传闻中的奸细。

伤已经好得七七八八了，明天早上就得去练功，听到消息的我无比忧伤地回屋，美好的时光一去不复返呀。正感慨着，我隐约听见有人在说话，偏头看去，就见两人在拐角处嘀嘀咕咕，不知道说什么，看衣着，是衡山派的……

衡山……我跟衡山派是冤家不成？我刚沮丧地摇摇头，就见那两人话语骤停，朝我走来："这不是华山派师妹吗？"

我抱拳笑笑："见过两位师兄。"

那高个稍稍低头，眼神微动："方才……师妹可听到了什么？"

我眨眨眼："离得这么远，当然听不见。我们乃是正派弟子，怎会做偷听这种卑鄙事！"

高个师兄笑了笑，一边说着"那也是"，一只手却忽然揽在我腰上，用力一扣，已摁住脉门，他面色瞬时阴沉："还请师妹随我们走一趟。"

我愣了愣，这冷冷杀气刺得人十分不舒服。再看那矮个师兄，也是满眸阴狠，我急忙道："师兄，这条路上可有不少我们华山派的弟子经过，你如果用这个姿势，只怕更会惹人怀疑。"

矮个师兄冷笑一声，手往脖间示意一抹："师弟。"

杀人灭口？我蓦地一愣，高个师兄扣在我腰间的手往上一提，眼见要使劲冲击脉门，这一指下来，估计我就只有死路一条。来不及多想，我抬手一戳，高个师兄已动弹不得。我急忙退后一步，唰地拔出长剑，冲那矮个师兄冷声道："不许动，否则我杀了他。"

那矮个子顿了片刻，忽然双膝一弯，跪身而下，哀号起来："求求你，别杀我师弟。求求你，我一定不会乱说的。"

我怔忪片刻，后头已有疾风掠来，回头看去，一掌已往我天灵盖拍来，惊得我出了一身冷汗。衡山派掌门那一掌眼看就要拍过来，师父已不知从何处出现，伸手拦住他，将我护在身后。掌力一冲，两人皆是往后退了四五步。

师兄师姐纷纷拔剑护来，对方也是提剑相向，一时气息停滞，满是杀气。

衡山派掌门庄世正冷笑："都说华山派乃是正派中的正派，可没想到，竟会将剑指向同盟中人。更可笑的是，你竟然还助纣为虐。"

师父负手出声："你我只看见小徒拔剑，却不知缘由，还请庄掌门三思，免得伤了同盟和气。"末了侧身问我，"阿梨，这是怎么一回事？"

我立刻说道："方才徒儿从这里经过，看见两位衡山派师兄不知在念念叨叨什么。我打了个招呼，他们却误以为我听见了他们说话，想杀我灭口，徒儿这才奋起反击。"

庄世正更是冷笑："我衡山派乃是名门正派，岂会做这种龌龊事？"

衡山派弟子有五六人皆仗剑而立，其他门派仍是观望态度。庄世正抬手给高个解穴，指头落下，却是毫无动静。

看着他戳了又戳，我脑袋一嗡，完了，刚才用的是逍遥教的点穴手法。方才的情形简直跟在地洞里被那百里屠夫挟持了一样，我下意识就用了同样的点穴手法。

我努力咽了咽口水，庄世正蓦地一顿，转身怒喝："此乃逍遥教的点穴功夫，原来细作是你！"

喝声震天，十几道凌厉目光唰唰就飞来，盯得我小心脏扑通扑通地跳。亏得师父站如松，身形挺拔，丝毫没有退让的意思："此事小徒早已向我们解释过，还请庄掌门及众位随我去大殿，到时自然就清楚了。"

庄世正又是冷笑，我简直怀疑这人除了冷笑就没第二种表情，看着可气得很。

“大殿上全是你华山派的人，我能跟你们争辩什么？想必是引我们入瓮，再将她放走吧。”

他这么一说，其他掌门也狐疑不已。此时一个衡山派弟子大喝一声“将她擒住”，有人领头，其余门派的弟子也都纷纷亮出兵器。

师父当即将我推到师姐身旁，沉声道：“带她去大殿。”

也不知哪个耳尖的听见，又号叫着“别让她过去”，立即将路拦住。

华山派弟子虽多，但并不都在一处，单单对付衡山派，我们势众，但他们有其他门派帮忙，就势均。可是对方要么是掌门，要么是入室弟子，明显比我们的实力强。这一开打，我们渐落下风，眼见要招架不住，师父他们都已受伤，天空中忽然传来如洪钟一般的喝声：“住手！”

内力伴着声音轰来，众人皆是一顿。转瞬太师父犹如仙人临世，踏风而来，轻落地上，扬起一阵轻尘。他负手看向众人，声音低沉：“各位掌门要比武切磋，好像找错了地方，选错了时机吧？”

庄世正上前说道：“贵派孽徒勾结逍遥教，还请白掌门不要出于私心包庇。”

太师父淡笑：“我华山弟子个个都坐得直、行得正，不知庄掌门为何说我徒孙勾结逍遥教。”

“她会逍遥教独门的点穴功夫。”

太师父伸手捋捋胡须，说道：“围剿逍遥教教主那日，她不慎被邪月宫捉走，在那里遇到一个怪人，那怪人教她这点穴功夫。正所谓不知者无罪，庄掌门未免太过大惊小怪。”

庄世正满目狡黠：“你又怎知她不是奸细，而是真的巧遇一个怪人？”

太师父也回以冷冷神色：“那庄掌门又怎知她不是巧遇一个怪人，而是细作？”

一时对话无果，气氛僵滞。之前一派和谐的时候还你侬我侬的众人此时已经是你推我搡，很不幸少林方丈体型突出，被众人推了出来。这步子一跨，众人都面色轻松，哗啦将目光聚在他身上。

少林方丈一脸强忍抽搐的模样，“阿弥陀佛”、大慈大悲了一番才说道：“既然两位都无法证明这位施主的是非，为了不伤和气，不如让这位施主去寻那位怪人，让他上山作证，一切自然真相大白。三日后盟主也赶到了，到时我们再决断一二。”

话音一落，众人一片感慨，纷纷赞扬方丈果真是聪慧之人。

我偷偷看了看庄世正，便见他冷厉如鹰隼的眼一直朝我甩飞刀，盯得我冒了一脊背的冷汗。

庄世正眸中冷厉渐收，说道：“如此也好，只是为免华山包庇，现在速速让她下山，不许多做交谈，如何？”

太师父沉默了一会儿，对师姐说道：“去拿些银两，再收拾几件阿梨的衣裳过来。”

我抓着师父的胳膊不肯松手：“师父……”

师父微微偏头，只是稍稍动唇，我几乎听不见他说话：“下了山后就别回来了，走得远远的。”

我愣了愣，不知何解。师姐将包袱交到我手中时，我还恍如在梦中。

师父将我轻轻一推，仍是一如既往的不苟言笑：“走。”

我怔忪留步，双膝跪地，朝太师父和师父磕了三个响头，不管师父说的话是什么意思，先敷衍一下紧盯的众人吧，朗声道：“徒儿一定会找到怪人并带回来的！”

说罢，我绑好包袱，在众目睽睽下，往山下走去。

一人下山，分外寂寞。出了山门，我回头看了看气势磅礴的华山顶峰，定下心来，继续往山脚独行。

到了山脚，看着前面三四条小路，我摸摸下巴，思索到底要往哪儿去找怪人。

我长叹一口气，寻思着最后一次见他是在翠松镇的客栈，那就去那里找他好了。打定主意，我先去买了一辆马车，然后往客栈急奔而去。

依照这速度，后天早上我就能赶到翠松镇了。因急着赶路，我错过了最后一家客栈，继续行了六十里地，天色全黑，还是不见有可落脚的地方。

途经湖泊，见有渔夫归来，我问道：“大哥，请问这附近可有能住一晚的地方？”

那汉子想了片刻，说道：“前头倒是有间破庙，只不过那儿有女鬼出没，姑娘还是别去了。”

我拍拍心口：“没做亏心事，不怕鬼敲门，谢过。”

再往前三里，我果然看见了一间破庙。有瓦遮头我就心满意足了，哪里还会去管那么多。我将马牵到草多的地方绑好，点了火折子进庙里，四下照了照，也不知道这里多久没人来了，灰尘满地。

庙里没有干稻草，全都是灰尘。我用脚扫出个地方，抱紧包袱靠着柱子，准备将就一晚。

垒起的火堆因柴火不够，光束微弱，明明灭灭的，我看着看着就睡了过去。夜深人静，外面有些许声响会更加清晰。因是夏夜，虫鸣声隐约传入耳里，我更是睡得迷糊。

那光源本来一闪一闪地扑打在眼皮上，忽然一暗，瞬间感觉不到光亮，我下意识惊醒，往前一看，只见一人弯身盯来。眼前模糊，又是背光，我根本瞧不清他的脸，尖叫着一巴掌往他脸上刮：“鬼啊——”

手腕蓦地一疼，被对方紧握，耳畔响起几乎是咬牙切齿的声音：“你有见过如此俊朗的鬼吗？”

我愣住，拼命眨了眨眼看他：“啊啊啊啊！衡山派师叔……不对，怪人，是你！”

第三章　螳螂在捕蝉

他挑高眉头："什么？怪人？"

我立刻抱住他的胳膊："跟我回华山，给我证明清白吧。"

这下不仅是眉头皱起来了，他连嘴角也抿着了："你连我是谁都不知道，就要我和你去华山？你真的不是在找死吗？渣渣。"

我愤然："管你是谁，跟我回华山就对了。你只要跟我回去，就能证明我的清白，从此傲视衡山派，走上武林巅峰呀……对了，忘了问，你叫什么？"

"哦，我母亲为了彰显自己是个饱读诗书的人，在翻阅了一堆书后，给我取了个颇有文采的名。"

我的眉头皱了又皱："怪人，麻烦你将自己的前尘往事收起来好吗？本大小姐没兴趣。"

因找到罪魁祸首，我颇为轻松，暗搓搓地将袖中匕首拿出，心想软的不行来硬的，我一定要把他捉住，然后殴打一百遍，谁叫他胡乱教我点穴，然后……

"我叫水东流，取自'一江春水向东流'。"

我顿了顿，脑袋一歪："嗯？"

他整张脸都高仰起来："逍遥教教主，水东流。"

我嘶嘶嘶嘶地倒抽了好几口冷气，然后……没有然后了……恨不得把匕首丢得远远的。可是他已经看见了，眸子里的光忽闪忽闪……我的腿瞬间吓软。我镇定地将匕首奉上："这匕首十分锋利，非常适合您雷厉风行的气势，还请笑纳。"

"……渣渣，你真的不是在侮辱我的智商吗？"他抬手将匕首拿过，抽出一瞧，嗤笑，随后手指一弯，利刃竟一断为二。

我又嘶嘶嘶嘶地倒抽冷气，这一对比，我果然是个战斗力负五万的渣，不由泪流满面。

水东流将匕首扔到一旁，上下看了我几眼："你不是在华山吗？怎么跑到这儿来了？还有，跟你回华山证明清白是怎么回事？"

我咽了咽口水，堂堂大魔头竟然对我等小喽啰的事如此感兴趣，真是压力山大。我干笑两声："那个……教主大人不是在邪月宫里教过我点穴吗？结果在众掌门面前，我不小心用了，被他们误以为是逍遥教细作，因此他们让我下山来找你，带回去以证清白。"

话落，水东流脸上已有讥笑。我……忍！

"功夫渣，脑子里也全都是豆腐渣。如果我跟你去了，他们便会说，你果真跟逍遥教有勾结，否则怎么会轻易说服逍遥教的人上山给你作证。"

虽然很毒舌，但他说得也对，我茅塞顿开："难怪师父让我下山后就别回去了，原来如此。"

水东流懒洋洋地看我，又往前探身嗅了嗅："药味淡了，你的伤好得差不多了？"

我双手捂住胸口，紧盯着他。等等，传闻中那个杀人不眨眼，一手能掐死一个人的魔头呢？这一脸色狼相是怎么回事？

水东流嗤笑一声："如此干瘪的身段，前胸跟后背无异，不过是多了两粒'葡萄干'，捂这么严实做什么？"

"……"我默默含了一口血，真想把这混世毒舌王丢到茅厕浸一百遍。但，我……忍！

水东流满目倦怠，问道："那你打算如何？"

我挠挠头："华山我不能回，你又不能去，我想……"我顿生感慨，

“看来这是老天给我机会，要我从此浪迹天涯，做个锄强扶弱的女侠啊。”

“渣渣……”水东流乜斜着眼睛看来，“你眼睛红了。”

我吸了吸鼻子，低头揉揉眼，一别华山，哪里能高兴：“哦……”

“我知道你可以做什么了。”

看他眸光熠熠，似乎真替我想到了什么好去处，我拔凉的心顿时变得炽热，盯着他问道：“什么？”

水东流认真道：“我身边还缺个丫鬟。”

我脸一抽：“再见！”

“……”

翌日清晨，我蹲在破庙后面盛满水的废井里照了很久，摸摸脸，摸摸下巴，更加愤然，我哪里像是做丫鬟的料了？他斗鸡眼了不成？

身为曾经同生共死的小伙伴，他不跟我拜把子就算了，竟然还要我做丫鬟，甚至说这番话的时候还非常为难。

我在心里鄙视了他一百遍，最后满肚子不爽地睡着了，起来的时候不见他在，顿觉神清气爽。我又不是爱找虐的，谁愿意身边有个混世毒舌王。我美美地伸了个懒腰，哈欠才到嗓子眼，就见他凭空出现，惊得我又将哈欠咽了回去，堵得心口直难受。

水东流手一松，怀里的果子扑通扑通滚落到地上：“洗干净。”

我吸吸鼻子去捡果子，深深觉得再这么下去，我的忍功一定会达到新高度。我洗了个果子递给他：“喏。”自己又洗了个果子咬一口，味道竟然还不错，便三下五除二，吃进肚子里。

我拿起第二个，问道：“这果子叫什么？挺不错的。”

水东流嘎嘣咬了一口，摇头：“我也不知道。”

我顿觉喉中有骨，艰难道：“你不知道就摘……摘了？”

“哦……因为那棵树离得最近，我顺手就摘了。”

我苦了脸：“万一有毒怎么办？”

他想了片刻，说：“没关系，我百毒不侵。”

我爹毛了：“你百毒不侵，我不是啊！教主大人，你要死别拉着我啊！”

他瞥了我一眼："我的血可以解百毒，你要是中毒了，我勉为其难给你喝一口。"

我捂住心脏，咬牙，这货分明就是被宠坏了，一点都不懂得怜香惜玉。

"渣渣，你真的不做我丫鬟，跟我回京城？"

"不要！"

水东流勾唇一笑："不要神经兮兮地将我当作坏人。"

我瞥了他一眼，虽然他毒舌无比，还不懂怜香惜玉，但是从邪月宫一行，也知道他不是个会乱杀无辜的人。转念一想，要是他真是魔头，我估计早就被他拍扁了："那你没事从京城跑到我们关中来干吗？"

他又嘎嘣咬了一口果子，一只手托腮，幽幽盯来："路过。"

虽然这张脸如玉俊美，但我想殴打他一百遍的心真是不能遏止。我愤愤吞下三个果子，填饱肚子，又揣了几个在怀里："不说也罢，告辞。"

他无奈道："我真的是路过……好吧……其实是因为走错路了。"

"啊？"我脑袋歪了歪，看着他那张分外认真的脸，忍笑，"走错路？"

他别开脸："对，本来要去中原探望神医伯伯，结果在岔路口那儿选错了方向，错走入关中。"

要是让同盟的众掌门知道传闻中的大魔头来我们这儿竟然是这个缘故，不知道要吐多少血。可谁能想到，堂堂逍遥教教主竟是个路痴！我忍得双肩抖动，看着鞋尖不敢笑，微微抬眼看他，那脸已绷得跟木头似的。

"扑哧。"

我实在忍不住，大笑起来，再憋要憋坏的。笑了一会儿，我又笑不出来了："你既然路过，那为什么要派人去破庙里杀我们？"

水东流目光冷厉："那些人不是来杀你们的，而是来杀我的，可谁想却遇到了埋伏在破庙里的你们。"

我细想整件事，恍然大悟："对哦，当时我和你在客栈，有个杀手过来，你还说他与破庙杀手的武功路数一样，质问他为何要杀你来着。"

因我的武力值在水东流面前根本不值得一提，我又非什么联盟的重要人物，他并没有必要费这么大的功夫来接近我，加上当时客栈突发一事，我对他的怀疑更减少了：“你也不知道那些人是谁？”

“嗯。”

“还有……你为什么要到邪月宫救我？”

水东流眉头又挑高：“路过。”

同一个理由用两次，分明很扯淡呀。我揣紧果子：“谢啦，日后你若有什么要我相助，我一定会两肋插刀的。”

他淡淡应了一声：“那你现在有什么打算？”

“回家。”走了两步，我回头看他，见他仍纹丝不动站在井边，“既然有杀手追杀你，那你赶快跟教众集合，回京城分舵去吧。还有，你要去中原的话，找个车夫，或者是信差带路，他们绝对不会迷路的。”

水东流长眸看来，用鼻音发出一个嗯字。

我掂量一下，好像再说就啰唆了，这才稍稍放心地回到前院，准备牵马。只是这个时候回家，我要怎么跟爹娘说？一定会被他们往青城派、螳螂帮那种反派里劝吧。

本着“生是华山的人，死是华山的鬼”的决心，我走到寺庙侧面，准备驾马离开。我走近一看，见马还在地上躺着，车身倾斜。啧，日上三竿了还睡，难怪长了一身肥膘。我走上前，戳马脸：“快起来，该走了。”

一指戳去，手势顿僵。马脖子上还有余温，可脉搏却已经不会起伏。惊觉身后有疾风袭来，我忙拔剑顺势挡去。一掌扇来，被剑挡了去，但还是扇了我满面劲风。

黑衣人，又是黑衣人，那是不是之前杀水东流的那帮人？

不容我多想，已见两柄飞刀直刺而来，我忙起剑咣当挡落，脚尖一点，横扫剑气。对方武功在我之上，要是再这么拖下去，只怕我要被他的飞镖戳出几个窟窿了。我节节败退，几近被逼得无路可走，败心刚起，却听黑衣人闷哼一声，如被抽骨一般瞬时软身在地，后脑勺已有血坑。

我握着剑，艰难地咽了咽口水，水东流若无其事地走过来，还拾起我惊落在地上的果子。那果子味道实在很不错，我觍着脸伸手：“谢谢。”

话音一落，他已抬手，将果子扔得更远，皱眉：“脏了，吃了会有毛病。”

“……”这人糟践美食，我跟他真的不能愉快玩耍了。我扯了扯嘴角，蹲身揭开那人面纱："武功这么差，还敢来暗杀你，真是失策。"

水东流也蹲在一旁，满目嫌弃地看来："渣渣，他分明是来暗杀你的。"

我吃了一惊："难道他不是杀手？"

水东流轻笑："来暗杀我的人，武功比他高了不止一点，这么渣的，是拿不出手的。"

我对着他挤眉弄眼："高手，你能不能别拐着弯嘲讽我？"

水东流笑笑，看了看黑衣人的手，又看看飞镖，缓声道："飞镖非常新，根本不像是常用的。惯用的兵器不是飞镖，而是有柄的那类，否则手掌上的茧子不会分布得如此均匀。另有，他方才出手故意隐藏自己的真实功力，否则也不会在对你进攻时处处不顺，连我这旁人看了都恨不得帮他把手脚捋顺了。"

我摸摸下巴，仔细辨认："可我不认识他，他没必要藏着掖着呀。"

"既然你不认得他这个人，那他必定是怕你认出他的武功路数。"

"可我没得罪……"我抱着剑，抹去头上冷汗，"你觉得他的武功像哪个门派的？"

水东流想了片刻，道："我记得那天我在庙里仔细观察过你们各门派的武功路数，虽然招式可以隐瞒，但无论如何，万变不离其宗。"

我紧张地盯着他，手心都冒了汗。水东流细想许久，才说道："似乎是……衡山派。"

我的腿顿时一软，蹲都没力气，瘫坐在地上，只觉要泪流满面："完蛋了，衡山的王八蛋竟然追杀到了这里。难怪庄世正会同意我下山，他根本就是想让我离开华山，然后派人杀我呀。"

水东流问道："你怎么得罪衡山派了？"

我吸了吸鼻子，稍许迟疑，才将整件事情告诉他。水东流拧眉，满是嫌弃："所以你落到今日地步，是因为你这个笨蛋用了我教你的点穴手法？"

本来还不想将那事牵扯出来，可是"笨蛋"二字落进耳中，我差点气炸："水东流！"

他顿时乜斜着眼睛看来，我抱着剑往后缩了缩，他这才收了眼神，分析道："也就是说，你可能无意中被他们误以为听见了他们在商议的什么不可告人的事，所以他们一定要杀你灭口。"

我点点头："可我发誓我真的没听到他们说了什么。"想想不由愤然，"莫名背了个大黑锅，我也很伤心的好吗？每天早起练功后去吃肉包子，然后睡觉，多好的日子。"

"渣渣，你的人生怎么如此没追求？"

我发自内心地"喊"了一声："只要自己觉得高兴就好，这就是人生最大的追求。"

水东流挑了挑眉："完全不赞同。"

我懒得和这魔二代讲道理，他肯定是觉得一统江湖才算是走上人生巅峰吧。我叹了口气，不知道以后怎么办才好："水东流，你说我要不要反将衡山派一军，去他们的老巢里找找真相？说不定他们真在做什么不可告人的勾当！要是一不小心我成功了，还能名垂千史呢！"

水东流竟然一脸认真地思索起来，片刻，两眼精亮："那就这么决定了。"

我干笑两声："你如此赞同，就不怕我被他们砍成豆腐渣吗？"

"有我在，不必害怕。"

这……这是他也去的节奏？我愕然："你去干吗？"

这根本不关他的事，虽然是他教的点穴让我被误会，可那时在地洞，他那也是救命之举，说起来也是我自己太不小心，他完全没有必要这么做呀。

水东流一把抓住我的胳膊，几乎把我提起来："补偿你。"

莫名其妙补偿个什么呀！我紧抱着剑，呜咽："其实我就是随口说说而已，要不我跟你走，做你的丫鬟吧？"

"快走吧，渣渣，人生要有点追求。"

"救命……我不要送上门让人砍。"

"快走吧，说不定还能赶到下个小镇用午饭。"

"嗯！快走吧。"

"……渣渣，你这样会被人卖掉的，知道吗？"

我本以为下一个小镇很快就到了，谁想走了大半天还没进镇，好不容易见了个樵夫，一问，竟然还有十里路程，听得我默默含了一口血。

日头毒辣，我恨不得卷了裤管、袖子再拿把芭蕉扇，可偏头看看水东流，他把自己包得严严实实。我嘴角用力一扯：“水粽子，要不要借你块面纱把脸也包起来？防晒哟。”

水东流瞥了我一眼：“身为姑娘家，你竟然这么黑，一走夜路，打着灯笼都找不见。”

“……身为男子，你竟然这么白，再不晒晒太阳，白天都找不到你了。”我摸摸脸，本姑娘还是很白的，哪里黑了，“为了安全起见，以后我喊你师叔吧，免得别人听见你的名号，追我们十八条街。”

水东流一脸无所谓：“他们敢吗？”

“你能不能低调点？”

“已经很低调了，教众全都没跟来。”

我抓狂：“那低调得明显点，不然我们没到衡山就已经被人缠上了。还有，动静闹得这么大，如果他们收到风声，那什么罪证都藏起来了。”

他这才勉为其难道：“好吧。”

我松了一口气：“那以后我喊你师叔，免得喊顺口了。”

“随意。不过……我收到消息，此次华山被怀疑出了奸细，因此正派同盟转移了商议地点。”

“转到哪里？”

“衡山。”

我很意外：“跋山涉水去衡山？”

水东流摸摸下巴：“大费周章去衡山，会不会是那里真藏了什么秘密，庄世正引诱他们过去的？”

我顿时发自肺腑地赞同他，这种可能不是没有。我蓦地抓住他的胳膊：“那……那就是说庄掌门那个浑蛋跟我们路线一致？”

水东流两眼含笑，我的心立刻拔凉，全身抖得那叫一个凌乱：“师叔，要不我们还是去西域吧？”

话落，他嫌弃地丢下“出息”二字，头也不回地继续往前走。

我讪讪地跟在他一旁，莫名觉得庄世正才是大魔头，水东流比他好多了。

“等到了镇上，我们就去找两匹马，快马加鞭到衡山，说不定还能有时间布局。”

“等等……师叔，我不会骑马。”

水东流步子一顿，难以置信地看着我：“不会骑马？可话本里……”

我瞪着他：“是啊……不过，你以为话本里说的江湖女侠都会骑马是真的？我们华山是习武的地方，又不是练骑马的，还有很多师兄也不会。不过，我会赶马车。”

水东流满目嫌弃：“难怪我爹不让我娘看那么多话本，果然假得很。不过渣渣，你既然这么说，也就是说……你也喜欢看？”

我眨眨眼，才子佳人、英雄救美什么的最好看了，还有跳崖不死，百分百碰见高手的桥段也百看不厌，每每蹲在华山悬崖都有股跳下去一探究竟的冲动呀——如果我不畏高的话。

又到岔路口，无石碑指路，无路人可问，正惆怅着，见水东流拿出了地图正凑近在看，我不放心地问道：“往哪里走？”

他迟疑了许久，拿着路线图看了又看。我这才想起来，这货是路痴来着……他眉头紧皱又舒展，终于指了指左边：“这边。”

我干笑两声：“好，往右边。”

“……”

似乎深知自己确实是路痴，水东流没有抗议，随我而行，甚至将地图丢给我，委派我做探路先锋。

走了大半天，我们终于见到小镇，去客栈里要了两间房，美美地泡了个热水澡，总算觉得活过来了。

我坐在床沿上，看着放在床上的全部家当，不禁忧伤起来。当时师姐是在匆匆忙忙之下收拾了行囊给我，银子零碎得很，连铜板都有，这根本就是师姐把她全部的钱都放进钱袋里给我了吧。

感动归感动，但是这点钱支撑不了我和水东流去千里之外的衡山。托腮想了片刻，我将钱揣好，跑到隔壁敲了敲门：“师叔。”

“进来。”

推门进去，满屋水汽，我眯了眯眼，看着那映在屏风上面的影子，忍不住道：“你沐浴干吗还让我进来？”

我腹诽着往前走：教主大人，我还是黄花闺女好不好？不过……我好像可以趁机去做点坏事……

绕过屏风，我看见水东流脖枕桶沿，仰头闭目，惬意非常：“过来给我添水。”

“我刚看见小二出去不久，你干吗不让他加？”我拿起一旁的水瓢，舀水倒下，“水东流，你会不会无耻地现在站起来？”

水东流睁眼看来，眼里蕴着蒸腾的水雾：“渣渣，你还要我重复一次‘葡萄干’的故事吗？”

“……那看来是不会了，在‘葡萄干’面前哪里会有兴趣做混账事。”我愤然提桶，将热水哗啦全倒进木桶里。

“嗷！你要烫死我吗？”

“哼！”我瞅瞅左右，将挂在屏风上的衣服拿下。

水东流愤愤道：“你会嫁不出去的。”

“又不要你娶。”我里外掏了掏，脸色大变，“水东流，你的钱袋呢？”

他直直盯来：“原来你进来就是为了做贼。不巧，钱袋刚好丢了。”

我结巴了：“所以你……你这是身无分文的节奏？”

“是。”

我咬牙盯着他：“你说是和我一起去衡山找人，其实是自己没钱了，想跟在我身边蹭饭吧。”

水东流笑了一声，悠悠道：“渣渣，堂堂逍遥教教主需要蹭你华山小喽啰的饭？”

我大怒：“喽啰也是有尊严的！”

他朗声笑道：“你去我床上拿那块梅花玉佩，找到镇上的钱庄，要取多少钱都行。”

我狐疑着跑去找。听说逍遥教二十年前在中原、汉中、关中都打通了商路，在这些地方设有钱庄并不奇怪，但鉴于水东流的轻浮脾气，这话还是不可信。我翻了翻床，果真找到一块梅花玉佩。啧，身为大魔头，他竟然带这种姑娘家的东西，这该不会是相好送的吧？想到将有大把的金银在手，我紧握手中玉佩，探头对屏风里道："我去去就回。要是钱庄不肯给钱，我就直接去当铺当了这玉佩。"

水东流抿了抿唇："这是当初我出生时我娘的娘家人送的，你若将它当了，不日就会掀起轩然大波。"

我皱眉看他："传闻你母亲家族庞大，兄弟姐妹一共二十八人？"

水东流挑眉："是，所以你别傻乎乎地拿着玉佩去当了。"

我做了个鬼脸："那你就保佑钱庄认识它吧。"

拿着玉佩出门，问了行人钱庄在何处，听着挺近，我便屁颠屁颠跑了过去。所幸去得早，钱庄还没有关门，我将玉佩给掌柜一瞧，掌柜微眯着精明小眼，声音洪亮："请上座。"

说罢，他请我进厢房，并奉上点心。看着颜色暗红的枣泥糕，我忍不住拿了一块，香甜的滋味立刻在嘴里化开，好吃极了。

掌柜用锦盒装着玉佩，问道："请问姑娘要取多少银票？"

"银票？"我艰难地将糕点团成团吞下，"嗯……一……三千两吧。"

掌柜爽快应声，拿着玉佩去里面了。等他们都走了，我捂住心口。这掌柜竟然如此痛快，水东流他们到底是存了多少银子在这儿？我都要被衬托得像没见过世面的村姑了。

一会儿婢女端上茶水，恭敬道："姑娘，这是上好的毛尖，您慢用。"

我又咽下一块糕点，打开茶盖闻了闻，香味浓郁，浅饮一口，味道鲜爽，一点都没被糕点的香味遮掩，反而将枣的气味全然化去，只留满口回甘……不过为什么有点头晕，耳边还满是婢女的轻笑声？我心下一沉，完了，我要被卖掉了。

醒来的时候，我真的以为水东流说对了——本姑娘因为贪吃被人卖了，因为我是被浓郁的胭脂水粉味呛醒的。

我睁眼看去，满眼的粉色丝缎悬挂在屋檐下飘来飘去；侧耳听去，还有男女的嬉闹声。

啧，这里是青楼吧。

我在地上艰难地翻了个身，只觉浑身酥软，使不上什么力气。刚动弹，门已被推开，我立刻四肢一松，在地上装死。

因耳朵贴着地，这地又是木板铺就而成，因此那声响我听得特别清晰。脚步声鱼贯而入，非常轻，可见这些人武功皆是不凡，根本不可能是老鸨什么的，惊得我心跳狂飙，这里的人根本不是我能对付的。

动静渐停，已有凳子挪动的声音，我隐约觉得有人坐下，因为那凳子停下时，地面微觉压力，可那屋内悄然。

这屋里实在是太安静，静得我都快装不下去了，只觉只要我一睁眼，就会跟恶人对上目光，然后被他们大卸八块。

耳边响起轻笑声："倒是挺能装，名门正派什么的，就只会装死吗？"

我咬了咬牙，睁开眼，费劲起身，往前面看去，只见说话的是个肤色白皙、面色甚是苍白的美大叔，只可惜……一副肾亏的模样。再看看他旁边的美人，我当即投以了然眼神："你是谁？抓我来做什么？"

美大叔笑笑，玩着手上的玉扳指："这话应该是我问你。武林同盟围剿逍遥教教主的事人尽皆知，至今他仍是下落不明。亏得我聪明，知晓你们这些伪君子既要命又要钱，早早让掌柜守株待兔。说，这梅花玉佩你是从何处得来的？他又身在何处？如若不说，我将你的舌头割了下酒。"

我下意识吞了吞口水，确认舌头还活蹦乱跳的，知道来人好歹认识玉佩主人，顿时轻松起来。想到梅花玉佩，又想到临出门前水东流的话，我狐疑地看他："不知您……是他什么人？"

肾虚美大叔俊眉高挑，吐字："我是他十七舅舅。"

"……"

二十八个兄弟姐妹的传闻果然是真的！

二十八个兄弟姐妹凑一堆，听说个个都有权有势。这根本就是整个武林陪玩的节奏……

搜寻了一下武林各大门派，看了他好一会儿，我才道："您是……南海门萧门主？"

美大叔点头："南海门萧炼。"

我终于明白为什么他一副肾虚模样了，南海门下全都是美女徒弟，在美人堆里他根本把持不住好吗！我抹了抹额上冷汗：“那个……其实我跟你外甥是好朋友，出生入死的好朋友。所以他才将这玉佩给我，要不然我怎么敢这么大摇大摆地拿去钱庄。”

萧炼眯眼看我：“他将玉佩给你……”眼睛蓦地亮了，他又感慨，“水家男子喜欢姑娘的口味真是一致啊。”

这话听着怎么感觉有点不对？我这是莫名地被当作水东流喜欢的姑娘了？这该不会是……

萧炼朗声笑道：“我差点就砍了我的外甥媳妇。”

我顿觉一大拨黑线覆盖满了额头，这家伙果然误会了。为免误会加深，在那美人姐姐给我喂了解药后，我急忙说道：“他如今在锦绣客栈，如果我晚归，他可能会过来找我。”

我默默地想，以他的脾气，他要是找不到人，估计整个钱庄都要遭殃了。

他点点头：“那你在这儿休息，我让人去找他。”

被安排在一个大房间的我，无比舒服地躺在软被上，滚了两圈就觉身体的酥软渐散，看来再多滚两圈，就能恢复体力了。这房间据说是胭脂水粉味最少的，可我还是觉得香气冲鼻。

躺着躺着就犯了困，我抱着被子打了个哈欠，要不还是边睡边等他来吧。

睡得浑浑噩噩间，听见身边有动静，我忙揉揉眼看去，黑灯瞎火的，什么都看不见：“水粽子？”

耳畔传来一声轻笑，人已坐在床边：“让你别拿着玉佩乱跑你偏不听，还好你碰见的是我十七舅舅，如果是其他阿姨、舅舅，肯定没这么好运气。”

我伸手掐了他一把：“谁让你不带钱袋！”所碰之处，可以感觉得到碰到的是手，却依旧缠着布条，“说你是粽子果然没错，你为什么总将自己捆成这样？”

借着隐约从外头照入的光，我看见他将手上的纱布层层取下，动作轻缓，简直跟进行什么仪式似的，只听他说：“秘密。唉，上楼时被一堆姑娘围观了，她们扑了我一身的脂粉味，长得太好看就是没办法。我去洗个澡，等我。”

“……”人间怎么会有水东流这种自恋又毒舌，偏偏还出身第一大反派，让人惹都惹不得的家伙？不过毋庸置疑，他确实长得不错，如果不毒舌的话，我一定会像那些姑娘一样欢快地围观他。可惜我不是，所以只好专心抱他大腿。

我俯身穿鞋，水东流人还没出去，就听到有人敲门：“姑娘，奴婢给您送晚饭来了。”

“进来吧。”

门吱呀一声开了，我却没听见水东流出去的声音。我边穿鞋边探头看去：“蜡烛在左手边……等等，你真的是来送晚饭的？”

那人嗓音婉转如莺啼：“回姑娘，是。”

我恼得呸了她一声：“胡说，你手里拿着的根本不是饭菜，你以为我闻不出吗？”

“……”

为什么气氛忽然僵了？

水东流轻声笑笑，明显是憋不住的笑声。我愤然想去点灯，却听咣当一声，那人影子忽动，一抹剑气寒光朝我刺来。我刚迈出两步，就见那人已被水东流抬手拦下，掌风呼呼而过，拂得满屋绸缎轻飘。

两抹黑影在屋子中忽隐忽现，我使劲瞪大眼看，都分不清谁跟谁了。

我穿好鞋提剑，准备伺机而动，刚迈开步子，就听见水东流诧异道：“你是男的？”

也不知发生了何事，那刺客也是惊叫一声，喉咙似被扼住，咯的一声后，再无声响。

我紧张道：“水东流？你把他杀了？”

没有得到回音，又实在找不到人，我只好小心翼翼到前头去点灯，能感觉屋内有人走动，可步子轻缓，不像是水东流的。屋内灯火已亮，只见那刺客已是喉上中剑，气绝了，却不见水东流的影子。想到方才那动静好像小毛孩赤脚跑过的声音，我顿觉毛骨悚然。

以后跟水东流在一起，我打死也要点灯。上回在客栈也是，他杀个人就跑，这回又来。

我十分纳闷地蹲在刺客那儿，强忍恐惧仔细看他，从胸口找下去，但没找到什么腰牌之类。不过既然他是冲着我来的，那不用想我也知道他是衡山派派来的。

只是黑灯瞎火的，水东流的眼力未免太好了，他竟然能看得出这刺客是男的，不亲手摸过我根本不知道。

齐整的脚步声从廊道传来，片刻已到了门口："姑娘，发生了何事？"

我看着那四五个美人姐姐过来，起身说道："这人是刺客，被你们门主外甥击毙了。但刚才他还在这儿，一眨眼就不见了。"

几人蹲身细看，柳眉紧皱，已然不是那娇弱姑娘的模样："此事我们会查清，请姑娘移步别房。"

我看了屋里好几眼，还是不见水东流，那家伙凭空消失了不成："我在这儿等他回来，换了房间怕他找不到。"

几人没有多说，将那人清理出去。她们走了后，我才觉屋里冷冷清清的，有点恐怖。我咽了咽口水，抱着被子坐在床上，愤然道："说好结伴同行的，却丢下我，杀了人就跑，还得让我在这儿等你回来。明早还不回来的话，就揍你一百遍。"

嘀咕了一会儿，我实在觉得屋里阴森。窗外夜风呼啸，这炎炎夏日也终于要下雨了。我起身去关窗户，想将外头的疾风挡住，忽然就听见背后有声响，转身看去，屋里没人，稍稍放心，又听见声响，吓得我跳上窗户，脚尖一踮，蹿上屋顶，大气不敢出。

要不去找萧门主求保护吧，关键时刻水东流的大腿抱不住，我只好无节操地去抱别人的了。打定主意，我从屋顶迈步而过，选了个窗户进到室内，很快就到了萧炼那儿，敲了门，他立刻给我派了五个援兵，一起去探个究竟。

我提剑推门，小心迈步，屋里果然还有声响，不禁大怒，这人也太猖狂了。我蓦地跳到声源处，却见一个小鬼坐在床上费劲地穿衣服，正高举一只手往袖口里穿。目光一对，他倒惊慌起来，胡乱拿了被子遮掩。

这不就是那个衡山派小师弟？

我扯了扯嘴角，走到前面，戳了下他的脑袋："你真是阴魂不散，碰见你准没好事。"

他怒了："不要抢我台词！都是因为你，我才三番五次……"话都到嘴边了，他又生硬咽下，最后只骂了一个字，"渣！"

我伸手捏他那软软的脸："肉包子，虽然不知道你是怎么摸到这儿的，但是在华山不辞而别，你也太过分了，我好歹养了你好几天呢。"

他嗤笑一声："明明是你武功差，点了我的穴道却不会解，害我几天动弹不得。"

我抬指，作势袭击他："戳你戳你戳你。"

小鬼面红耳赤："你够了！"

我咯咯笑他，之后忙将一脸莫名的美人姐姐们恭送出去，还拜托她们帮忙买一身衣服给他。关上门，我脑里闪过一道光。既然水东流丢下我跑了，这小鬼又是庄世正的儿子，正宗的衡山派小师弟……把他带在身边，似乎比抱水东流的大腿更靠谱呀。

暗地里一想，我顿觉这个方法可行。虽说名门正派不屑做这种事，但为了武林的安宁、事情的真相，到底不能这么死板。

小鬼一见我过来，眉头又挑高："渣渣，你笑得太猥琐了。"

"……刚才在屋里乱跑的就是你吧？从哪里进来的，又在哪里躲着，快从实招来。"

小鬼挑眉："我一早就在屋里了，在床底。"

我坐在一旁，懒得细问，他向来神出鬼没，说是从地洞冒出来的我也不觉奇怪。还是正事要紧，我极力挤出一抹笑："小鬼，那天庄掌门上山，我去找你，可没想到你自己跑了。如今碰见正好呀，我会亲自带你去衡山的，不用怕。"

小鬼满目困惑，低眉似好好思索了一番，忽然愉快点头："好。不过……"

"不过什么？"

"我想亲一下你的脸，亲一口我就答应跟你去衡山，不然的话，我绝对……"

我抡起拳头，凑到他鼻尖前："你是亲上瘾了吧？你有两个选择：一，立刻答应去；二，被我暴揍一顿后答应去。"

"……我选前者。不过渣渣，经过前两次的经历，我发现……"小鬼蓦地一顿，耸肩，“我饿了。”

我扶额，摊上这小鬼，我真是倒了八辈子霉。看在他可以当我盾牌的分上，我又去给他找了吃的。

见他认真吃饭，我取了水东流给我的地图，想研究一下路线，尽快赶在同盟中人前抵达衡山。只是我越看就越觉着这地图有些奇怪，整个版图无异样，但一些小坐标却好像硬生生被删改了。其他不敢说，但华山地形我清楚，从华山出去，有一条大道是直通其他州的，这里却错了，简直就像是被人特意涂改过。

“渣渣，你是路痴吗？”

我瞥了他一眼，不知他一副如此得意的模样是闹哪样：“本姑娘非但不是路痴，还是华山有名的认路小能手。”

“那你还盯着地图这么久？”

我拧眉，将图放在他面前，一连指了好几处：“这儿，这儿，这儿，还有这儿，都被人改过路线，根本就是故意篡改的……我好像明白为什么水东流会走错路了，根本就是有人故意让他走错路。啧，估计给他地图的人非常了解他，知道他是个大路痴，又不会看地图。”

我越想越觉得自己想通了什么，难道那人是故意将水东流引诱到关中，然后想潜伏杀他？水东流知道后，肯定能猜到是谁在害他吧。想到这儿，我不由咬牙，要想法子告诉那家伙，可他到底跑哪儿去了。

见小鬼也是眸光深沉，我问道：“小鬼，你在想什么？”

神色一瞬如常，小鬼摇头，慢条斯理喝了一口茶，一副运筹帷幄的模样：“没什么。”

第四章　误入快活林

翌日，还是没有等到水东流，别人也没见过他，我只好和萧门主告别，还得赠一辆马车。送我出门时，萧炼叹道：“丢下情人不管，一走了之，真是情渣。”

除了那个“情”字，其他我都无比认同，尤其是那个“渣”字。

拉着小鬼上了马车，我握着缰绳扬鞭，又开始往衡山赶去。我偏头看着坐在一旁的小鬼，心想方才给他买糖吃不要，给他买球玩不要，萧门主一说武林大事他就竖起耳朵，听得聚精会神，果真是出身于武林世家。想到这，我又暗叹庄世正那家伙真是后爹，不教儿子享乐过童年也就罢了，还强输武林思维，剥夺小孩子该有的乐趣。

只是我越想就越觉奇怪，这小鬼每次出现的时候也太诡异了。抛开他能安然从邪月宫逃离不说，又抛开他突然出现在翠松镇客栈不说，再抛开他能神不知鬼不觉地离开华山……单单是这次，说什么一直躲在床底，这就分外让人奇怪了。我察觉不到，水东流那样的高手会感觉不到有人躲在床底？

“小鬼，当时你真的躲在床底？”

他瞥了我一眼：“那床底下有条密道，”片刻后又摆出一脸诧异的样子，反咬我一口，“你竟然不知道？”

“我……”被摆了一道的我分外不痛快，可也没空亲自回去验证。据说那些烟花之地为了避免正室来闹，确实会在房里建密道供人逃跑，就是不知道我住的那个房间有没有。

不知为何，一个荒诞的想法从脑子里闪过，我努力看他，小鬼也抬头看来：“干吗？”

“小鬼……你是逍遥教的人？”

小鬼干笑两声：“你说呢？”

“我怎么看你的眉眼和水东流那家伙有点像……你们是亲戚？”

他偏头：“不是。”末了还似笑非笑直勾勾看我，“你要知道，天底下好看的人小时候都长得差不多，你肯定没体会过这种偶尔会被人误以为是另外一个人的感觉。”

我真想把他一脚踹下马车去，他太狂妄了：“对，天底下你最好看了。”

“看前面！”

我急忙收势，马车差点就跑偏了道，撞出山道外，惊得我出了一身冷汗：“不要和我说话，也不许刺激我。”

小鬼“嘁”了一声：“渣渣，你的武功太差了，等到了衡山，我教你武功心法吧。”

“不要，学了别的门派的功夫，就是背叛师门了。”况且还是衡山剑法，我这是找抽吗？“嘿嘿，我拜师的时候，太师父曾说我筋骨奇佳，是习武天才，难得一见哟。”

气氛僵滞片刻，小鬼忽然哈哈大笑，差点笑趴在一旁：“‘筋骨奇佳，习武天才’？渣渣，你太师父真幽默。”

我恼怒地瞪了他一眼，要是当年没把黑名单烧掉，我就把他记到榜首去，哼。

我们到下一个小镇时已经中午，我寻了个空处停车，拉着小鬼去面摊，坐下时觉得浑身都轻松了：“老板，来两碗饺子面。”

小鬼满脸狐疑：“你该不会是想用面条打发我的五脏庙吧？”

见他不乐意，我内心鄙视了他一番，真是公子哥：“好啦，给你加两个蛋。”

"又不是没钱，我要去酒楼。"

"不行，这里下面快，一炷香的时间就能上面，吃完我们继续赶路，晚上去客栈住的时候再吃顿好吃的。"我摸摸肚子，比起胃来，还是命重要。唉，为什么我觉得好心酸？

小鬼虽然还是不满，但也没再抗议了："好吧。"

我吃完了面，小鬼才吃了一半，他眉眼带笑："渣渣，你吃得这么粗鲁，没男人会要你的。"

"好好吃你的面，别乱跑，等我回来。"我拿着钱袋起身，跑到对面饼铺去，买了一堆饼，又在隔壁蜜饯铺买了几大包果脯。回到面摊，他竟然还没吃完，我便道："慢点吃，不要噎着，待会儿在车上吃这些吧。"

小鬼神色复杂："你吃那么快，是匀出时间去买东西给我吃？"

我吐了吐舌头："才不是，快吃。"

小鬼撇了撇嘴，捧着碗，三下五除二吃完："好了。"

这小鬼虽然平时傲娇毒舌，但到底还是会体贴人的。我稍有不忍，我把他老爹的事牵扯到他头上，还把他当肉盾，是不是冤有头债无主了？算了，就当作顺路把他送回衡山吧，庄世正要是连自己的儿子都不顾及，那就只能是我们两人都倒霉了。

吃饱饭就动弹实在是个不好的习惯，我一路都觉得小腹隐隐作痛，越忍越疼。终于忍不住了，我将马车停在路旁："小鬼，你肚子疼吗？"

小鬼托腮打了个哈欠："不疼……渣渣，你的脸色……"他立刻探身过来，抓住我的手，扣在脉搏上，"笨蛋，你中毒了。"

"嗷……"我颤颤缩手，"去找找车里的包袱，里面有个蓝色瓶子，瓶里的药丸能解毒。"

小鬼很快进去又出来，满脸黑线："包袱不见了。"

我咬牙道："明人不做暗事，要杀要剐总要先打个照面吧？"

片刻，已有嗤笑声传来："水东流那样的人就算真要找华山的人同行，也应当找个厉害些的。你连我何时在近处都不知，真是可笑。"

话音一落，小鬼已经跳下马车，往上看去。

有个身影从车顶轻落在小鬼一旁，那人一身大红衣袍裹身，眉目冶艳，勾画之后更添几分妖媚。可这人根本就是男的，声音还颇为尖细："速速说出水东流在何处，我可以饶你一命。"

我愤然："本姑娘怎么知道他在哪儿！你有本事下毒，就有本事调查清楚啊。"

那人冷笑："水东流将随身携带的信物都交给了你，你竟然还嘴硬。这毒，天底下只有我能解。你若不说，那就等着毒发穿肠吧。"

我捂着肚子冷汗涔涔，伸手拽了玉佩丢给他："啊啊啊，这是我捡到的，你拿去拿去。"

小鬼手疾眼快，伸手将玉佩接过，满脸满是嫌弃："别人的东西你竟然随手丢给他人，他真是信错人了。"

我顿觉满腹委屈："我才是信错人了！他说会陪我一块捉敌，结果呢？跑了，他莫名其妙就丢下我跑了。要不是看在它在每个钱庄都能兑换几百万两的分上，我早就丢了好吗？"

妖孽男眸光一动："每个钱庄……几百万两……"

我暗暗窃喜，强打精神："是啊，据说半年才能取一次，六月十五申时，还有腊月十五申时，去晚了就得等下一次。不对……跑题了，我和那人渣真的没有瓜葛！英雄啊，放过我吧。"

妖孽男迟疑片刻，抬头看了看天色，忽然伸手从小鬼手中抢了玉佩，二话不说，施展轻功跑了。

见他走远，我瞪眼："还不快上来，赶紧跑呀。"

小鬼抿了抿嘴："他爱财是一回事，但是他更肯定的是，你这毒解不了，必死无疑，所以能取你的命，又能得到一大笔钱，何乐而不为？可是你将玉佩给他，钱庄要遭殃啰。"

我嘿嘿干笑："你不知道，水东流的十七舅舅说，沈家听见水东流遇险，将全部钱庄都控制了。哈哈哈，那死太监这是自投罗网，哈哈哈！"

"……渣渣，你不纯洁了。"小鬼跳上马车，伸手，"给我刀子。"

我刚要开口，却俯身吐了一大口血，浓黑浓黑的。小鬼的声音蓦地急了："快把刀子给我啊！"

“做……什么？”

“我的血能解百毒！”

我迷糊地看向他，这话我好像听谁说过……哦，对，是水东流那个人渣，果然他们是亲戚吧，怕我宰了他，他才一直不说。原来我又猜错人了，这根本不是衡山小师弟，而是又一个魔二代。

我眨了眨眼，一只嫩白小手伸到面前，看来小鬼似下了狠心：“直接咬吧。”

一定是因为太饿了，眼前的手跟刚清蒸出炉的鸡腿似的，我舔了舔嘴，张口，用力一咬。

惨叫声立刻传进耳朵里，响彻天地。

这一觉睡得无比安逸，就是我看见眼前一大桌美食，正要开动，它们却全都活了，还在桌上团团转圈尖叫。

我惊醒过来，听着轱辘声响，才反应过来我这是在车里睡觉，揉揉眼起身，急忙摸摸脸看看手，嗯，还有温度，还没有变成透明状态，本姑娘仍然活蹦乱跳。我撩开帘子往外看去，小鬼身姿端正，一只手握绳，一只手扬鞭，马车赶得还不错嘛。

等到坐在一旁，我才见他手掌缠着布条，看得我直咽口水：“手还疼吗？”

他瞥了我一眼，鼻腔哼哼不答话。

我挠挠头：“老实说吧，你到底是什么人？就算你是逍遥教的，我也不会宰了你呀。”

他停顿片刻，才道：“是，我是逍遥教中人。”

我立刻松了一口气：“还好你是逍遥教的，我以为你是衡山小师弟，一路纠结着要不要把你当肉盾。”

小鬼幽幽看来：“渣渣，你咬就咬，咬完后拽着死活不放，还嚷嚷着要吃鸡腿是怎么回事？”

我大窘，默默望天：“大概……是太饿了……”

“哼！”

我讪笑，正想给他赔礼道歉，再阐述一下成为大侠应有的大度，却见我们此时行进的路有些奇怪。我摸摸下巴，拿出身上的地图细看了一会儿，正色道："小鬼，你走错路了。"

"……"

傍晚已至，一股阴风吹来，在这夏日里冷得人一阵哆嗦。我探头看去，一块大石碑立在路口，上面歪歪扭扭写了几个血红大字：快活林。

看到那血红大字，我就觉心里发毛。我咽了咽口水，作为在武侠通俗话本里出现率极高，并且常伴各种不可思议事件的名字，快活林实在让我心下不禁担忧。抬头看去，我们已入了一片森林，我急忙拉住缰绳："快走！"

小鬼眉头一拧，收了手，吹着掌上的伤，不满道："我刚刚看过地图了，穿过林子有家客栈。"

我干笑："就算真是客栈也是龙门客栈吧。"

小鬼嗤笑道："渣渣，你胆子真小。"

"这叫慎重。"我用力扯了扯缰绳，让马掉转方向，这种前途不明的地方还是赶紧离开的好。

天色渐黑，路越发看不清。我们按原路返回，却越走越不对劲。刚才我们进来才一会儿，按照马程，早就该到外面了，但现在还在森林中。晚风清凉，诡异非常，拂在面上更觉阴冷。我咝咝倒抽冷气："完了，这树林肯定被布下了阵法，鬼打墙什么的。"

小鬼打了个哈欠："快点进树林跟布阵法的人一决高下啦，这么转圈圈各种浪费，还得提心吊胆，是人是鬼，早点把他解决了才最好。"

我打了一个哆嗦："以我的武功，正面挑衅是被解决的前奏。"

他百无聊赖地伸了个懒腰："那你继续转，我进里面睡觉去了。"

"站住！"我一把拽住他，"不许走，我怕黑、怕鬼、怕高手。"

"……"

成功将他留住，我满意地拿了灯笼给他提着照路，转眼间他就变成了灯笼童子，仔细一看还是很俏皮的。

马车所过之处并无怪处，就是没路，踏着青草而过，偶尔惊起虫鸣。

"渣渣，我饿了。"

"我也饿了。"

小鬼一只手拿着灯笼，一只手托腮，灯火摇摇晃晃。

轱辘似乎撞上了石头，车子蓦地往左倾斜。这本来是小事，谁想灯笼里的灯油顺势溢出，渗透外皮，哗啦一声洒落在马身上。马瞬间嘶鸣一声，猛地一扯，缰绳脱手，已往前狂奔。

“啊啊啊啊！渣渣你这个笨蛋笨蛋！”

“啊啊啊啊！提灯笼的笨蛋不要反咬我！”

马车颠得我腹内翻滚，我探身试图将缰绳取回，可马身拖动得马车颠簸动荡，我根本无法控制场面。

马越跑越快，前面的路又看不清。轰隆一声，轮子又压上了石块，整辆马车狠狠一颠。我正松了一口气，还好自己抓紧了，可小鬼却如物体，轻松被抛了出去。我下意识伸手去抓，没有抓住，又一声轰隆，我自己也被抛起了。

因有前兆，我便顺势而起，三百六十度完美转体，踉跄落下，一点事也没有。我抹了抹汗，关键时候轻功还是很有用的。

小鬼却躺在前头一动不动……

我疾步跑上前，蹲身要抱他，手刚触及，他已开始哀鸣：“疼……”

“哪儿疼？我给你包扎。”

“哪儿都疼。渣渣，我的胳膊和腿是不是要废了？还有，我的脊梁骨有没有断？”

我摸了摸身上，找到火折子点燃，天地间总算是有了一点光亮。火光照在他面上、身上，我差点哭了。他浑身都是血迹，语调还这么轻松，到底是干吗？

“你别动，忍着，我给你看看哪儿伤了。”

事实证明小鬼伤得不是一般的重……我去找了树杈，撕了衣裳给他绑好，懊恼不已：“如果让你进马车里睡觉就不会发生这种事了。”

小鬼一脸忍痛的表情，咬紧了牙，等包扎好了，才说道：“哼，先知不是谁都可以做的，渣渣你更不可能。”

我打上最后一个结，心里五味杂陈：“好了，别毒舌了，以后我会好好补偿你的。”

他瞥了我一眼：“给我咬一口你的鸡腿就好。”

我哭笑不得："我哪里有鸡……"随即明白过来，大怒，"你的手才是鸡腿！"

我背着他往前面继续走，想看看这里会不会有猎户什么的，而那马车，早就不见了踪影。

怕颠痛了他，我每一步都走得很轻，而这直接导致我走得很慢。

背上小鬼似乎已经睡着了，我更不敢走快。只是他到底不算太轻，走了半个时辰，我已口干舌燥，他倒是呼呼大睡。

夜深人静，只有不知名的虫子偶尔鸣叫。这么深的林子，竟然没兽类出没，说这里正常都没人信了。正想找个地方休息下，忽然就听见马叫声传入耳内，我浑身一震，步子也稍微快了些。

这一急，小鬼就醒了，声音极低地呻吟："疼……"

脖子微热，似有什么溅来，我腾手一抹，放在眼下看，竟然是血。对啊……从马车上摔下来，这么小的身体，怎么可能没有内伤："小鬼……你撑住，我带你去找大夫。"

我生平第一次如此后悔一件事，虽然小鬼神神秘秘的，又是魔二代，但他没做坏事，也不是坏人，我还是希望他能一直活蹦乱跳的。

又一声马鸣传来，声音已经十分近了。

往前约莫十丈，穿过一片荆棘，竟然看见了灯火，我大喜，心想，就算这里住着怪兽也阻挡不了我求救的决心。我急跑到那边，马车已经不见，只剩下马被绑在树干上。而树的前方是间简陋的小木屋，从窗户看去，里面有盏小油灯，却不见人。

我探头看了一会儿，只觉阴森树林中出现这么一间诡异的小木屋着实让人担忧。我心里慌得很，一开口，才发现自己怕得厉害，都颤声了："请问有人吗？我朋友受了重伤，能给我些药吗？"

不闻声响，也没有人起身走动的声音，只是那门却忽然开了，吓得我心跳速度急飙。我背着小鬼颤颤巍巍走到门前，蓦地出现一个白色长衫的高个子。这人白衣飘飘，白须也飘飘，整个人都仙气飘飘的，一瞬间我还以为自己看见太师父了。

他低头看了看，冷声道："那马车是你的？它撞坏我屋子一角，我正要寻人算账。”

我艰难地咽了咽口水，这屋子根本就是风雨飘摇呀兄台，飞来一只鸟都能把它一根木头撞下来好吗！我轻声说：“我给您修。”

我几乎想把他拍晕，然后闯进里面去找药，可见他一脸冷色，并不见得是好说话的。此时师父他们教的名门正派准则被我抛之脑后，我默默抬手准备袭击他，先救小鬼要紧。

我迅速出手，见他无动于衷，以为要成功，手已劈到他脖前，忽然手势一顿，已被他抓住手腕，掌风随后才扑到脸上。我诧异看他，这……这家伙什么时候出手的？我这才知道自己碰上世外高人了，偷袭的做法简直就是作死，不由泪流满面：“大侠，出此下策实属无奈，您大人有大量，放过我吧。只是求您救这小鬼，他因我而伤，再不救……大侠，您有在听我说话吗？”

他何止没在听，根本就是将我遗忘了。只见他紧握着我的手腕不放，眉头拧了又松，松了又拧，面色忽然缓和，动容无比：“终于找到了。”

“哈？”

一瞬面上又恢复冷然，他盯着我说道：“救他可以，但你必须拜我为师。”

我断然拒绝：“不可能，这是背叛师门。”

他冷笑：“区区华山功夫罢了，老夫将一身绝学传授于你，便能让你雄霸天下，所向披靡，你竟还不愿意。”

……老爷爷，这根本是狗血话本里的桥段啊，您没事吧？不是说跳崖才能遇到高手吗？为什么连如此诡异的快活林也有传说了？我默默含了一口血：“不可能……”

他狠狠甩开我的手，推得我猛退一步。这下似乎是扯痛了小鬼，他又低低痛叫一声，听得我心头一抽：“大侠，我给您做丫鬟吧，出去后给您银子也行，但是背叛师门这种事……”

“他的伤势颇重，再不运功为他疗伤，他必死无疑。”

我愣了愣，要是这事让师父知道，他一定会揍我，然后逐我出师门吧。可是如今……不对……有绝世武功可以学，有个逆天的新师父了，何乐而不为呢？何乐而……不为？我闭上眼，眼有点湿：“好。”

我坐在床边看着被裹成水粽子第二的小鬼，见他面色已经不似刚才那般惨白无色。那高手疗伤的手法实在高超，想到以后自己也能用强大的真气帮人治疗，我还是有点激动的。

我默默抹了抹又有些湿润的眼角，吸了吸鼻子，环视了下屋内，除了简陋，还是简陋。见高手还在那里配药，我走到桌前，语重心长道：“大侠，您这么强人所难，不是侠士所为。”

他漠然道：“我本就不是什么大侠。”

被堵了一道，我又语重心长道：“您呀，从这片树林出去，在路上站半天，肯定会发现一堆像我这样的人。你让他们拜师呀，他们一定能尽得您的真传。我嘛，还是给您做丫鬟吧。”

他那长眉又拧起来：“你是千年难得一见的学武奇才，莫非你不知道？”

我瞪大了眼，等等……百年就够夸张了，我……我还千年？

所以说……太师父当年捏我的胳膊小腿，一脸神棍样地说“筋骨奇佳，习武天才”的话是真的？

那竟然是真的！还我当年默默烧掉的黑名单！

想到危机解除，奔波一日也累了，我躺在小鬼一旁，抽了一小半被子，开始渐觉心里舒坦，侧身看看外头，高手不知道去哪里了，不过这里应该很安全，想罢，还是睡觉吧。

心无牵挂，我竟然很快就入了梦境。小鬼也睡得安稳，一夜都没哼声。

早上醒来，我总觉得好像踹到什么，软绵绵的，迷糊醒来，惊觉小鬼还睡在一旁，猛地睁眼，就见一张肉包子脸愤然扑来：“渣渣，你睡觉还能再不老实点吗？”

我讪笑，见他精神抖擞的，顺着姿势去摸他的腿：“是不是踹到这儿了……我看看。”

“啊啊啊，住手！你踹的是被子。”

“哦。别像看色狼似的，太伤自尊了。我还没如此重口味好吗！我喜欢的可是高大英俊、武功一流的好男人。”

“喊。”他看了看床外，“这里是哪里？”

我起身伸了个懒腰：“快活林里的小木屋。对了……嘿嘿嘿。”

“……”他斜乜看来，“渣渣，你不要笑得这么猥琐，会嫁不出去的。”

我捏了捏他那半边没摔伤的脸，扶他起来：“这里有个前辈，说我筋骨奇佳，要将毕生绝学传授给我。以后我可以罩着你了！”

小鬼淡淡扫了我一眼：“之前我说教你心法，你不肯，还义正词严说为了师门。怎么如今对方说教，你却答应了？”

话里有一股酸味，我刮了刮他鼻尖：“好了，别傲娇，我去打水给你洗脸。”

从屋里出来，我就见老前辈左右各拎一只山鸡，健步如飞，转眼到了面前。看着那鲜活的鸡，我差点馋得流口水，于是挺直了腰板，朗声道：“前辈早。”

“将它煮了。”

话落，那山鸡已被扔到脚下，扑腾着翅膀。我俯身抓住，好像知道为什么这树林没什么野兽了，它们其实是被他吃光的吧。

一大早有肉吃，一天好心情啊。

为了给小鬼补补身，我将一只鸡熬了汤，另外小半只剁块熬粥，剩下的清炒。一时间，厨房里清香四溢，让人真想一口把这些好吃的全吞进肚子里。

做好端到屋里，吃饱喝足，我顿觉神清气爽。

前辈时而看几眼小鬼，满目审度：“伤成如此竟然半声不吭，也非常人。只可惜太小，否则老夫再多收一个徒弟也无妨。”

小鬼竟然不怕死地斜乜他：“武林门派众多，不知老前辈师承何派？”

前辈淡声道：“武林旧事，不提也罢。你好好待在这里，女娃子，随我去树林练功。”

我苦了脸，练功什么的，太虐了。满心纠结地尾随，出了小木屋就是树林，我默默回头看了一眼那参天大树下的屋子，啧，它到底是怎么在雷雨天里存留下来的？不会被劈吗？

前辈脚步一停，负手而立，缓缓转身的动作连我都觉气氛顿时僵滞了。

“我这一身功夫乃是自创而成，集百家之长，避百家之短。老夫仍在江湖时，人人都想得我真传，做我入室弟子，可老夫嫌他们筋骨奇差，根本控制不了，这功夫因此一直没有传人。老夫本以为此生必将落下遗憾，却不料你们胡乱入林，也算是老天垂怜。”

我讪讪问道：“前辈，你是不是弄错了？如果我是练武天才，那我太师父早就传授我绝学了，他老人家也正愁找不到传人呢。”

前辈瞥了瞥我：“你并不适合练华山派的武功，想必你太师父也知晓此事，否则你怎么只会华山派浅显的内功心法，功夫也差极了？他倒是用心良苦，怕折了你这好苗子，不多教你，否则日后你找到合适你的功夫，还得自废武功，伤筋损骨。”

我诧异他只是接了我一掌，竟然什么都看出来了，说他不是高手都不信了。我又诧异太师父竟然隐藏得这么深，思虑得这么长远，心中更酸。所以他这么做，其实早就为我“改拜师门”做好准备了吧。

我叹了一声，既然不能好好地做华山弟子，那就不能辜负太师父的期望。我要是学了别派武功，日后也好护着华山呀。

我一定要好好学习，名扬天下！

这个念头坚定地存活了半个时辰，就在前辈惨无人道的指导下消磨殆尽。中午我几乎是爬回房的，茶都没力气喝，趴在床上半死不活。

躺在前头静养的小鬼眯眼看来：“渣渣，我看你真是‘筋骨奇佳’，然后奇佳的筋骨被抽了吧？”

我伸手戳他的脸，那儿肉乎乎的：“别说我，你都不知道……好累，快滚进去，我要躺一会儿。”

“男女授受不亲！”

“还在喝奶的娃就不要在意这些细节了。”说罢，我翻滚上去，全身挺直，都能听见骨头低低的嘎啦作响声，好一会儿我才觉舒展过来，“舒服多了。”

那小鬼拼命往里面挤，都快贴墙了，双眼警惕地瞪我，半晌说道：“他说了你什么时候能学成吗？如果学个三年五载，衡山的事怎么办？”

我闭眼休息："前辈说五天能学成。"

小鬼的声音里满是惊讶："五天？"沉默稍许，他才又开口，"原来他打的是这个主意……你如今是在学心法吧？"

我睁眼看他："你怎么知道？"

他爹毛了："只是学心法，你这么累是闹哪样？"

我也爹毛了："你试试两个时辰保持一个姿势不动！"

小鬼扯了扯嘴角："嗯？"

我眨了眨眼："噢，对哦，你试过好几天保持同一个姿势来着。"反应过来，我赔笑着给他顺毛，"乖啦，晚上给你做好吃的。"

"哼！"

这小子态度太嚣张了，哼！

于是这几天我都在早起、背心法、做饭、帮小鬼换药中度过。虽然这里气氛诡异，但是我意外觉得住得很不错。这日已是第五天的最后一天，傍晚，小鬼已经能动弹了。我拖着他到摇摇摆摆的屋顶赏月，良辰美景啊，可惜……我默默低头看了一眼矮个子，啊……传闻中的美男呢？

"以后等我隐退江湖了，一定也要找这种地方。"

小鬼撇嘴："还是算了吧，前辈在这里住了三十年，林子里的兽类就被吃得差不多了。你住个五年，方圆百里都会看不见飞禽走兽。渣渣，你忍心吗？"

我龇牙："你总是损我，你忍心吗？"

他朗声答道："忍心呀，我还能再忍心点。"

"呸，跟水东流一样毒舌，不愧都是魔二代。"说到水东流，我不由叹了一口气，"也不知道他有没有在找我……一定没有。如果能把地图的事告诉他就好了，不行，他总是不交代一声就跑了，告诉他干吗？"

小鬼偏头看来："渣渣，自问自答好玩吗？"

我托腮叹气："不好玩。"

小鬼半晌才说道："其实……他也不是故意要丢下你的，肯定有其他缘故。还有，前辈跟我说了，你改投其他门派，是因为……要救我，对不起，渣渣。”

我十分惊异地看他，平时都见他毒舌，如今竟然会帮人说好话和道歉了："小鬼，你没被人调包吧？"

小鬼又瞪眼，似要说些什么，却只身子一震，再抬头，就面色有变："这次竟然这么快……"

我忙问道："是不是不舒服？下去吧。"

小鬼说道："固定胳膊的棍子好像脱落了，你再去找根树杈来。"

我狐疑地看看他左右，都没看见那掉落的棍子。再迟疑一下，就听小鬼痛叫一声，我忙起身："你等我，别乱跑。"

"嗯，去吧。"

我跳下屋顶，进屋找了一圈，看看有没有剩余的树杈，最后总算找到一根，等急忙跑到外面，往上一跃，屋顶上哪里还有小鬼的影子。我唤了好几声，还是不见回应，心下不安，想下去找他，却见有块布用根棍子缠着。我俯身拾起，发现布上面竟然是血字："急事，先走。"

"……"

我真是要被他气哭了，魔二代都有同一个毛病吗？不过这次至少有个交代……唉，这真算是交代？

好吧，人家是逍遥教的，神秘点也不奇怪。我要是还没习惯，才奇怪了吧。耸耸肩，我准备拉上前辈去找找他，免得他迷路了。我刚跳下去，就见前辈归来，可手上却没野味，只丢了一团泥……对，一团泥给我："人参，将它蒸好服下。"

我拾起那东西，抹掉泥，这才看见好大一支人参，但我喜了一会儿又忧伤了："前辈，这全都给我吃吗？这未免太补了吧？"

前辈冷笑："你如果不吃，如何能受得起我传授给你的内力？"

我了然点头，之后说："小鬼不见了，我怕他迷路，前辈能和我一起去找他吗？"

"他找不到出去的路，自然会回来。"

我又点点头，准备拿着人参去洗净蒸上，走了两步发现哪里好像不对，这才回头愕然道："前辈，你的意思是……将内力全都传给我？"

前辈满面肃色："是。"话落，又丢了一个本子给我，"里面是配合心法、内力所用的剑法，你日后仔细看吧。"

我哆嗦着接好，心想难怪我要吃人参，不然根本承受不住吧。他竟然会将内力全都给我，此时我鼻尖已有些酸，他是真的想找人学他的武功，否则只怕一人带着绝学离世，黄泉路上也走得不安吧。

忽然想到重点，我咽了咽口水："前辈……请问，您老人家有多少年的功力？"

前辈伸手捋了捋胡须，沉吟道："不多，七十年而已。"

"噗。"

前辈，再赐我三根人参吧！

我洗净人参，放进盅里，煮好滚烫的水后开始隔水蒸，边扇扇子边看灶火，热得满面滚烫。我抬头看着这厨房，它比那主卧还要宽敞，使用的器皿也都齐全，放得整整齐齐，收拾得干干净净。

添了柴火，火势暂时不会灭，我拿着扇子出了厨房。前辈正在房前空地上练武，一招一式，起起落落，不急不躁。他挥出一掌，却有掌风疾出，地上枯叶如被扫起，轻轻扬起。

前辈忽然姿势一顿，脚尖一勾，地上一根枯枝弹起，他伸手握住，动作如风急速，招式眼花缭乱。

月下尘埃已如雾卷起，扑了我满脸尘，我抬手掸去，默默往后退了退。等前辈动作骤停，甩出一个漂亮的收棍动作，我忍不住拍手叫好。

前辈气息如常，立身定定看来："这些招式，你可记住了？"

"……没……"

前辈嘴角用力一抽："……一招都没？"

看他盯来的目光凛凛，我差点被吓哭。他出招这么快，鬼才看得清啊！我如果眼神真有那么好使，早就尽得师父真传了好吗！我颤声道："没。"

"……"前辈负手望月，面上流露出淡淡忧伤，"果真只是筋骨奇佳而已啊……"

我默默蹲在墙角："前辈，您若是把内力全都传授给我……那恐怕活……活不了吧？”

他依旧没看我一眼，仍在仰望明月：“你可知为何厨房器皿样样齐全？”

我小心问道：“您夫人用的？”

“嗯，我们隐居在此三十年，她已过世二十三年。她受过重伤，一直无孕，而我们一同精化的功夫就好像我们的后代。我寻了数十年传人，可惜并不如愿。如今我已经没有时日一一教你，只能将内力传授与你，你方能将剑法练成。”

不知为何，看着身形依旧挺拔却已是白发飘飘的前辈说这些话，我鼻子颇酸。

为了将他们的“孩子”交给可以托付的人，他孤苦等了二十三年。若换作我，一定无法坚持。

“我已是风烛残年，再无留恋，生有何意？死后，你将我葬在前方半里处的竹林里吧。”

我话到嘴边，思量片刻，轻声问道：“师娘也在那儿？”

前辈蓦地一顿，已收回视线，转身看来。我抱膝又往墙角缩了缩，心下怀疑自己是不是不该喊师娘。虽然我说改投其他门派，但是这几天他一直没提了呀。

“你叫什么？”

“花……花梨。”

他点点头：“你既不想改投我门下，辜负师门，老夫便收你做义女如何？那就名正言顺了。”

我诧异：“前辈……”

他叹道：“我和云清一世奔波于江湖，无儿无女一直是人生憾事。这恐怕是我年轻时作孽太多，苍天惩罚我，又让云清离我早去，孤苦二十余载。我只愿死后能有儿女清明祭拜，不至于坟前生草。”

我看了他好一会儿，虽然他一再强调他是恶人，可是比起那名门正派的人来，却坦荡多了。我动了动唇，低低唤道：“义父。”

前辈那面无表情的脸已是动容，忽然朗声大笑：“好，好，我慕班终于有后了。”

慕班？我皱了皱眉，这名字怎么这么耳熟……嗯，好像听太师父说过。不过这事太遥远了，我实在想不起来。

他快步进了里间，片刻后里面传来翻箱倒柜的声响。我挪到门口，往里探头，他已拿了个长匣子出来，我忙站起身。

义父打开手中匣子，里面静躺着一柄长剑。那剑比一般的剑要长些许，约莫三尺七寸，剑鞘镶有三颗赤色宝石，微微一倾，在月下闪着晃晃明光。

"流光剑，削铁如泥，其利断金。"

说罢，义父已伸手握剑，剑身出鞘，发出一阵悦耳剑声，瞬间流光飞舞，寒气慑人。

义父动作已起，我正满怀期待，谁想他默了默，又将剑收回："罢了，反正你也记不住招式。"

呃……我被嫌弃了……

他将剑收回，递给我："这柄剑，送与你。"

我双手恭敬接过，仔细看它，以当铺家女儿的眼光来看，这剑可以当很多银子，买很多肉啊……不对，我下意识就想偏了。它简直就是锄强扶弱、仗剑天涯的最佳利器，比我用过的任何一柄剑都要好："义父，我会好好珍惜它。"

义父微点了下头："去喝人参汤吧。"

我顿了顿："义父，之前您说无牵无挂，如今您有我这个女儿了，我可以陪您说话练功呀。您身体这么健朗，一定有时日慢慢教我。"

他微微颔首看来："别多说，速去。"

我抱着匣子往后退，不懂那一身绝学怎会比一个人的性命更重要。

义父忽然大怒："你到底是喝还是不喝？"

我转身就跑，这简直就是逼我杀了他。没跑两步，已有风从后面拂来，我眼眸一涩，眼泪伴着脖间挨的那重重一击，滚落面颊。

第五章 打怪升级去

儿时嘴馋，我曾偷偷跑到厨房去揭锅盖，结果被瞬间蒸腾出的热气灼伤了手。我跑到前堂去求安慰，娘亲一见气急败坏，说我是猪，又馋又笨。而老爹则抱着我给我吹指头，说“不疼不疼”。

毕竟年代久远，我本来已忘了那件事，可如今在梦里，却隐约回忆起了被那蒸气烫着的感觉。我微微睁眼，眼前大火漫天，那简陋木屋已在火海中，热气轰在面上，十分滚烫。我慌忙坐起身往四下看去，却不见义父，这才惊觉他在里面。我正想往里冲，木屋却轰然倒塌，火星飞溅。

我怔怔跪在小屋前，思绪乱飞。

被娘亲劈头盖脸骂成猪，不久后又被她丢到华山去，我曾经以为她很讨厌我。

拜师一年后从华山回家，我发现娘亲的眼不大好使了。老爹说，她每晚挂念我，每晚哭，把眼睛都哭坏了。

那时我才知道娘亲不是不疼我，只是疼的方式不一样。

不知是往事触动，还是此情此景刺痛了心，我两眼一湿，失声大哭。

隐约有身影从那火光冲天的一侧出来，我忙抹了溢满眼眶的泪，愣神看去：“义父……”

可出现的人却不是他，是水东流。

他拧眉疾步过来，蹲身问道："发生什么事了？"

不知为何，怒意如火灼烧，我抬头盯他："为什么出现的是你？既然你总爱无故消失，就不要将我当猴耍。我是笨，是渣，可我也是个有七情六欲的人啊。你总是这么跑了，我会难过、会担心的，你知道吗？"

我含混不清地抽噎着，话语断断续续，气势都被这断句给抹没了。

他一瞬有些迟疑，忽然伸手抱住我："抱歉。"

一不做，二不休，我趴在他怀里，继续痛哭失声，将眼泪鼻涕全蹭在他衣服上。

大火烧至天明，天际泛起红光，朝阳的光芒初照大地，从零落堆叠的树叶间倾泻而下，碎光打落在那已成灰烬的木屋上。

水东流不许我立刻过去，那残留的木头和地面仍旧滚烫。

我抱膝看着那儿，哭得已经没力气："水东流，你走吧，我可以自己去衡山。"

他难得随和地坐在地上，缓声道："我不是故意要走……日后，我会告诉你缘故。"

我摇摇头，虽然昨晚我昏迷不醒，但义父确实是将他毕生功力传授给了我。体内那股真气在全身游走，我只觉自己如果轻轻拍出一掌，便能在地面轰出个大坑。我说："你走吧，我能保护自己了，义父把他七十年的功力都给了我。"

水东流的声音忽然变大："所以，我在你眼里就是镖师吗？"

我咬牙看他："你才不是镖师，镖师哪里会像你这么没责任心。你十七舅舅说得没错，你是渣，真渣。"

"我……"水东流一副气得胃痛的模样望天，"好吧，我不跟着你。"

我嗤笑一声，见那灰烬处已经没什么热气冒出，忙起身拍拍屁股过去。虽然心里早有准备，可看见那人骨时，我心中痛楚又翻滚而来，再看看这位置，是厨房……

拾好义父的尸骨，却找不到东西装，我看了一会儿，将剑拿出，系在背上，再将白骨放入装剑的木匣子中，抱着去半里外的竹林。在那儿，我果真看见了一个坟墓，碑文只有简单几字——慕班爱妻之墓。

我将木匣子埋在一旁，水东流已经找了块木板来，还拿了块木炭给我题碑字。

看着眼前两个坟墓，我百感交集，隐约明白为什么义父一心求死……相伴相随的人已经离去，独活有何意思？我虽然算是他的干女儿，可不过是他精神的最后一丝慰藉，而非真正懂他的亲人。

我长叹一口气，将剑谱揣好，牵着我的马往外面走，心中无比惆怅。走了几步，见水东流还跟在一旁，我忍不住说道：“你不是说不跟着我吗？”

他双手抱胸，头微微仰起：“我没跟啊，我只不过是顺路去衡山。”

“……”我怒了，“水粽子，你的脸皮还能再厚点吗？”

他忽然笑了，他竟然笑了！他偏头看来，目光柔柔，声音悠悠，轻落一字：“能。”

蓦地心头一跳，我愤然直视前方，这张脸真是……太妖孽了！已经成为高手的我，根本下不了手打他。

树林如来时那般，寻不到路，每棵树看起来都像一样的。我看向水东流：“水粽子，你一定是因为迷路才闯入这里的吧，嘿嘿嘿。”

他瞥了我一眼：“不巧，我是过来接另一个魔二代，然后发现你在这儿。”

“那你一定不知道怎么出去了，嘿嘿嘿。”

水东流语重心长道：“渣渣，你笑得如此猥琐，真会找不到婆家的。”

“如今我是高手了，不许损我，否则揍你。”

话落，他轻笑一声，认真道：“你当真觉得你能揍我？”

“啊啊啊，太嚣张了！”想到那小鬼身受重伤，有水东流安排，总比跟着我好，“到底要怎么出去？”

他指了指上头：“简单，用轻功踏上树顶，方向一目了然。”末了斜乜而来，“哟，传闻中的认路小能手去哪里了？”

我扯了扯嘴角，抬头看着那看不见顶端的树，武林中能拥有此等上乘轻功的，恐怕没十个吧。刚才没细看他，如今一看，我不由皱眉：“你怎么总是穿不合身的衣服？还有，你怎么又把自己裹成粽子了？这样不会长痱子吗？”

“能有穿的就不错了……”

“哦，对，有件事要告诉你。”我将那地图的事一五一十和他说了一通。抖出这惊天猛料后，我坐等他这毒舌王暴跳如雷，谁想他无比淡定地点了点头，然后就没有然后了。

真是……辜负本姑娘的期待。

有水东流指路，我很快就出了树林。我看了好一会儿在路口的那块石碑，快活林三个大字依旧歪歪扭扭。我伸手摸了摸，石碑已经在升起的朝阳映照下有了温度，并不是冰冰凉凉的。

马蹄声响，我转身看去，水东流已经一跃上马，伸手而来：“走吧。”

顿了片刻，我伸手握住那手，顺势而起，稳当地落在他后面。我低头看着那石碑，摆了摆手：“我走了，义父。”

如果我有命长活，那就每年过来扫一次墓，除除草，上上香吧。

“渣渣，你能不能不要拼命埋头挤我的背？还有，别死命勒我的腰，要断了。”

“让我哭一会儿。”

“衣服又脏了！”

“反正已经脏了，你信不信我揍你啊？”

“……”

赶到下一个小镇，水东流死活不愿再赶路。他把身上带的玉器拿去当了，马不停蹄买了身衣裳，还有白布条，然后找了间酒楼，叫了一桌子菜：“补偿你。”

“补偿什么？”我摆弄着筷子，抬头，“你说的该不会是三番五次丢下我的事吧？”

他挑眉：“是。”

“这种事你坦白不就好了？你就算说你突然挂念哪个青楼姑娘，我也能接受的。”

水东流难得沉默了许久：“如果我告诉你，我估计你不是被吓跑，就是被吓死。”

我忙抬手：“好吧，打住，我不想知道了。还有，你真的安排好小鬼了吧？他伤势很重啊，我怕你笨手笨脚的，找的人也不靠谱。”

水东流悠然道：“放心吧，他的伤不碍事。”

菜陆续上来，我大快朵颐了一番。比起自己动手做饭，果然还是拿碗等着吃才是最幸福的，不一会儿我便撑得肚子浑圆。往外看去，再过三个小镇，我就能回家了。可这种时候我不敢回去看看，否则被衡山派那些浑蛋跟踪了怎么办？

吃完饭歇了一会儿，我们又继续赶路。

一路行来，到了夜里，我被马颠得骨头都酸痛了，便让小二上满一桶的水，舒舒服服泡了个澡，准备躺下睡个饱觉。躺了片刻后，我拿起义父给的剑谱，翻开一看，皱眉，拧眉，再紧拧……根本看不懂啊！

我叹气，要不就靠着这一身内力行走江湖好了，想罢，愉快地把剑谱放在一旁，盖上被子，睡觉。

小镇贫瘠，因非商路主道，往来的人并不多。这客栈也是风雨飘摇的模样，隔音效果非常差，不过有个落脚处就不错了，只是那窸窸窣窣的声音一直隐约钻入耳中，严重影响睡眠。

实在听不下去，我愤然起身，披了衣裳出门，抬手敲隔壁水东流的房门：“水粽子，你够了！大半夜的，你这是在磨牙吗？”

里面没有回应，我贴耳一听，再看那映在窗纸上的各种影子，大惊，一脚踹开门，猛跳进去。地上已经躺着三四个人，水东流正和一人打斗。

浑蛋，又大半夜袭击，还有没有公德心？我悄然往前走去，喝道：“水粽子，你别动，让我练练手。”

水东流极为嫌弃地看我一眼，即时收手。那刺客愣了片刻，摸不清情况。我双手抬起，大吼一声，拍在他的背上。

我本以为刺客该被我震碎了五脏六腑，血吐得满地都是，谁想他一个踉跄，丝毫未伤，还满目愤怒盯来。

我眨了眨眼，看看双掌：“没理由呀……水粽子，你快把他抓住。”

那两人的眼神里同时透露出绝望。

被水东流反钳双手的刺客大怒："刺客也是有尊严的！"

水东流冷笑："武功不错，又是收高价买凶的？"

刺客不答，水东流面色一沉，我忙拦住他："等会儿。"

水东流说道："你要放了他？行走江湖这么心软，迟早会死的。"

"嘘。"我示意他噤声，抬了两指，用力戳刺客肩胛。竟然没见他有动静，我心里拔凉，又抬指，再戳，他还是没反应，戳戳戳。

刺客咬牙："刺客……也是有……尊严的！"

水东流满脸无奈："渣渣，你是要用史上最钝的钝器弄死他吗？"

我一开口，都觉自己带了哭腔："水东流，说好的能成高手呢？我怎么连一点内力都使不上，连点穴都没法点了？"

"咔嚓。"

转瞬，刺客的脖子已经被他拧断，他抓了我的手，皱眉："没有办法用？"

要是有镜子，我一定能看见自己的脸变成死灰色了。这只手好像是刚杀过人吧……我哭泣道："是啊，连原本的内力都用不了。"

水东流勾了勾唇："绝世高手没做成，连小喽啰也做不成了。"

这个时候他竟然还损我，不开心！

他抓着我的手腕往外走："先离开这儿，我再好好看看。"

别无他法，只好先如此，我回房拿了东西，又和他骑马飞奔离去，直至到了镇外，才找了个破庙歇脚。

我紧张兮兮地看他，不敢打断他切脉的动作。等他的手指终于从我的手腕上离去，我才小心问道："怎么样？"

水东流拧眉："从未遇到过这种事。按理说你体内已有前辈的内力……他可有交代过你什么？"

我努力回想，认真道："让我三个月进补一次，一定要用人参炖公鸡算吗？"

水东流忽然笑得慈眉善目："你——说——呢？"

"……我再想想。"义父跟我说过最多的就是心法，但是心法我已经熟记于心了……等会儿，心法的话……我急忙找了剑谱出来，递给他："义父让我好好练它。”

水东流接过剑谱，借着一旁柴火的光翻看几眼，沉思片刻，说道：“渣渣，你练了没？”

我不由扭捏羞涩起来：“还没，看……看不懂。”

他扶额：“这算哪门子筋骨奇佳……悟性如此差。”

“哼，悟性跟筋骨没有关系。师父仔细教我一遍剑法，我可是都能记住的。”

水东流抬眼看来：“如果是真的，那你这种天赋就该找一对一的师父，像华山那种一个师父带几百个弟子的，根本不合适。”

我应了一声，为了自己的人身安全，扯了扯他的袖子，诚恳道：“水粽子，其实我一点都没有想揍你的念头，真的。”

“演技太浮夸了，负分。”

“……”

他又翻看了几页，一副越看越入迷的样子。我打了个哈欠，在一旁弄柴火，柴火烤得人暖洋洋也懒洋洋的，不觉困了。

“渣渣，起来吧。”

“嗯……干吗？困。”

“教你练剑。”

我哀号：“一晚没睡……”

“你这么懒，会浪费天赋的，知道吗？”他又哼了一声，“想让我指点一二的人都堆满京城了。”

我百般不愿地起身，我的人生格言就是能坐着就绝不站着，能躺着就绝不坐着，用娘的话来说，我比乌龟还懒。

意外地，水东流教起人来脾气还不错，从握剑姿势，到内功运调、起剑高低，最后甩出一记剑花，漂亮又精简。

练完第一招，我忽然有所感悟，如果从小就能抓个美人师兄陪我练剑，我一定已经成为江湖女侠了吧。

水东流此时正退步二丈：“渣渣，将这第一招完整地使一遍。”

拿着流光剑，又有水东流紧盯，我感觉压力好像很大呀。我沉了沉气，提剑而起，平缓游走在全身的真气已聚于手中。

剑身光芒与月色呼应，斩风而动，丝丝清脆声响如春风扫过，驱走夏日燥热。

连我这不懂剑的人都隐约感觉出，这招式跟我以往使过、见过的都不同。

最后收势，剑气嗞嗞横扫，刹那间有强劲剑势劈过。开始眼前破庙毫无动静，片刻后却轰然倒塌。那柱子竟然被斩断，而且还是被剑气斩断的。

我诧异地看着眼前景象，心绪如潮，汹涌澎湃。这种第一次和剑合二为一的感觉实在很好，我差点感动得热泪盈眶。我蹦到满脸凝重的水东流一旁，激动道："看来这一身内力要和剑法结合才能发挥威力，水东流，你真是太聪明了。"

可他却一声不吭，无动于衷。我戳了戳他，挤眉弄眼："你是不是怕我学有所成，揍你呀？"

水东流低头看我，目光灼灼："我们的包袱还在里面。"

我眨眨眼，看向那一堆尘土还在飞扬的废墟。

"渣渣，你还能再笨点吗？"

"……"

鉴于总是被叫成渣渣，在水东流跨马而上后，我环手抱胸站在下面，仰头郑重道："水粽子，你听好了，我叫花梨，是花梨，不是渣渣。"

水东流若有所思，片刻后一脸恍然大悟的表情："渣渣，原来你是木头。"

"……"

"我家吃饭用的桌子、放小盆栽的架子都是花梨木做的。渣渣，你去哪里？渣渣？"

我跟他已经没有办法进行正常的沟通了，哼。

试图翻身反而被虐成渣，我表示十分不开心。

以前我常被小伙伴说成桌子、椅子，便跑去问老爹为什么给我取这名字。老爹说："梨子啊，那些达官贵人家里用的上好木材就是花梨木，它高雅又精美，为人所喜。我家梨子日后一定也跟真正的花梨木一样，大有所成，找到珍惜你的人。”

听后，我便释怀了，虽然不知道什么叫珍惜，什么叫大有所成，什么叫……好像都不懂，不过这些话听起来不错呀，之后只听娘亲在旁边哼了一声：“那还不是块木头！”

想一想，难怪我对水东流的毒舌有免疫力，我这强大的心理素质根本就是从小被亲娘锻炼出来的。

后来在我愤然之际，老爹说：“你娘夜里和我说了一句话。”我问是什么，他说：“还是平平凡凡的好，安然一生，想那么多有的没的做什么？”

虽然我还是听不懂，可这话听起来好像依然不错呀……

想到娘总是刀子嘴豆腐心，明明是兔子却要佯装成老虎，我不由颇为挂念。该死的衡山派，让我从家门经过都不能回去。

我们路过一片青草地，青草绿油油的，长得十分好。水东流下了马，让马吃草。我坐在岸上看着湖里游来游去的鱼，偏头道：“用内力把鱼轰上来，我们烤鱼吃吧。”

水东流低头斜乜我，嘴角越扬越高，一字不说。

好吧……我们才刚吃早饭没多久。

“你知不知道是谁给了你假地图？你不需要回去处理？你这么跟我去衡山，真的没问题？”

水东流悠悠道：“屡次三番派人刺杀却不能得手，他总会亲自出马。如今还未有教众来寻我，我想，他们约莫是被他拦下了。我与其亲自去找，不如等他自己送上门来。”

我忽然想起一个惊天大阴谋来：“水粽子，按照武林话本……你说衡山派做的见不得人的勾当，会不会和逍遥教叛徒有关？逍遥教叛徒和庄世正勾结在一起，互许对方一个登上教主之位，一个登上盟主之位？”

水东流笑了笑：“不可能。”

我瞪大眼，如此合情合理的解释竟然不可能：“为什么？”

“你忘了那日在破庙里你们潜伏的事？”

我低头想了片刻，隐约明白过来：“他们不可能有勾结。如果他们真的勾结了，庄世正就会将武林同盟埋伏的消息告诉逍遥教叛徒，如果告诉了，叛徒就不会派杀手来杀你，让武林同盟将你解决了就好，何必自己坏事？”

水东流点点头：“对。”

想清楚两者没有勾结，我松了一口气。至少两帮人马不会同时出现，毕竟他们在暗处，我们在明处，就怕寡不敌众：“不过，水东流，你怎么会知道破庙埋伏有人，还绕路走了？”

以他的路痴属性，他根本不可能特地绕远路吧。

水东流挑眉：“我没有绕路，只是中途出了点小状况。”

“什么小状况？”

他动了动唇，说道：“马吃饱了。”

“……”要不要这么吊胃口？

还没有进入下一个小镇，我就听出镇的柴夫和猎户说今日镇上有事发生。我竖耳细细一听，竟然是赶往衡山的同盟中人途经小镇，似要歇脚半日。

算算日子，我早出发，他们大队人马，脚步慢些，本来我应该是快了许多，只是我在快活林待了五日，这样一来，就和他们撞上了。

我暗地思量一番，半开玩笑道：“水东流，我们去把庄世正做掉吧。”

水东流想也没想就说：“好。”

“……如果我说刚才是开玩笑的，你会不会揍我？”

他笑了笑，依旧慈眉善目：“你说呢？”

……与其被大魔头殴打，不如去殴打大贼人。我下定决心，要去抓了庄世正，问出他的阴谋，然后再把他宰了。只是如今我光练好了一招剑法还远远不够，而这整套剑法共有二十八招。用水东流的话来说，我用这一身内力练到五招就能跻身高手行列。

我诚恳地问他：“于你而言，我要翻身把歌唱，得练到第几招？”

水东流伸手拍拍我的脑袋，语重心长道：“渣渣，请珍爱生命。”

好吧，我又被水粽子无情地碾压了……

在进镇前，见途经的树林无人，我便让水东流教了我第二招。我们两人现在是秤不离砣了，他看得懂剑谱，但是没有前辈独有的内力，无法发挥剑法的威力。我是看不懂剑谱，但是这招式唯有我能用。

从一定程度上说，我心里有点小激动。

水东流自告奋勇地给我易容，本来我以为自己会变成一个倾城美人，结果从水坑一照，我嘴角直抽，他一定是在趁机报复我吧……

再看看他，好吧，也成了一个小老头了，我顿觉平衡。

摸进小镇，将马暂时寄养在店家，我们两人打听到武林同盟中人住的地方，撑着拐杖到了那儿，结果客栈已满，只好住到对面客栈去。我们要了二楼的房间，窗户正好对着他们那边。

我趴在窗户往那边看，真想过去见见师父他们，告诉他们我挺好，还遇到绝世高手，马上就要变成高手了。

“渣渣，你像只壁虎趴在那儿，会引人注意的。”

“哦。”我回到桌前，“你就在这儿教我第三招吧。”

水东流却没动：“不能急于求成，慢慢来。”

我应了一声，看看外头天色已快黑，跑去拿了流光剑，擦得亮堂堂的：“待会儿下手一定要快狠准，别让人发现了，否则跳进黄河也洗不清。”

水东流抬手摁住剑鞘，目光坚定：“这种事，我去就行。”

这家伙终于会关心人了，还……还愿意为我去冒险，我简直激动得要哭出来，但还没感动完，就听他叹道：“你去的话，依照这种三脚猫功夫，根本就是找死。”

我拧眉：“所以水教主的意思是，其实是为了不暴露你的行踪，所以你才自告奋勇吗？”

水东流笑了笑，起身说道：“去睡一觉吧，黑眼圈都掉地上了。”

我哼了一声以示嫌弃，见他转身要走，忍不住说道：“水东流。”

“什么？”

“要小心。”

他微点了点头：“嗯。”

我抱着剑，坐在床沿等了一会儿，一直惴惴不安，几次跑到窗户边往外看。久不得消息，我将剑藏好，往楼下走去，才到楼梯那儿，就见大堂挤了一堆人。一人急急忙忙往上跑，见了我，低声说道："婆婆，快退房吧。"

"这位后生，发生了何事？"

"那帮人啊，听说是逍遥教的，全都是高手，要住这儿呢。"

我心头一个咯噔，也不知是不是因为那人说话被听见了，忽然就见站在柜前要住店的人齐刷刷盯来。那小伙已经上去，只有我杵在那儿，正好跟他们的目光对上，瞬间被盯出一脊背的冷汗。

这些人跟水东流的气场完全不一样……太冷厉了，简直就是写着满脸的"我是坏人"。

我抬着僵硬的脚往下走去，一路咳咳咳，以掩饰内心不适。水东流没说那害他的人是谁，就怕那人混在里面，对他不利。

进了对面客栈，那儿都已快坐满人了，我寻思着找位置，却都看不到有空处，耳畔忽有人唤了声："婆婆，这儿还有地方。"

声音好像十分耳熟呀……我抬头看去，一眼就看见了大师兄。

大师兄果然是古道热肠的好青年！

难怪当年娘亲来探望我，曾一副媒婆模样地拉着我说："我看你大师兄不错，记得多接触接触哟。"

可惜这么多年过去了，大师兄还是大师兄，还在暗恋着二师伯门下的那个小师妹。

入座后我捏着嗓子跟他们道谢，见四方桌子旁还有个空位，正想会是谁的，就见到师兄和师姐哗啦起身，齐声道："师父。"

"噗。"我差点被茶水呛着，抬眼看去，心生感动，能这么近地和师父他们坐在一起，简直太让人高兴了。

师父坐下，大师兄就解释了一遍我坐在此处的缘由。他蹙眉看来，面色微变，但到底还是没说什么。

我默默喝茶，其实师父认出我来也好，至少知道我还好好的。邻近的几桌也是武林同盟的人，所以整个客栈大堂人多却静，据说斯文是显示正派有涵养的最佳体现。

外头跑进来一人，和旁边几桌的人一一附耳几声，大堂就开始喧哗起来。

大师兄已经跑去打听，回来便说道："有逍遥教中人入住对面荣锦客栈。"

师姐拧眉："他们应当知晓破庙围剿一事，为何还敢如此猖狂？当真是要和我们同盟作对，抑或是非要拼个你死我活吗？"

师父淡定出声："对方有备而来，我们不宜先动手，否则会引起百姓惶恐，伤及无辜。"他稍停片刻，又道，"庄掌门一路负责防范，保护同盟中人安危，逍遥教根本不在他眼内，突袭的话只是自寻死路。"

我愣了愣，那水东流……我急忙起身，跟小二问了茅厕所在，顺理成章到了客栈后院。按理说水东流没有可能就这么消失的，可刚才前堂不见他的踪影，这后院空旷，适合伏击抓人，却还是不见他。

水粽子，你可千万不要被剁成肉粽子！

我犹豫着要不要摸上楼去找水东流，告诉他有陷阱，可看了看手上，只有一根拐杖。我真应该把剑带出来，要是真出了什么事，还能好好杀敌。

隐约听见脚步声，我立刻钻进柴房，屏气不动。

不得不说，有了一身内力后，我的感官也跟着上升了一个档次。我微微侧耳，外头声响听得极为清晰。两人脚步都很轻，只是其中一人步伐轻巧得自然，一人却似因内力深厚所致，从迎风而行的轻微动静可分辨出。

"你说的那华山妖女在何处？后院？"

"方才确实是在这儿，我找找。"

我眨眨眼，踮起脚从窗户看去，乖乖，竟然是庄世正和那魔二代小鬼。水东流虽然把我打扮成老太太，但是不得不说，手法十分高超，以小鬼的眼力，他应当看不出来的。那就是说，他误打误撞就正巧撞上我在这儿了。

我果然跟这小鬼八字不合呀。

不对，我不正要擒住庄世正吗？这小鬼简直就是武林福音！

还没跨步，心就紧张得急跳，我默默觉得这心跳声都要飘到庄世正的狐狸耳朵里了。贴墙琢磨了下时机，现在他没旁人相助，正好下手。

不由多想，闪身跳了出来，大喝一句烂大街的台词："老贼，拿命来！"

庄世正和小鬼齐齐往这边看来，愣了片刻，待我倾身而上，才瞬时反应过来："原来是你这妖女。"

拐杖毕竟不如剑，我虽然将熟稔于心的剑招挥出，但配合不好，又紧张兮兮，剑气立刻被削弱了一半，被庄世正抽剑挡住。只听得刺啦几声，他一退三步，诧异非常："深藏不露，你果真是逍遥教细作！"

我无暇辩驳，一把将小鬼扯到后头，免得打斗时伤了他。头回单独对付高手，我手脚都有些僵硬，一杖击出，逼得他没退路。他反喝一声，也甩出凌厉一招，到了眼前，却是一记虚招，剑身一动，逆光而来，刺得我翻身左闪。这人真是太卑鄙了！

我还未落地，他已击掌而来。小鬼大叫一声"小心"，我心一急，也急速出掌。掌心蓦地一疼，迅速收回，往后翻身。

庄世正面色青白，俯身吐了一口血："你……"

我踉跄落地，也几乎快晕了过去，本还想上前擒他，却听到已有动静传来，不宜恋战，便一把抓住小鬼，逃离而去。

我一口气飞奔出三里，等发现全身无力、腿脚都软时，才终于找了个地方停下。

山涧清澈，林木茂盛。

我连喝几大口水才缓过神来，将老婆婆的妆容去了。洗脸颇为费力，用水浇脸都有点疼。见小鬼还一脸嫌弃地看我，我捏了捏他的脸："对于救命恩人，你真的不想说句感谢的话吗？"

"你哪里救我了，跑得不稳又快，差点把我颠吐了。"

"以庄世正那只老狐狸的性格，你没利用价值了就挂了。"

小鬼"嘁"了一声，扬扬手里的瓶子："我是故意的。我……我哥发现这里布满陷阱，不易下手，所以我自告奋勇，利用我孩童的身份掩人耳目接近他，想给他投毒。按照计划，我妥妥能得手，谁想你这个渣跑出来了，气煞我也。"

我斜乜他："要不是我掳走你，你早被庄世正剁成小肉包子了。"

“哼，我娘可是五毒教的，师公亲传了几种不错的投毒手法，还有师门上下送过我很多逆天的毒药，尤其是我娘的胖师兄，他是研制毒药的高手。”

“是啦是啦……不过水东流那家伙真是浑蛋，竟然愿意让个小屁孩去做这种危险的事，真是亲哥！下次见了真要好好骂他……”想到他现在不知所踪，我又忍不住心里忐忑，“希望他能安然归来。”

小鬼这回没反驳我了，默默地揣好了毒瓶子：“这回没抓到他，下次他警惕性更高了。”

“总会有落单的时候。”我握了握拳，发现掌心痛极了，伸出右掌一看，掌心有个极小的血孔，仔细看去，顿觉诧异，“竟然有刺！”

小鬼立刻抓了我的手，低头挡了我的视线。我扯了扯嘴角：“别挡我……唉，疼！揍你啦！”

片刻后，掌心更痛，小鬼已经抬头，只见他两片指甲盖一合，一抽，便有一丁点黑丝在他手中。他面上带着冷笑，极为不屑：“竟用这种下三烂的手法下毒，真教人不齿。”

“毒？”我忙看手掌，一想不对，“若是中毒，那伤口怎会痛？”

真中毒的话，就该是伤口麻痹，而非疼痛了。

小鬼拧眉，又捉了我的手：“渣渣，你没中毒，可这东西上头的毒却是剧毒无比的……”

我恍然大悟：“难道是因为上回吞了你的血？”

小鬼瞥了我一眼：“我的血倒还没有长久解毒的功效。”他抬头看来，忽然笑得天真无邪，“渣渣……”

我警惕三分：“干吗？”

他抬手指了指我后头：“你背后有只熊猫。”

警惕立刻烟消云散，可我刚一回头，就觉掌上一痛。嗞！怒！他竟然在咬我！我强忍着没动手拍飞他，这就是传说中的以牙还牙吧？

小鬼咬完了，皱眉：“没感觉到血有解毒的作用。莫非内力太高深了，导致毒素无法侵入？这也没可能呀……”

我揉揉手，想到从快活林出来后，似乎许多都变了，兴许是那个时候义父给我吞服了什么东西吧。

小鬼叹道："渣渣，你这么厉害，对手还怎么玩？"

我顿时身心大悦，忽然想打击报复他一次，于是嘴角上扬："小鬼。"

又陷入沉思的他随意应了一声。我弯身盯着他，眨眼道："我刚才上完茅厕，没有洗手哟！"

"……"

对于一个扬言要和自己绝交，还要把自己丢进粪坑的人，我表示用糖果已经无法安抚他的幼小心灵。

我偷偷回荣锦客栈将流光剑拿回，却发现自己没钱结账，钱都在水东流那里。我只好又偷偷地从窗户溜走，留下字条道：隔壁街绑在榕树下的马算作房钱。

到了后巷，我就见愤怒的小鬼等在那儿，一见我，他的眉头都要拧成一团了。我快步走上前，讪笑："不要这样嘛，我是开玩笑的。"

"我不信，"小鬼倚墙抬头，双手环胸，直勾勾盯来，"你要补偿我。"

我无奈道："怎么补偿？"

他转了转明亮的眼："我要亲你一口。"

"……上回想，这回还想，你找抽是吧？"我握拳想揍这小色坯，却忽觉掌心微痛，想到方才小鬼十分在意地看我伤口，虽然常常跑开又不懂事，但其实他跟水东流一个脾气，刀子嘴豆腐心。

我咬了咬唇，伸手："给你亲一下手。"

他执拗道："我要亲脸。"

我蹲下身，把脑袋往他的面前凑："啊啊啊，亲吧亲吧。只是个小毛孩就如此好色，长大以后肯定风流成性。"

他憋红了脸："才不是！"

"啊，快亲，亲完了去找你哥。"凑近一看，我发现这小鬼的皮肤真是好得不行，连一点斑点都不见，光滑得很。小孩子的皮肤就是让人羡慕嫉妒恨呀。

他双手捧了我面颊，探到跟前，顿了顿："你闭上眼。"

"……我真想把你踹到天涯海角去。"我耐心地闭上眼，等着他吃完我豆腐，然后去找水东流。

热气飞扑而来，我隐约感觉到温热的气息几乎贴到脸。微凉的触感终于印在面颊上，他亲得又轻又小心。我睁开眼，一张红红的大苹果脸映入眼帘，差点笑崩：“小鬼，你有色心没色胆吗？”

小鬼皱眉：“怎么会没用……奇怪……”

“好了，走吧。”

我刚要起身，他却双手压住我的肩，一脸肃色道：“渣渣，我还要亲一口。”

我龇牙：“那再让我咬你一口好不好呀？”因为实在担心水东流的安危，于是我拉了他的手起身，“你哥在哪儿？”

“你再让我亲一口，我就告诉你。”

“小色胚。”我当即俯身捧了他的脸，啪地亲了他的额头一口，“满足啦，说吧。”

他欲哭无泪：“我要亲嘴……其他根本没用。”

“再无赖，丢你去填茅坑。”

“……好吧，他在下一个小镇等你。”

我愤然：“那浑蛋又丢下我。”

“阿嚏！”

“小鬼，你染风邪了？”

“不是！”

跟小鬼在一起真是欢乐多，我笑了下，拉起他往外走去。庄世正知道我在这里，恐怕关卡上已经被他安排了人手。我打定主意，等风平浪静了再行动，只好让水东流多等几天了。

才走几步，便觉后面有人尾随，我蓦地转身：“谁？”

那声响骤停，一个身影已轻落在地上，那张中年男子的面庞并不算俊朗，只是眸光坚定，教人安心敬畏，神色也是从未变过的肃穆。我几乎扑到他面前：“师父！”

师父低应一声，开口后，因声音压低，更显得喑哑低沉：“方才打伤庄掌门的是不是你们？”

我脱口问道：“他死了没？”

“……”师父看了我一眼，“你若真想知道庄世正为何会陷害你，就不该取他性命。”

我挠挠头：“我本来是打算活捉他的，中途发生了点小意外。”

师父问道：“受伤没？”

“没有。”我小心地看向他，“他找上我们华山派了？”

“暂时还没有，如今他昏迷不醒，众人都不知发生了何事。而且，从他的内伤来看，并非我们所为。”师父问道，“伤他的人，是水东流？”

我迟疑片刻，不知要不要告诉师父快活林的事，很担心要是让他知道我没了华山派内力和武功，会被他逐出师门。

师父却没有再逼问：“这件事你别再牵涉进来，赶紧离开这里，若你和水东流当真认识，就去投奔他吧。”

我吃了一惊，拽住师父的手：“师父，您不要我了吗？我不走，庄世正肯定有阴谋，否则不会三番五次派人追杀我。”

师父顿了片刻，眼中已有了怒意：“他找人害你？”

我轻轻点头，见师父担心，最后还是将快活林的事告诉了他。我至少让他知道，我如今能将自己保护得很好，一般人奈何不了我。

师父听后长叹，抓了我的手腕，把脉片刻才放下说：“果真将我们门派的内力全封住了……你因祸得福，也是好事。这件事我暂时不会和你太师父说，你且好自为之。你下山后，我和你太师父商议一番，也觉此事颇有蹊跷。”

听见太师父他们并不疑心于我，我心中动容，又听到师父叹气说：“师父不能和你同行，你万事小心。为免遭人怀疑，为师先回去。”

我点点头，认真应道：“师父，你们也要小心。”

师父颀长的身形消失在墙垣，我看了好一会儿，这感觉好像和当年爹娘丢我到华山，我看着他们转身离开时一样。

“渣渣，该走了。”

“哦……”收拾好心情，我继续拉着他走，“趁庄世正还没醒，我们赶紧走，否则等他醒来，设下陷阱就难办了。”手上感觉又软又暖，我低头看他，好一会儿才反应过来，“小鬼，你受了那么重的伤，竟然一点事都没有？”

小鬼嘴角一扯：“你是有多迟钝？”

我趁机捏捏他的脸和胳膊：“哟，体质不错嘛……对了，你知不知道逍遥教来了几十个教众，就住在荣锦客栈？但我不肯定那些是不是害水东流的人，所以没敢认。”

小鬼皱眉：“竟然追过来了。”

“小鬼，我怎么记得水东流没兄弟呀？”我又捏了捏他的锁骨，之后慢慢往下捏，“说，你是不是小姑娘？”

小鬼怒了：“你才是小姑娘。”

“哈哈哈哈哈！”

“好了，去客栈看看。”

荣锦客栈没有想象中热闹，我本以为衡山派会跑过来质问逍遥教，可那偷袭连个巴掌都没拍响，根本没人愿意在无凭无据的情况下挑衅逍遥教。

听完小二八卦，小鬼十分大方地给了他银子。见小鬼怀里隐约露出一块梅花玉佩，我蹲身问道：“这也是你娘的娘家人送你的？”

小鬼将玉佩拿了出来塞给我：“是刚才我哥见到十七舅舅的人，他们说抓到一个娘娘腔，从他那里拿回来的，现在物归原主。”

“那你为什么给我？不怕我到处取钱呀？”

小鬼愤愤道：“因为十七舅舅说我哥是个情渣，这玉佩他要暂时交给你这个渣保管。”

“……”

萧门主果然是误会了吧，我真不是水东流那家伙的媳妇。

不过玉佩揣我身上会更安全，交给小鬼到底不放心。把玉佩在腰间放好，我戳了戳他：“我们还要在这里蹲多久？”

后院空旷，偶尔有人从窗户那边探头。我们两个人顶着簸箕蹲在这儿，真的很像隔壁傻蛋呀……

小鬼嫌弃道：“有点耐心嘛。你不知道，逍遥教的人最喜欢在屋顶聚会聊天商量事，这个位置刚好。要是贸然跑到前面去，以我现在的身手，一定会被发现的，你想被砍成肉包子吗？”

“什么叫作现在的身手？难不成你待会儿就会化身无敌高手？”

“好了，渣渣你不要说话，你嗓门太大，要被发现了。”

“你知不知道陷害你哥的是谁？”

小鬼沉默片刻才道：“逍遥教左护法韩阳。”

护法？我叹了口气，逍遥教等级最高的教主和圣姑，不过圣姑就是教主媳妇，要做教主夫人就先要成为圣姑，目前他们教中还没有，其次就是左右护法了。

“没想到你哥的左护法竟然生了异心，他这是要除了你哥登上教主之位？”

小鬼撇嘴：“不知道，约莫是脑袋被门缝夹了。”

“……”

第六章　正面的较量

小鬼不愧是逍遥教中人，对教中规矩了如指掌。不多时，我果然看见几条人影蹿上屋顶，仔细一看，就是刚才见到的那些教众。我侧耳听去，借助雄厚内力，这点距离根本不是问题。

“袭击衡山派掌门的可是教主？”

“庄世正昏迷不醒，暂时还不清楚，只是听说对方武功高强，绝非等闲之辈。”

“能将庄世正打成重伤的，又怎会是宵小之辈？”

我听得得意扬扬，要不是怕被听见，真想好好谢谢他们这些赞誉。

“属下已查过，教主并没进镇，但之前在上一个小镇曾有人见过他。因此属下猜测，教主应当是易容进镇的。”

“再去查。”

我抬眼往那上面看去，四五个人恭敬地站在一旁，面向一人。我眯眼想细看，指不定那人就是那个韩阳呢，谁想，不知是不是目光灼灼，蓦地见他低头看来，一瞬想起在客栈初见的那凌厉眼神，不就是他！我避之尚且不及，却见小鬼已经扔了簸箕：“是韩阳，快走。”

我忙抓住他往院外逃去，那些人反应极为迅速，背后破风而行的声音钻入耳中，听得我心惊胆战。我一只手夹着小鬼根本跑不快，几乎与追来的人并肩而行了，便蓦地回身，重重挥出一掌。

先追上来的果然是韩阳，只见他眼里闪过意外，但瞬时恢复，已是迎掌而上。

“轰！”

两掌对上，从手指强震到胳膊，我们都在空中急退。韩阳的内力较之庄世正更高，但也并没高多少。我稳当落地，韩阳已喷出一朵血花。趁着其余五人将他扶住，我赶紧拉着小鬼再跑。

抱着“天大地大命最大”的觉悟，我一口气从这个小镇跑到下个小镇，飞奔了足足十里地。到最后实在跑不动了，刚落到平地，我两腿一软，和小鬼一起摔在地上，喘气都觉得没力气了。

小鬼面色青白，一副想吐的模样：“你颠死我了。”他仰面躺着，苦笑，“渣渣，前辈真不该把内力传给你，你左掌拍晕了衡山派掌门，右掌拍扁了逍遥教护法……无论如何，你惹上大麻烦了。”

我偏头抓了他的胳膊，呜咽道：“怎么办？我不想死，可我现在根本控制不了出掌力道。小鬼，你千万别偷袭我，否则我会一掌拍晕你的。”

“……”

喘顺了气，我默默地想，要是水东流在多好，让他教我运气调息。对，他不是在这个小镇吗？我得赶紧去找他。不等我起身，就见小鬼把脑袋凑了上来，低头靠近我，我立刻抬手——

“啪！”

小鬼被我扇飞了……

“小粽子！”我忙跑了过去，骂道，“还好我下意识收了力气，否则你就死了好吗！让你别来偷袭我，你怎么就不听？”

小鬼有气无力道：“给……给我亲一口。”

没等我被他气哭，小鬼脑袋一歪，晕了。我忙给他输真气疗伤，见他面色缓和，才稍稍放下心。因背上还有流光剑，我只能抱着他去找医馆。

进镇问了有名的大夫，将他送到医馆看了伤，大夫说无大碍，我才跑去找钱庄。寻了客栈住下，喂他喝过药，给他擦了身，累了一日，我也倒下睡着了。睡得迷糊间，隐约感觉小鬼在动，我抬手压他被子：

“困……别闹。”

面颊微热，小鬼吐息的热气扑在脸上，就好像一个大肉包子。我舔了舔嘴，没等我往下咬，只觉唇上一热……又被偷亲了，他果然是小色鬼！

不过算了……好累。我转过身，免得他再得逞。我打了个哈欠，隐约听见有类似布条裂开的声音响起，怒道：“吵死了。”

背后微有轻笑声，只是片刻后又已停下。

好像睡了很久，中途感觉有人往外爬，我也没力气睁眼去看。过了许久，又好像有人进来，这回我觉得精神了许多，抬手摸旁边，竟然没人了：“小鬼？”

话音一落，立刻有人吱声：“醒了？”

我往漆黑的屋里伸了伸手，摸到一张微凉的脸，欣喜道：“水粽子！”

“嗯，睡好了吗？那我们赶路吧。”

我顿了顿，把手收回来：“点灯吧。”

很快我就听见他走动的声音，随后屋内的灯火亮起来。我慢吞吞地穿好衣服，对着镜子梳了很久的发。

水东流环手抱胸，倚在窗前，安静得很。我挽好发，拿齐了东西，唰地拔剑，直指他鼻尖：“你不把这脸皮撕下来，那就只好我来划开了。敢冒充水东流，你到底是谁？”

他愣了片刻，一会儿眉眼已染笑：“你怎么知道我不是水东流？”

声音有些耳熟，我拧眉看他：“你是……你是那拿走梅花玉佩的死太监！”

他把眼睛狠狠一瞪：“大爷我叫玉狐狸，不是太监。”

水东流那个毒舌王怎么可能轻声细语地问我睡好没，又怎么可能看我梳妆静候，眼前这人分明是假的。可我没想到他竟然就是玉狐狸，传闻以高超的易容手段闻名江湖的大盗。他拿走梅花玉佩去钱庄被抓住落网，竟逃出来了，还追到了这儿。

他抬指到脸颊下，懒洋洋地似要揭开假脸，却刹那间抬手弹开剑身，往窗外跳去。我一把拉住他，准备他再跑就一掌把他轰了：“交出小鬼！”

他不愧叫玉狐狸，我明明抓住了他的衣裳，却不知怎么一晃，就让他脱逃了。

我当即拔剑，奋力横劈，整个窗户啪嚓一声碎裂。伴着碎屑横飞，我这才看见外面廊道站了十几人，他们正愕然看着那玉狐狸的背影消失在夜色中，齐声道：“教主！”

“……”

还没等我解释，那十几人愤怒看来：“伤教主者，死！”

“……”不……那不是你们教主，那是江洋大盗啊！

我简直要泪流满面！

我只觉自己的八字一定跟普天下的大众尤其是反派不合。

一双双锋利如刀的眼盯来，我握剑的手都渗出了汗：“容我解释，那个不是你们教主，是别人假冒的，是玉狐狸！”

众人面露疑色：“方才那人确实不太像教主。”

还没等我松一口气，已有人说道：“她不就是打伤左护法的人？”

眼刀又唰唰飞来，盯得我冷汗直落，就算我是高手，但是真把他们削了，水东流一定把我揍成胖子。眼看众人准备上前，我蓦地一退，他们却已停下步子，眼睛直勾勾盯着我腰间。

我咽了咽口水，低头一看，是水东流的梅花玉佩。见众人眸光闪闪，我微微挺直腰背。对，没错，这就是你们教主大人送的，我们的关系非比寻常，你们还不速速退下。

一人更怒：“妖女，你将教主藏在何处，竟然敢盗取玉佩。”

……你们还要不要按照常理出牌了？我还小，不要伤害我好不好？难道这个时候你们不是应该将我当作未来的教主夫人供奉起来吗？嗓门大开是闹哪样？

眼看就要被大卸八块，我都打算用流光剑突破重围求生了，背后窗户那儿却有呼哧声响起，疾风扑来。我正以为他们要从背后袭来，刚要提剑转身，手腕已被宽大的手掌握住，稳稳收回，半个身子落入他怀中，末了他的声音缓慢而不满：“我不过出去一会儿，出什么事了？”

我仰头看去，还伸手摸他面颊，没有戴人皮面具，确实是水粽子。

屋内响起齐刷刷的跪地声：“参见教主。”

高悬的心终于落下，我认真道：“方才玉狐狸冒充你，我追砍他的时候，被你的手下误以为我对你不利。”

水东流微点了下头：“受伤没？”

我眨眨眼，又捏了捏他的脸：“教主大人不可能这么温柔吧……”

“……”水东流抿了抿唇，似乎是在竭力保持自己的教主形象，没说要把我丢粪坑什么的，只面向那跪地一片的教众说道，“梨子姑娘于我有恩，嗯，你们懂的。”

……这个交代也太简短了，求发自肺腑的解释，不然一眨眼还是被砍的节奏吧，我腹诽片刻，他们已是齐声道：“是。”

所以逍遥教日常就是这样的吗？我默默望天，水教主的话如此简洁有力，真是意外地……对胃口呀。

“只是教主……这位姑娘好像是……重伤左护法的人……”

水东流冷冷瞥他一眼：“两人并不认识，左护法出手相逼，梨子姑娘不过是自保罢了。左护法学艺不精，反被重创。他现今伤势如何？”

“伤势过重，还未苏醒。”

“醒后来报。”

“是，教主。”

“没其他事的话就退下吧，行程明日再议。”

众人如潮水退去，我抹了抹额上冷汗，摇头：“你要是来迟半步，我就要被剁成渣了。”

对着外人和对着教众的水东流简直判若两人，刚才一瞬我从他身上感觉到的威武霸气是怎么回事？那一定是我的错觉。看了一眼屋里，小鬼应该不在，我寻思片刻，忽然觉得哪里不对。如果说小粽子就是水东流的弟弟，那为什么……身为护法的韩阳却不认识他？我抬头看坐到一旁，又将自己裹成粽子，还穿着不合身的衣服，品位奇差的水东流：“你有弟弟吗？”

“有。”

“……那为什么韩阳不认识他？”

水东流手势微顿，眨了眨眼：“逍遥教的人都不认识他，因为他从小就养在五毒教。”

我恍然大悟："听说你母亲是五毒教弟子，难怪小鬼会用毒，原来是自小生活在那里。"我语重心长道，"那麻烦你照顾好你弟弟，别让他乱跑，江湖那么危险，你怎么忍心让他到处走？"

水东流挑眉："你在教训我？"

"……不敢。"

水东流喝完一杯茶，到高柜那儿翻找片刻，抱出一床被子，啪啦就扔到地上："你睡地上，我睡床。"

且不说这种做法毫无君子风度，就这行为也让人很恼火。为什么我们要睡一个屋子？我踢了一脚被子："要睡你睡，我去隔壁房。"

水东流一把拉住我："渣渣，你以为除了教主和教主的女人，谁能揍了护法而能平安无事？"

"水粽子，你别吓我。"

"明天我就打发他们回去，戏不会演太久。"

"哦。"听他这么一说，我一瞬还以为他真要抓我回去做压寨夫人，哦不，做教主夫人了，便愉快道，"请拿出你的君子风度，我睡床，你睡地上。"

他抿紧唇，俯身盯来："其实睡一块我也无所谓的，你完全不用担心我会对白糕贴葡萄粒的身板有食欲。"

这简直就是奇耻大辱，我大怒："水粽子，我跟你拼了！"

最后我还是没揍他一顿，大概是因为动静过大，隔壁房干咳声不断吧。我只好乖乖睡觉，熄了灯，侧身寻着位置往他那儿看："水粽子，我一直觉得你很浑蛋。"

水东流懒懒说道："渣渣，我也一直觉得你哪里都渣。"

我愤然："水东流，我觉得十分有必要和你谈一下人生呀！"

他蓦地笑出声，这笑声在这夜里听得特别清楚，我几乎能想象出他的笑颜。

我仰躺着看眼前漆黑的环境，捂了心口。这种好像少女芳心急跳的感觉是怎么回事？身为名门正派，我怎么可以喜欢上这个大魔头，还是个毒舌又傲娇的大魔头？

"睡吧。"

"嗯，"我卷了被子，背身而对，末了不放心，又转身认真道，"我会打呼噜，磨牙，说梦话，明天早上你不许宣扬，我还要嫁人的。"

"……"

晚上我意外地睡得很好，醒来时，水东流已经不在屋里。小二送了水来，对那破窗户视而不见，只是一个劲地咽口水。所以说……昨晚逍遥教的人已经"客气地"解释过了吧。

我刚洗漱完，水东流就从外面回来了，看着破窗户若有所思，还走到近处察看。我几乎能料想到，他的下一句话一定是"渣渣，你这么剽悍会嫁不出去的"。

水东流摸摸下巴："渣渣，你这么剽悍会嫁不出去的。"

果然！

"不过，你的剑法好了很多，剑痕十分齐整。"

想了想好像也是，昨晚劈玉狐狸时，我几乎都能将他直接斩成两半了："那只狐狸抓到没有？他为什么一直跟着我们？"

"玉狐狸是出了名的江洋大盗，应当与那些杀手是两路人。而且当初他要找的人是我，得到梅花玉佩后就立刻走了，应是劫财，而非夺命。"

我点点头："摊上杀手就算了，还摊上了小偷。"我边说边将流光剑绑得更紧，免得一不小心被他偷了，"我们找个地方练第三式吧。"

"嗯。等练完就上路，我让他们回京城分舵。"

到底还是要避人耳目，我们找了个荒郊野外，直到看不见行人，才停下。

兴许是熟悉了前两式，这次我竟然很快就上手了。水粽子难得地夸赞了我，末了又感慨："果然是名师出高徒。"

呸！

练完已经快午时，我回客栈点了一桌子菜，还没吃，就听见有人喊我，抬头看去，筷子啪嗒掉了："师兄。"

再往后看，师父和师伯、师叔都往店里走来。再看旁边，这根本就是武林同盟中人都来了的架势。

这一对眼，双方皆是一愣，一个道姑说道："你不就是那华山弟子花梨？可找到人来证你清白？"

"我……"

没等我掩饰过去，在隔壁桌子的人就已起身护在水东流身边："教主。"

众同盟中人脸色剧变，下意识往后退步："华山弟子竟与逍遥教教主勾结？"众人看向师父，厉声道，"宋师兄，可否解释一下你徒弟所为？"

一人冷笑："先前说是无意中学得逍遥教点穴手法，如今看来，贵徒可与逍遥教教主熟络得很，否则也不会同桌吃饭。泄露我们围剿计划的，果真是她吧？宋师兄要如何解释？"

那人群中又有一个苍老的声音传来："伤我的人，就是她。"

我心下一沉，看着庄世正走过来。他唇白如纸，由人搀扶，小步走了出来，当面道："如今你们可信了我的话？她是华山派乃至整个武林的叛徒，就是不知华山派可有其他人参与其中。"

众人默然，我也无法解释，就算一五一十说了，也绝不会有人信。有时候……名门正派会将这些事看得很重。只是师父和师兄师姐们……可信我？

师父沉默了许久才道："这是华山派的事，我自会将她带回华山问个明白。"

一人又是轻笑："华山派的事？那看来宋师兄是有心要包庇了。既然你执意如此，那清理门户之事就唯有在下来代劳了。"

说罢，那人已起掌往我袭来，只是他的手还未到跟前，水东流就抬手强挡，一掌将他轰回伫立成堆的人群中，沉声道："谁都不许伤她。"

同盟中人唰啦拔剑，逍遥教众人也是持剑以待。

客栈静悄悄的，唯有气氛僵滞，似乎马上就要一片刀光剑影了。

我抬头冷盯庄世正："我就是那个叛徒又如何？以你们的身手，想捉我？做梦。"说罢，脚下一动，抬掌往庄世正的脑门劈去。

师父喝了一声"不可"，立时闪身而出。我蓄力掌上，滑过师父纠缠而来的手，一掌拍在他的心口上。

师父猛一退步，嘴角已溢出血迹。

师兄师姐们满面愕然："梨子！"

我怔了片刻，冷声道："你们已经没有利用价值了，从今往后，我和华山派再无瓜葛。以前我非华山人，日后也不会是！如若再见，必杀之。"

"梨子！"

我怔怔地看着他们，不知下一步要如何。既然无法解释，那就让我和华山派撇清关系。华山派家大业大，他们就算还想算账，也不敢放肆。可师父如果拼命保我，势必要与他们起争执。难道真让他们认定华山派跟逍遥教有勾结？

弃卒保车，只愿师父能懂……

手上被温热包裹，隔着纱布也能感觉得到那暖意，我微微抬头，水东流已拉着我往后走。

后面众同盟中人气愤地想上前教训我，却被逍遥教众人阻拦。

我回头看去，却见师兄师姐满目狐疑嫌恶，看得我心头刺痛，便回头继续随着水东流往后院走，眼里已起了一片水雾。

从今往后，我再不是华山派弟子。

再不能回华山。

再不能在回乡探亲时对加入青城派、螳螂帮的小伙伴骄傲地说："我，花梨，是华山派弟子！"

屋顶风光好，视野广阔。烈日打在头顶上，晒得整个人都晕乎乎的，连涌到眼眶的泪，也都很快消失了。

水东流坐到一旁，往我手里塞了酒，拍了拍我的肩："渣渣，别难过。"

我偏头看他："要是让我娘知道我不是华山派弟子了，我一定会被她追打三条街，太可怕了。"

"……你这么傻，我会忍不住笑的。"水东流末了说道，"不必在我面前强忍。"

我抱着酒直视前方，小镇风景尽收眼底："你拿酒给我干吗？"

"一醉解千愁。"

我拍开封口，酒味醇香，飘入鼻中："竹叶青。"

我抱起小酒缸，灌了一大口入腹，酒声哗啦，酒香四溢，喉咙和肚子直烧，与刺在面上的强光相呼应，一瞬间人都精神了。

水东流的声音略带忧愁：“渣渣，喝小口点，会伤胃。”

原来水粽子也会安慰人，真是难得。我手一伸：“你也喝。”

他顿了片刻，将酒拿了过去，仰头喝了一口，竟然就此便不打算还我了：“好了，其实喝醉了也不是好事。”

我探身抢了回来，才喝了一口怎么够。我抱着小酒缸仰脖长喝，更觉辛辣，待得缸中酒全部下肚，我打了个酒嗝，还是精神抖擞，忍不住呜咽道：“水粽子，你知道千杯不醉的人有多忧伤吗？师兄他们都不跟我划拳喝酒，师姐都敬我是条汉子。可现在我想解解愁，也不过是多上几次茅厕而已，不开心。”

旁边没声，我转头看去，就见水东流的身形开始摇摇晃晃。我戳了戳他：“水粽子，你该不会是不会喝酒吧？”

他打了个哈欠，面色酡红，狭长眼眸里满是笑意，看得我起了一身鸡皮疙瘩，这家伙就是传说中的沾酒即醉吧：“你不会喝酒，干吗还喝？”

我将酒放在一旁，抡起袖子准备把他扛下去，不然一个不留神他就滚到下面去了。

“渣渣。”

微有酒气隐约拂在我的面上，没一会儿他的脸就已快贴到我的鼻尖：“别怕，我会保护你的。”

我愣了愣，忽然想到刚才他护着我，在众目睽睽之下英气无比地说“谁都不许伤她”。撇开他毒舌傲娇、不体贴不稳重、不……好吧，其实找不到优点，什么优点都没，那我还要留着过中秋吗？

如此贬低了他一番，我总算觉得心绪平静了。我抓了他的手，准备把他扔到背上扛下去才发现他实在很重呀。流光剑差点把我的背给硌断，我忙将他放稳，取了剑下来，四下看看，没见着附近有人，才小心放下：“等会儿回来，别跑哟。”

说完，我突然觉得自己越来越神经兮兮了……

我扛着个大男人从屋顶上跳下，引得万众瞩目，刚找了家附近的客栈把他丢到床上，就急忙回去取剑。

我起步跃上屋顶，那灰黑的瓦片上面却不见流光剑。我咽了咽口水，努力抬头搜寻，远远瞧见十丈外一道身影正在日下疾奔，隐约有光芒折射而来。不管那是不是我的剑，至少有希望。

如今内力已经上升了整整五个层次的我，要追人并不算难。只是那人的轻功也实在不错，我追了半个时辰才缩短了距离，几乎累垮。

又过了半个时辰，我已快追上那人。我轰地挥出一掌，急速滑过树林，刮得树叶哗哗直响。那人背后中招，痛叫一声，直直摔落在地。

我俯身点了他的穴道，将剑拿回，踹了他一脚："敢偷本姑娘的剑，找打。"

那人面貌平淡无奇，就是个普通的年轻人，一双眼睛倒是贼亮。我眯眼看他，怒道："又是你这只狐狸。"

他可不就是玉狐狸，那害我差点被逍遥教误会且砍成渣的江洋大盗。

"我不是。"

"哼。"我伸手摸在他面颊上，找到水东流上回跟我说的易容的人入手的地方，用力一撕，他顿时痛得倒抽一口气。假脸一去，我就见到了他那张过目不忘的妖孽脸，"还说不是你，你当我眼瞎了呢？"

玉狐狸这才不甘心地看来："你怎么知道是我？从来没人能识破我的易容术。"

我吃了一惊："这么明显竟然没人识破过？你戏弄的那些人的眼神到底是有多差？"

"……你可以侮辱我的易容术，但是不可以侮辱我的顾客。"

"哦。"我蹲下身戳了戳他的脸，"你长得这么好看，一点都不大众，被人发现了以后还怎么立足？还是不要做盗贼了，多危险。"

他不屑道："你先告诉我，你是怎么认出我的。"

"很简单嘛，面貌再怎么变，人的眼睛是不会变的。"

他恍然大悟："那在客栈，你认出我不是水东流，也是这个缘故？"

"一半一半。"

玉狐狸眼睛里忽然满是探究："姑娘，你观察入微，心思缜密，实在是学易容术的天纵奇才啊，不如拜我门下，我收你做入室弟子吧。”

我干笑两声，心想，这个大神棍，为了逃命，这种大话也说得出来，简直要笑掉大牙了好吗！我有太师父的学武奇才就算了，还易容天才，得了：“空话就算了，说，你为什么一直盯着我和水东流不放？竟然还偷我的剑！”

玉狐狸悠然道：“作为颇具盛名的盗贼，当然是哪里有好货色就往哪里去。你知道水家的梅花玉佩多值钱吗？拿着它不但可以到任何一个钱庄提银子，还能在逍遥教经营的所有酒楼分舵享受各种教主级待遇。”

我咽了咽口水，从腰间拿了玉佩看，这东西竟然还有这种作用？

玉狐狸眨眨眼：“水东流竟然把玉佩送给你了。难道……嗯，你们都睡一块了，果然……啧。”

等等，最后一个语气词是怎么回事？

“不过姑娘，就算这玉佩是你的，但是你说我偷你的剑，这话可就不对了。”

“哪里不对？”

“这剑也是你偷来的，我再偷，哪里算是偷你的东西？”

我拍拍他的脑袋：“不跟你争辩。这把剑就是我的。”

玉狐狸悠然道：“我劝你还是赶紧把剑高价卖了，我可以考虑五五分。否则，水东流即便护着你，也难保你的安全。”

我顿了顿步子：“为什么？”

“虽然我不知道雇主是谁，但是有人指定要找到这把剑，还说不惜一切代价，若有阻碍，斩尽杀绝。”

……我这是又要得罪什么神秘组织的节奏吗？我不就是跟随同盟大队下山埋伏，怎么就摊上这么多事了？

我愤然回到客栈，进了房里，见水东流还在呼呼大睡，被子已经被踹到一边。我重新给他盖好，但还没等我起身，被子又被踢开了。再盖，再踢。我大怒，抓了被子往下压，他总算是消停了。

唉……微微侧耳轻贴，我能很清楚地感觉到心跳起伏，顿觉安心。这一安心，我就舍不得离开了。

我不能回华山，不能回家，众叛亲离，如今……唯有水粽子了。

这一昏沉，已入了梦里。

梦境并不美好，梦里我手里提着流光剑，站在血泊里，四周尸横遍野，一恍惚，却见那血水中的倒影并不是自己，而是一个年轻男子，仔细一看，似乎……很像义父。

“渣渣？”

我打了个哆嗦，猛然惊醒，还觉心在急跳，稍稍抬头，水东流正看来：“你做噩梦了？”

我缓缓起身，抹了抹额头，那儿都是汗水：“嗯，大概是。我梦见年轻时候的义父了，他杀了好多人。可是一眨眼，他又变成白发苍苍的老人，握着流光剑，一副悲天悯人的模样。我想……义父说他以前做过不少坏事是真的，选择隐居，或许也是觉得自己做错了吧。”

水东流也起了身，抚抚我的背：“可你不是没见过前辈年轻时的样子吗？”

我摇摇头，又看看放在一边的流光剑：“都说剑有灵性，或许方才不是我在做梦，而是剑在忆往事吧。”

对于我们用剑的人而言，剑是有灵气的，所谓的人剑合一，不就是人的身、剑的魂合为一体吗？

敲门声响起，我以为是小二，让他进来。进来的却不是小二，而是逍遥教的人。似乎是已经认定我们的关系，见我们同在床上，那人也没露出半点惊异之色，只拱手道：“教主，左护法已醒。”

水东流点点头：“他在何处？”

“已随教主入住此处。”

我暗暗惊叹他们找人的速度一流，连住的地方都这么快一致了。

“让他不必过来，我待会儿去看看，退下吧。”等那人出去，水东流又问道，“渣渣，你伤韩阳和庄世正时，对谁下手重些？”

我想了想，认真道：“那时我还不能控制内力，按理说都是在情急之下用了八九成内力。”

水东流挑眉：“韩阳那个浑蛋。”

“怎么了？”

“韩阳的武功绝对比庄世正高，可庄世正醒了还能走动，他却在装死。而且，你午时见到你师父他们后，本无人知晓我的身份，可我的属下却蜂拥而上，护起我来……这乍看之下是护主，但但凡有点脑子的，绝不会做那种事。”

稍稍一想，我顿时明白过来：“那些人怕全都是韩阳的人吧？”

水东流笑道：“渣渣跟着我，智商也变高了。”

呸！

他悠悠道：“在逍遥教，小鱼管虾米，大鱼管小鱼，大鱼对虾米的接触甚少。他们确实是归韩阳管。本来我还对韩阳持有三分怀疑，可有了今日的事，我倒是可以确定，韩阳确实要叛教。”

我紧张道：“那怎么办？待会儿那个有可能是鸿门宴呀。”

水东流摸摸我的头：“渣渣，我想起一句俗语。”

“什么？”

“皇帝不急太监急。”

我大怒：“水东流，你给我认真点！”

水东流笑笑，默了默缓声道：“渣渣……待会儿出了这个房间，我们就分道扬镳吧。”

我愣神看他，怔了好一会儿才道：“水粽子……不要丢下我。”

鸿门宴又如何，好歹也是一场酒宴，一场共赴的酒宴。

水东流拍拍我的脑袋：“不是丢下，只是暂时分开。你先找个地方躲好，等我解决了韩阳，就去找你，再陪你杀到衡山。”

“我现在很厉害，可以揍他们。”我握紧了拳头，凑到他跟前，“我打算以后做杀手的，现在给我钱，我帮你宰了他们。”

水东流扯了扯嘴角：“你不怕被他们宰了？”

“嘿嘿嘿，不怕。”

“渣渣，你额头冒冷汗了。”

“……好吧，我怕。”我紧握长剑，认真看着他，“可我更怕你一个人跑过去呀。还有……水粽子，我们一起上过刀山，下过火海的。”

"啧，见过一起享福的，还没见过一起找死的。"水东流抓住我的手腕，"把剑拿好，要是待会儿见势头不对，就挑虾兵蟹将砍，韩阳交给我。"

"嗯。"

在我心里，我已经将韩阳定义为阴险狡诈的小人，虽然水粽子该霸气的时候会霸气，但从脾气上来看，还不够老练，就怕会被韩阳坑了。

问了小二韩阳等人的住处，水东流直接领我过去。进了房间，我就觉自己踏进了龙潭虎穴。隐约有菜香飘来，我觉得这更像鸿门宴了。

屋内的人一见我们进去，齐刷刷单膝跪地："教主。"

韩阳也挣扎着起身，看他模样就是意思意思，可是现在的水东流对他约莫有一肚子嫌弃，也不跟他虚情假意。韩阳只好折腾下地，似痛得声音都发抖了："参见教主。"

"都起来吧。"

待他们起身，水东流已经坐下，又拉了张凳子给我。于是我就在众目睽睽下一屁股坐在他旁边，当然，仍紧抱着剑。

离韩阳最近的一人说道："教主……这位姑娘并非我逍遥教的人，可她自称是逍遥教所派细作，让关中众门派误以为我们是一路的，让我逍遥派平白蒙受冤屈。如今我们身在关中，虽然他们暂时不敢有所行动，但难免会有冲突，到时惹怒他们，恐怕会被报复。"

我默默举手："纠正一点，我从未说过自己是逍遥教的人，是他们一直如此以为。而且，我只是跟你们教主关系较好，谁没一两个朋友呢！"

那人瞪眼，水东流说道："她的事不必多说。我倒是想知道，为何我当初想去中原，结果却到了关中，来这里的消息怎么会被人放了出去，还让我遭到埋伏。"

满屋静悄悄的，许久才有人低声道："教主，您是路痴不是众所周知的事吗？"

在如此严肃的氛围下冒出这一句，别说我，刚才还一脸肃色的众人也是微微偏头，忍笑忍得双肩微颤。见水东流嘴唇抿紧，一直不动声色的韩阳又跪下了，这回却不是单膝，而是双膝："教主可否将地图交给属下一看？”

我从怀里拿出地图递给他，等着看他怎么狡辩。

韩阳低头细看，神色变幻莫测，忽然像是痛心，末了却是大怒，将图纸啪地摔在旁边一人脑门上，喝道：“这地图你从何处得来的？竟有好几处标注错误，连累教主误入关中，被人埋伏。”

那人一个哆嗦，什么话也没说，一个劲地猛磕头：“属下从小贩手中购买，因未来过关中，并不知晓图纸造假，还请教主恕罪。”

我眯眼盯着两人，心想韩阳只是看了那么一会儿竟然就知道有几处标注错误，可那错误是号称认路小能手的我都认了很久的。再看那不断认错的人，这戏恐怕早就是准备好了的吧。

水东流微微探身，笑道：“看来是我疏于管教了。我几乎命丧关中，屡次被伤，你死罪……难免。”

听见“难免”二字，我偏头看去，水东流已是一瞬起掌，直拍在那人脑袋上……

那人连吱也没吱一声，就这么……倒地了……

啪嗒，一滴冷汗从脊背落下……我终于知道为什么年纪轻轻的他能坐上逍遥教教主的位置了，这家伙根本就不是吃素的。那我喊他水粽子，骂他毒舌王，该不会有性命之忧吧？

屋里的人皆面色剧变，根本无人去看那横在屋里的尸体。水东流沉默半晌才说道：“他是韩护法的手下，他犯错，死罪难免。但图纸经由你手给我，过错难消，活罪难逃。我暂且罢免你护法一职，等哪日你戴罪立功，再重回护法一位，你可服气？”

韩阳微顿，到底还是颔首应声：“教主英明，属下认罚。”

水东流对身后几人说道：“你们将这消息送回总舵和京城分舵，让右护法暂时接替韩阳职务。”

“是，教主。”

等那几人离去，水东流慢悠悠喝了一盏茶才起身：“我还有事要处理，你们不必在旁碍事，速速回京。”

说罢，他握了我的手往外走。

我忍住好奇心，等和他走到街上，还没来得及开口，他就先抓着我的手往我的衣裳上擦："渣渣，你手心全都是汗。"

"……所以你就如此君子地将汗擦在姑娘身上吗？"

我愤然，他却笑得丝毫无害："你一定很想问我，为什么不杀了韩阳。"

鉴于知道太多八卦是要被灭口的金字良言，我果断答道："不，我一点也不想问。"

水粽子竟然怒了："那你就假装想。"

小心脏一抽，我颤颤道："好吧……你为什么不杀了他？"

他面色缓和，一脸耐心地解释道："我并没有直接证据证明是他要杀我，甚至在决定找他前，就已经想到以他的手段，他一定会找替死鬼。"

"水粽子，你猜对了。"

"嗯，逍遥教的继位规矩是，教主若不幸遇难，就由圣姑接替，但现在逍遥教没有圣姑，所以会由左护法接任。"

我恍然大悟道："你借故卸掉他的职务，还让人将这个消息赶紧报到总舵、分舵，那就算他现在杀了你，也是右护法继位，跟他没半毛钱关系。如此一来，他不但不能算计你，反而还要把你保护得好好的，让你恢复他的职务。"

水东流斜乜我："渣渣，话都被你说完了。"

顾不得他的眼神，我抱住他的胳膊，分外欢喜："水粽子，你真是太聪明了。这样的话，我就不用担心会有人偷袭你了。"

水东流笑笑，心情大好的模样："走，带你去吃肉丸子。"

我更是大喜，找了个摊子，点了二十粒肉丸子，盛了满满两碗。我盯着碗，口水横流，接过他递来的筷子，撒了一把葱花，捧了碗就要先喝口汤，还没张口却又顿了顿，看他："水东流，刚才你杀人后……没洗手吧？"

他挑眉："没有。"

我哭泣，将碗推到他面前："浑蛋，你故意的，不许浪费，都吃掉。"

"有葱！"

“我挑了还不行吗？”我又让小二上了一碗，还耐心地给他挑了葱花，“两兄弟都是不吃葱的，果然是一家人。”

“渣渣，”水东流的声音竟然难得地柔和起来，“我从不会杀无辜的人。刚才那人和韩护法做戏，已然和韩护法是一路货色。我不取他性命，日后他也会伺机杀我。”

我点点头：“我明白。”

行走江湖，道义在两边，利字摆中间。对方没了道义，那自己还和对方说这些做什么？

吃过东西，水东流在路上直接拦了辆马车，仔细看马，准备买下马车。我前后看了看，见对面有绸缎铺子，便跑过去买了一匹布，将流光剑裹好。我不知道玉狐狸说的是不是真的，但是它看起来就价值不菲，为免再被贼人盯上，就暂时这么裹着吧，抽出来还是很方便的。

从铺子出来，见两三人正往隔壁药铺走，我眨眨眼，默默背过身，后头却还是有声音飘来：“哟，这不是细作小能手，花梨姑娘吗？”

师兄的声音分外刺耳，我背身不答，又听见师姐低声劝“师兄……”，一会儿又听见另一个师兄冷冰冰的声音：“师父被你重伤，华山派也成了大笑话，你倒是从此逍遥了。”

我吐气，迈步往前走，师兄们追了上来，拦住了我的去路。

“花梨，你到底还有没有良心？为了一己私利，背弃同门，十年情义都可以不要了吗？”

“她若有良心，哪里会做出这等欺师灭祖的事？”

转眼看见有其他门派的弟子陆续过来，我龇牙：“快滚，不然打断你们三根肋骨。”

师姐气得大喝：“梨子！”

我咬了咬牙，想到自己迫不得已打伤了师父，难道现在还要当着别人的面伤他们，再演一出戏吗？想到要出手，我已经酸软无力，正纠结，辫子被人一扯，只觉有马蹄声骤停在我身侧。水东流斜斜看来：“走。”

众人见水东流在，也没敢上前。我松了一口气，跳上马车，师姐已追了上来：“梨子，你要是走了，就再也回不了头了！”

我用力抱着剑，坐在他一旁，没敢回头，只愣神看着前方。

从独自下山的那刻起，我就已经回不了头了吧。

眼前往事交叠，景象越来越清晰，师兄说得没错，十年情义，哪里能全都断了？

我越想越心酸，等发现眼前越来越黑，再抬头看看天，才发现天已经全黑了。看着前头的路，我眯眼细看："水粽子，这是哪里？"

水东流也眯眼："看你一直神伤，如此君子的我不忍打扰，一时忘了问往哪里走了……"

"说通俗易懂的人话好吗？"

"我们迷路了。"

"……"

我心里更悲伤了，拼命告诫自己再也不要跟个路痴一起同行。

在我悲伤愤懑之际，马车疾奔而行，已经脱离山道，往一条小道飞奔。一块大石碑立在岔路口，被乌云遮蔽的月亮投下一片银白在印刻着血红大字的石碑上，显得那几个字分外触目惊心——恶人谷。

第七章 勇闯恶人谷

事实证明，身边有个路痴，就算自己再苦再累也不能让他带路。我点亮灯笼交给他，郑重接过缰绳，语重心长道：“水东流，就算你武功天下无敌，也不能这么嚣张，知道吗？”

“噢。”

“求你进行深刻的反省。”

水东流笑笑，倚在马车上，一只手提着灯笼，一副逍遥模样：“说不定又会有奇遇呢？”

我扯了扯嘴角，难道他还想把这里当作快活林第二吗？世上哪有这么多奇遇？

晚风拂来，消散了夏夜的酷热。

水东流说道：“恶人谷在三十年前就已经没恶人了，如今不过是个空壳。从这里穿过去，应该就能见到大路了。”

“但是听闻当年这里的恶人街鼎盛繁荣，为防外敌，还设下了许多陷阱，我怕一个不小心中招。”

马车驶进恶人谷，往前行了二十丈，就到了传闻中的恶人街。

这里街道宽敞，两边楼房皆是高于五层，甚至有高至七层的。我探头看去，这儿的建筑斗拱交错，巍然而立，一派轩昂壮丽的景象，只是幢幢房屋都有藤蔓攀附其上，在月光下徒增诡异，寂静得让人心生怯意。

“渣渣，今晚在这里歇脚吧。”

我手一抖：“水粽子，不作死就不会死呀！”

我拗不过他，最后我们还是在一个没有青藤缠绕的地方停下了马车。水东流竟然还露出欣赏的神情：“找到一个好地方，以后夏日来这里避暑好了。”

我抓紧他的胳膊走进里面，那儿灰尘都有三尺厚了，蜘蛛网也交错满布。取了灯笼罩子，我们一路灼烧蜘蛛网，前后找了找，没看见房间，又往楼上去，才见到床。那床上竟然还有被子，只是我抬手一弹，扑了满脸的灰。

“这里根本没法睡，我去后院打水擦擦。”

又忙活了半个时辰，我才终于收拾出一块干净之地。因是夏日，被子可以不用，将就一晚足够了。

水东流站在窗前往外看去，半晌才回身：“当年这里繁盛时，四面华灯亮起，一定漂亮壮观。”

稍稍一想，我已经能想到当年壮丽的夜景。屋子紧贴峭壁，街市身处谷底，如果亮起夜灯，从上往下看，看着团团亮光，也不知会有怎样的心思。

在江湖行走，我偶尔能听见别人说起恶人谷的事。有人说当年江湖最恶名昭彰的大反派曾汇聚天下最顶尖的杀手，杀人无数。后来似乎是因为内讧，最终门派败落，从此销声匿迹。

“水东流，你还记不记得住在恶人谷的门派叫什么？”

“飞舞门。”

“江湖上有个有名的杀手组织叫飞舞门，这个我倒是知道。”

“嗯。”

也不知是不是因为在山谷的关系，加上晚上又起了风，半夜我被冻醒了，还隐约听见有悠悠歌声传来，由远及近，十分诡异。我哆哆嗦嗦下了地，蹲在水东流一边：“水粽子，你听见鬼叫没？”

水东流的嗓音里还满是倦意："渣渣不要闹，快睡觉。你再乱跑，我就霸占你的床了。"

片刻后，他就又呼吸均匀地睡了过去。我捏了捏他的胳膊，猪头，还说是高手，这么清楚的歌声都没听见。

我抓着剑小心走到窗边，开始愣神。

那白日冷清的街道已繁华热闹，流光溢彩。高楼亮起华灯，点亮了整条大道，灯火通明，声响不绝于耳。

对面有歌姬坐于高台，她执了琵琶，柔荑素手轻起弦音，开声如冷玉敲冰石，悠长清脆——一叶舟，五湖游，闹垓垓不如归去休。红蓼滩头，白鹭沙鸥，正值着明月洞庭秋……趁西风闲袖手，重整理钓鱼钩……

欢声笑语，如坠梦境。

不对！我猛地摇摇头，这不是梦境，吓得我顿起一身鸡皮疙瘩。

我惊得踉跄回屋，狂摇水东流："水粽子！完蛋了，见鬼了，你快醒醒。"

修长有力的手一把扯了我，直直拽到地上，只听那水东流愉快道："我去睡床了，这个窝给你。"

"……"我怒了，"水东流！"

他叹气："渣渣，就算外头闹鬼又如何？他们没上来，就说明还摸不清我们的底细，你大惊小怪，才让他们觉得有机可乘。听我的话，乖乖睡觉，我会好好听着外面的动静。"

如此淡定的他简直将我衬托得像个战斗力负五的渣。我吸了吸鼻子，觉得太诡异了，实在太诡异。如此诡异如何能安睡，我默默抓了他的手，低声道："你睡吧，让我抓着手就好。"

如此，我至少知道他在身边。

水东流默了默："借个肩膀给你。"

我大喜，美好的肩膀君，立刻抱住。外面的歌声虽然仍旧奇怪，但是我忽觉美妙起来。

水东流起身往外看去，也顿了片刻，嘴唇已是抿紧："好厉害的幻术。"

"所以那些都是假的？"

"嗯。布阵的人就在附近，如果我们不是内力深厚，早就被歌声吸引，进入阵法旋涡中，被人趁机杀死。这简直就是……在梦中被杀，神不知鬼不觉。"

这阵听起来似乎很厉害呀。我将他的胳膊抱得更紧："那怎么办？"

"我去找那人，你待在屋里。"

"水粽子！"

"……渣渣，你怎么总想着跟我一起去送死？"

他的语气太无奈，我大笑，这种忽然想亲他一口的冲动实在要不得。

事实证明，当一个人轻功不错的时候，门就是多余的。我和他直接从窗户跳上屋顶，因月色皎洁，远处也依稀能看得见。

我本以为他要四处搜寻，谁想他拉了我的手就坐下了，还听起曲来："那姑娘唱得不错。"

"……"我一口老血哽在喉中。

坐了半晌，夜风太冷，我直往他身旁靠。这下我终于知道为什么他没在半夜冷醒了，他裹得手指头都不露一个，会冷才怪："水粽子，你一定有洁癖，可你以后成亲了怎么办？不让你夫人碰吗？"

"渣渣乖，等我有了夫人，你再操心。"

"那时就晚了。"

我俩说着话，越说越困，我几乎枕在他的臂上睡着了。那琵琶声响忽然变大，钻进耳中，瞬间让人精神了，我赶紧揉揉耳朵。

"找到了。"

水东流起身往下扑去，直冲那歌姬。我蹲在屋檐上认真看去，就见他一瞬变了方向，一掌重击在那柱子上。那柱子竟然惨叫一声，幻化了人形。水东流扼住他的喉咙，顿时整条街道立刻没了亮光，歌姬和乐曲也全都消失得无影无踪。

我忍不住惊叹江湖上竟然还有如此强大的幻术师，以前竟不曾听过。我跑到他身边，还戳了戳幻术师的脸和身体，是活生生的，不是幻景。

水东流冷声道："你为何要算计我们？"

那人目光狠戾，脸略显苍老，却并没有要吐露真相的意思："劝你及早放手，还可留你们一条全尸。”

“啧。”我痛心疾首地摇头，“老爷爷，他现在一根手指就能要了你的命，你还敢大放厥词？”

水东流的面色忽然微变：“渣渣，去栏杆那儿往下看看。”

这里是三楼，又没了幻境，看下去该是一片漆黑吧。我百思不得其解地走到那儿，越走就越觉得不对劲。

冷……很冷，不是山谷吹来的风冷，而是那隐约扑来的杀气……

我稍稍伸出个脑袋，就见那原本空荡的街道已经站满了人，或许是因为他们都穿着黑色劲装，脸又白净，在月色下乍看上去，还以为是飘浮着的一颗颗脑袋，还全都直勾勾盯来，手中的剑寒光熠熠。

我僵硬地收回脑袋，走回水东流身边，艰难道：“好……好多看起来武力值超高的人。”

幻术师冷笑：“擅闯恶人谷者，死。当年武林五大高手强闯恶人谷，也无一生还，我劝你们别做多余反抗，否则全尸难留。”

那栅栏处已有人上来，我警惕地看去，是个老婆婆。水东流点了他的穴道，才道：“前辈，我们无意冒犯，只是途经此处。”

那婆婆面相并不和善，每道皱纹都似沉淀了风霜，之后她又开口说话，声音缓和而颇有力道：“没有人可以安然从恶人谷离开，你们既来之，便在地下长留吧。”

水东流说道：“你让我们走，我放了这位前辈。”

老婆婆冷冷大笑：“你竟和我们谈条件？倒是有胆量。一命换一命，这个江湖规矩你不会不懂。你是要自己死，还是要她死，选吧。”

我愣了愣，抬头看水东流，与他对视片刻后，已不敢再看。我暗地里想……要不我把老婆婆抓了……

“梨子。”

我蓦地一顿，又抬眼看他。

水东流淡笑：“如果我选择自己活命，你死前会不会恨我？”

我咬牙：“做鬼也会恨你。”

他又笑了笑：“那如果我让你活命呢？”

我咬得更用力，张口道："那我会恨自己十八辈子。"

看他笑得淡然，我心弦微动，已明白他的心意和打算：我们两个，谁都不能死，即使是死，也要……一块死。我安静地朝他走去，刚走近，他已握了握我的手，眼神更是坚定，喝道："跑！"

说罢，他一只手抓了幻术师就往里面跑。我立刻将他刚交到我手里的粉包用力往老婆婆脸上丢去，之后撒腿就跑。

水东流手里抓着人质竟然还跑得很快，我努力跟着，听到背后已有兵器迎风袭来的声响。

从高台出来，便是环绕成圈的房间，我们随意进了一处，又被扑了满脸的灰尘。眼见窗户那边就是广阔原野，以我们两人的轻功，就算跳下去的是一处悬崖，我们也能活。谁想前方三步远的水东流身子猛地一陷，地上木板已是横开，两人瞬间沉落。我忙飞扑上去，将他拽住，却听见衣服布料发出嗞的一声响，自己也顺势下落。

啪嗒。

头顶上的木板机关又合上了。

传说中恶人谷陷阱机关多，果然如此。

所幸这里并不深，我们小心轻落，只是擦伤了几处，并没大碍。我点了火折子，只见那幻术师已昏死过去，却不见水东流。

"水粽子？水粽子？"

我皱着眉四处张望，忽听后面微有声响，便转身抓住那要从后面逃走的人，火折子一照，顿时愕然："小鬼？"

他抿紧了唇，微微抬头看着我，一言不发。

在这里看到他，我一个脑袋两个大。可是他的穿着为什么那么眼熟？在光火下闪动的小眼神好像也很熟悉啊。我摸摸下巴，左看看右瞅瞅，脑海里的火花突然噼里啪啦响，从破庙到邪月宫，再到如今的事情瞬间串联起来，结合成了一个诡异又微妙的事件圈。

我瞪大了眼：娘，这个世界真的有怪兽！

我嗞嗞嗞倒抽了好几口冷气，腿已软，还结巴了："水……水粽子？"

他默了默，似下了很大决心，头……微微一点。

我顿时瘫在地上。娘！江湖太危险了，我要回家！

他满目嫌弃，偏头不再看我："没有其他话要问吗？"

"你……你等会儿……我先缓一缓。"我趴在墙壁上，有些缓不过神，越想越可怕，还有……我们竟然一块睡过，还亲过……这个世界真的不能混了，"水粽子，我真的很想把你灭口呀。"

"……来吧，如今的话，轻而易举。"

我坐在地上，透过火折子的一点光亮看他，看到他的小身板套着宽大的衣裳简直想哭："所以当初那个邪月宫的百里屠夫说的话果然是真的？你练功走火入魔，得找个姑娘双修，所以才一直跟着我？"

"不是。"他坐在地上，拨弄着地上的泥土，"那日我错走关中，到了破庙中，谁想不小心碰了一个柴夫，化身孩童，只能躲在庙里，谁想之后你们就来了，还阴错阳差被你拽走，滚落到邪月宫。"

"等等，"我问道，"碰了一个柴夫和你化身孩童有什么关系？"

小粽子看了我一眼："我父亲身中魔毒，和我母亲生下了我，因此我才百毒不侵。但每当与非亲缘的男子肌肤触碰，我就会变成孩童，这也是魔毒变异所致。"

我恍然大悟："难怪你平时会把自己裹成粽子一样，可我怎么抱你你都没事！那你第一次在客栈击毙杀手，就是因为和他肌肤相亲了？"

"是。"

"第二次也是？"

"对。"

"你那天说你袭击庄世正是故意化身孩童接近，原来那个'故意'是这个意思。"

小粽子沉默了许久才抬头看来："百里屠夫曾说，你与我体质相补，双修可以治愈我的'走火入魔'，当时我并不信，可后来几次……我信了。"

"所以……"我笑了笑，有些无奈，他陪在我身边，果真是因为体质问题吧。

我还没说完，他竟想也没想就打断了我的话，急道："不是。如果我真的是为了那个目的，那我从地牢出来就抓你了。在你没有遇到快活林前辈时，我有大把的机会抓你走。”

我顿觉开心：“水粽子，我没有信错人。”

“我也没有。”他沉默片刻，竟然怒了，“都是你这笨蛋，刚才撕烂我的衣服，让我露出了手，还滑到他脸上了，真渣。”

我一把将他扯了过来，揉脸，此时不揉更待何时：“现在还敢这么猖狂，你真的够啦，识时务者为俊杰，知道吗？”

他愤然挣扎，却早被我钳制住，不能乱动。他顿了片刻，猛地探头，脑袋已凑到近处。我愣了愣，就见那软唇已贴来，与我的轻碰片刻。

“水粽子，你这么色，你爹娘知道……吗？”那缠住我的手脚忽然变大，身上的重量增大，一瞬十几年的感觉真是会要了老命啊……我惊愕得要喘不过气来，手里的火折子啪嗒掉了。

那脸依旧凑得很近，温热的呼吸就扑在我脸上。

一会儿火折子被拾起，吹了吹，光芒又亮了一些。水东流几乎是贴着我的脸说道：“我的体质纯阳，你的体质奇阴，都难得一见。我碰了男子会产生异样，唯有碰了你，才会恢复如常。”

我脑袋几乎都枕在墙壁上了，眨眼道：“跟其他姑娘不会？”

“暂时还没遇到。”

看着他在灯火下隐约闪现的俊朗面庞，我这种有点激动的感觉是闹哪样呀……

“我刚才将你当作怪兽了。”

他蓦地笑了笑，这才起身坐在一旁，声音已带着疲倦：“果然是渣。”

我捏了捏他的胳膊：“这样吧，你把我留在身边，等你哪天又犯病了，我就让你亲一口，一次一百两。”

“一百两？渣渣，你这么不值钱吗？”

“呸！”我啐了他一口，不知为何觉得自己迟钝得好笑极了，想着想着就笑了起来，笑趴在他一旁，“水东流，你在我面前一定忍得很辛苦，然后想，怎么会有这么笨的人，屡次三番都没发现。”

水东流竟然没笑：“我并不是要故意瞒你……只是一般人无法接受，我怕把你吓走。”

“我明白。”我是什么时候开始不惧怕他的，我已经忘了，但如果是在二十天前，甚至是在十天前知道他这神兽体质，我一定会觉得很惊诧，然后想逃跑吧。虽然今天他的秘密被撞破了，但是他大可以不说，但他说了——他信我。

我们两人还没叽叽歪歪完，洞口上方已经有动静，本来紧闭的木板已经打开，透进些许光亮。

“婆婆，我们五人下去将他们擒住。”

“就凭你们的身手，奈何不了他们。”

“婆婆，放烟熏他们。”

“不行，老五还在下面。拿毒药来。”

我顿时安心，水东流也是一脸轻松，我们两人可是百毒不侵好吗！于是我俩又开始愉快地叽叽歪歪起来。

一会儿，上头果然撒下一包包红白黄的粉末，呛得我直抬手去掸。水东流已经有所准备，只见他提了宽大的袖子挥走身边的粉末，还低声道：“渣渣。”

我竟意外地猜到他在想什么：“嗯。”

水东流将火折子放在一边，闭眼小憩，我倚在他身边，打了个哈欠。

“婆婆，下面没动静了。”

“再等会儿。”

约莫过了半炷香，上面终于有了声响，下来两个人。我的眼皮外立刻亮了起来，他们还带灯了。

隐约感觉到有人探手过来，我蓦地睁眼，一把抓住他。水东流也动作迅速，擒住了一人。我们齐齐出手，把抓到的人啪嚓拍晕。

这几下干净利落，干得漂亮，我都忍不住要给自己点赞了。

“下面没声了。”

“……年纪轻轻，总不可能百毒不侵。”

我稍稍探头：“婆婆，我们手上有三个人了，能换两条命吗？”

老婆婆冷哼一声：“如此阴险，实属小人。”

我嘀咕道：“婆婆脑子不开窍，明明是他们先要杀我们，反倒说我们是小人，这明明叫自保。”

约莫过了半个时辰，我都快睡着了，上面才终于有了动静：“好，我答应你们，让你们安然离开。”

我刚要站起，水东流却拉住我，向上问道：“是安然离开这个陷阱，还是安然离开恶人谷？”

上头沉默了片刻，轻笑一声：“你倒是心细，是后者。”

“望前辈信守诺言。”

一根绳子从上面丢下来，水东流先行上去，我在后，刚冒出个脑袋，就见屋里挤满了人，黑压压的。见有人要下去，我横剑拦住：“至少要等我们从这个屋子离开，否则你们反悔了，我们就成了鳖，你们怎么捉都轻而易举。”

老婆婆手轻抬：“让他们走。”

见他们果真不阻拦了，我和水东流便往后头窗户跃去，已经不去想马车的事了，离开这是非之地用轻功更快。

窗户外面不是峭壁，而是一大片树林。不过我们行了十丈，竟发现有人在后面尾随。被大批高手追捕，地形又不熟悉，这根本就是被抽的节奏。

见水东流仍在往前，我蓦地停下步子，奋力一震，将裹着流光剑的布震碎，唰地抽出剑，准备与他们决一死战。

我提剑正面横抹一道剑气，众人举剑抵挡，刺耳的咣当声响彻树林，惊起飞鸟一片。

这套剑法前三招我已经熟记于心，只是一直没找到靶子练手，没想到如今竟然能退敌三千，连我都觉诧异。

不一会儿水东流就回来了，那家伙竟然回来和我一起杀敌了。

我和他一起退敌，形势瞬间乐观起来。

那一众黑衣人将我们团团围住，却无人敢上前。只是要冲出个关口也不容易，我聚气在剑上，已打算大开杀戒。虽然我不爱杀人，但为了活下去，我不得不做出选择。

没一会儿，树林中响起歌女的悠扬歌声，紧张的气氛忽然瓦解，我顿觉人间大同，该放下屠刀，立地成佛了……

水东流掐了掐我的手："渣渣，别陷入幻术中。"

我咬了咬舌头，刺痛让人清醒过来："我用第四招把他们都做了。"

招式越是上层，耗费的气力就越多，他们武功不弱，要是这么拖下去，死的还是我们。来不及多想，我剑指泥土，抹过寸寸大地，刮出的声音将那歌女的吟唱覆盖，之后剑起剑落，轰然刺去。

突然人群中闪出个人影，将众人手中的剑聚在前头，筑起剑墙。流光剑寒光直射而去，那剑墙轰然破碎。碎剑飞来，眼见要刺中我心口，一只手却硬生生从剑雨中伸出，将那剑刃握住。我愕然看去，竟是那老婆婆替我接了剑。我翻身后退，水东流一把将我接住："可有事？"

"没……"

那边的黑衣人也齐齐上前，撕了布条给她裹手："婆婆！"

老婆婆目光灼灼，直勾勾地盯着我："你的剑是从何处得来？这内力是谁传授于你的？剑法又是向何人所学？"

我咽了咽口水，往水东流怀里缩了缩，她这是要吞了我的眼神啊，水粽子，求保护！

她冷笑，却笑得十分沧桑："不如老身替你答了，是个叫慕班的老头对不对？"

我脱口道："你认识我义父？"

"义父？"

众人的脸色竟然瞬时全变，怔忪片刻，他们突然哗啦跪倒，齐声道："属下参见新门主。"

我愣了愣："哈？"

新门主？

我眯了眯眼，看向水东流，却见他已经默默望天："渣渣，我就说随我赶路会有奇遇的。"

"……"我蹲身看着老婆婆，"那个……虽然我不知我义父和你们是什么关系，但新门主什么的，弄错了吧？"

老婆婆抬头说道："怎会有错？你有流光剑，使的又是流星剑法，更兼有大哥独门内力。前两者还有可能是你偷盗所得，但最后一样，却是无法强迫的。大哥既然将象征门主的流光剑交给你，那就证明，他将整个飞舞门都交给了你，你自然是新门主。”

水东流插话道：“飞舞门？”

我吃了一惊，当年那个以恶人谷为据点，整个武林闻之色变的杀手组织？义父说他以前做过不少坏事，这话果然是真的……而且义父曾说，他三十年前隐居快活林，而飞舞门也是在三十年前销声匿迹的。

“对。只是当年大哥隐退后，二哥以流光剑不在，无以为首为由，领着一半人离开。我们这一支，是飞门。二哥那一支，是舞门。”

我诧异道：“就是如今那个有着顶尖高手的杀手组织舞门？”

“正如门主所猜。二哥曾说，流光剑回归之际，就是飞舞门重组之日。我们一直不信大哥会狠心丢下我们，所以苦守恶人谷，但因势力被削去一半，加之当年树敌太多，故而假装恶人谷已空，而来者皆是有去无回，遂以此制造鬼城之名。”

我了然点头，原来当年飞舞门分崩离析的真相是这样。等等，重点好像是我成了飞舞门的门主，那个号称有杀手五千和顶尖高手三千的头头。想到这儿，我不由咧嘴干笑。

义父，你这么厉害，我真的不知道呀！

老婆婆长叹一声，悲喜交加：“有生之年能看到飞舞门重归一体，老身终于能不愧对门下弟子，也可安心去见大哥了。”

我怯怯问道：“婆婆，你怎么知道我义父过世了？”

水东流微微侧身，低声道：“你年纪轻轻，怎么可能有这么深厚的内力，自然是她大哥将功力全都给了你……大家都是习武之人，也都知晓结果。”

我默了默，只觉手中的剑愈沉。我想过义父的身份不会简单，但没想到会这么逆天。我俯身将她扶起，蓦地想起一件事：“婆婆，你们可曾派人刺杀过逍遥教教主水东流和华山派弟子花梨？”

婆婆答道：“不曾。”

水东流说道：“你们的武功路数与那些人非常像……只怕那是舞门中人了。”

婆婆看看我们，这才说道："如今门主已确认身份，不必再惊怕，待亮出流光剑，他们便知你身份了。"

我摇摇头："只怕当初婆婆的好二哥已经走入歧途了。"

"此话怎讲？"

"流光剑重出江湖后，曾被江洋大盗偷走，我擒住他，他和我说，有人出高价要这把剑，说无论用什么方法，甚至杀了持剑人也可以，另有……我已被大批人马盯上。如今看来，那人只怕就是二叔了。"

水东流笑意颇冷："当年他以没有流光剑为由，带人离开，恐怕就是找借口脱离飞舞门，自立门派，自己做大。如今流光剑出现，他也没有理由再推辞，自然要将流光剑占为己有。"

婆婆叹气："他为人如何，我们又如何不知！当年我们五兄妹义结金兰，二哥素来心思多。但随他而走的四弟，还是追随大哥的，舞门也非二哥一人所有。即便是你这样的小丫头持着流光剑出现，他也反悔不得。"

我轻声道："原来你是三姑。"

婆婆浑身一震，看向我："好孩子，我便是你三姑姑，方才你们所擒的幻术师是你五叔。"

我咽了咽口水，刚才水东流用的力气可不小呀："五叔没事吧？"

三姑笑道："已去休息了，即便有事，若让他听见这消息，也定会高兴得跳起来。"她又冷冷看向水东流，"门主也去休息吧，这男子……"

我蓦地挪步到他前头："不能碰他。"

"飞舞门的规矩便是，外人伤我兄弟者，必杀之！"

我瞪眼："他不是外人！"顿了顿，往他怀里一缩，"他是我男人！"

水东流偏头干咳……众人若有所思地看向我们，三姑微顿，片刻后才愉快地点头："如此，当然无大碍。"

我咧嘴笑笑，脸都要僵了。三姑很快安排了个房间给我们，当然，只有一间。关上房门，我将流光剑藏进被窝里，如今它可是我的护身符，抑或是……招致杀身之祸的凶物。

见水东流还站在窗边往外看，我走上前戳戳他胳膊，得意道："水粽子，我可是你的保护伞了，以后你要对我好点。"

他轻声笑笑："渣渣，你这么逆天，敌人还怎么玩？"

我笑了笑，看着外面："其实……我宁可什么都没发生过，还是每日早起练功，吃食堂大婶做的肉包子，回家一次就如同过年般开心的华山派弟子，多好。"

什么流光剑，什么绝世武功，什么五千门人的杀手门，我都不想要。如今我不但要肩负起重整飞舞门的重责，还不能回家，还不再是华山派弟子，就算再厉害，似乎也没什么意思。

这么一想，我突然发现自己真的很没志气呀！

"有些事已经发生，就无法改变。渣渣，挺住，朝前看吧。"

我挤眉看他："水粽子，你好好说话还是挺好听的。"

话落，我就被他敲了一记栗子。我抱着脑袋哀号："你够啦，信不信我丢你出去让他们揍你？"

水东流低头，目光直直："你真的不怕我？"

我继续揉着脑袋，愤然："怕你什么？"

"忽大忽小的事。"

我顿了顿，眨眼："所以你从刚才起就满脸忧郁，是因为那个？哈哈，水粽子你太小看我了，本姑娘可是铁打的心。"见他竟然不跟我一起笑，我有点嬉皮笑脸不下去了，"……开始有点怕，但是后来想明白了，就不怕了。你千万别介意，一如既往的就好。"

水东流笑笑，环手抱胸又望向外头："傻梨子。"

"你才傻。站左边去，匀我一点位置看夜景。"

"渣渣，你太胖了，真像个吉祥物。"

"……不许攻击我，不然我叫人了，我可是堂堂一门主。"

"是门主也改变不了又渣又胖的事实。"

"……你才又渣又胖。"

"乖。"

翌日起来，我跑去找三姑拿了身衣服和布条给水东流，又去看了五叔。五叔见了我热泪盈眶，拉着我的手说了很久的话，连昨天看着凶神恶煞的脸都和蔼可亲起来。

等他喝药时，我见他一旁放着红白蓝绿各色旗子，就拿起来看了看，还无聊地摆放了一番："五叔，传闻幻术师都会以旗摆阵，是这个吗？"

五叔喝完药，探头看看，愕然："天罗地网阵！"

我一头雾水："什么？"

五叔又是热泪盈眶："门主，您无师自通了幻术最上乘阵法，真乃天才，千年难得一见，让五叔斗胆将一身武艺教给您吧！门主？门主你去哪儿？"

我边飞奔边答："下雨了，收衣服！"

"……"

我跑出小楼，扶墙，抹汗。

吓死我了……难得一见就好，不用夸张到以千年来算，学那么多东西，我会累死的好吗！还让不让人愉快地生活了。而且大名鼎鼎的阵法竟然就这么被我随手摆弄出来，创造它的人简直就是神棍呀。我抱紧流光剑，心想剩下二十四招就够我折腾了。

走在无人的街道上，我感觉有些奇异，仰头看天。从谷底往上看，天就好像一个大脸盆，含了一汪碧水，清澈无瑕。

看了一会儿，心情都好多了，余光瞧见水东流正坐在屋顶上，我忙大声呼唤他："水粽子。"

因他背对着光，而且此时阳光并不刺眼，我很明显能看见他嘴角扯了扯，头一偏，竟然不搭理我。

我愤然爬上屋顶，戳之："水粽子。"然后就见他背后站了一排着黑衣劲装的人……

众人齐刷刷抱拳跪地，哦不，跪瓦片："参见门主。"

我讪笑："你们这是什么阵势？"

一人答道："婆婆说，门主一日未和他成亲，他就不算我门中人，需要时刻提防看守。"

难怪他的脸会黑成这样子，"尾巴"都能环绕屋子一圈了。出了恶人谷，我还指望抱水东流的大腿好不好，于是我肃色道："这里有我看着，你们退下吧。"

众人瞬间如风散去。

“水粽子，我们待会儿就走吧。”

水东流问道：“在这里练剑的话，绝对比外面好，你不考虑？”

“不……我怕去迟一步，师父他们会有危险，我想尽快解决衡山的事。”

水东流摇头：“渣渣，你果然笨得不行。”

我捏他：“那你走不走？”

“走。”末了他又悠悠加了一句，“门主都走了，作为门主的男人，不走的话等着挨削吗？”

如此厚脸皮的话说出来，我竟然听得有点脸红。

我和三姑、五叔说了道别的话，他们挽留不住，也没有强留。三姑将一块莲花玉佩交给我，郑重道：“五十年来，我们飞舞门和江湖各地钱庄都有合作，这块玉佩，你拿去钱庄，就能当作信物取钱。”

这种一转眼化身土豪的感觉……

收好玉佩，我终于跟他们道别了。

坐上马车，水东流驾车出去，从另一面的谷口出来，我探头往后看了好一会儿，这才回身。

“渣渣，你可以把梅花玉佩还给我了。”

我警惕道：“为什么？”

水东流抿着唇：“你已经有了莲花玉佩,金银无数,还要这个做什么？”

我捂紧了它：“不给，谁会嫌钱多的，你当我傻了吗？”

两块玉佩在腰间叮当作响，悦耳极了，一块是我的，一块是水粽子的。

这感觉无比美妙。

第八章　教主帮帮忙

等过了长流镇，下一个小镇就到我家了。不是我想做大禹，过家门不入，是老天不让我做孝女呀。我忍不住摇头感慨起来，傍晚余霞映照，马车颠得又均匀，我不由打了个哈欠："水粽子，你赶马车的技术越来越好了。"

水东流扯了扯嘴角："敢把逍遥教教主当车夫使唤的，天下再也找不出第二个。"

"嘿嘿嘿！"

"渣渣，你把玉佩放在一起，会碰碎的。"

"哦。"思量一番，我把玉佩揣进怀里，又硌得慌，想了想，于是取下莲花玉佩别在他腰上，"好了。"

水东流斜乜我："弄错了吧？"

我晃着手里的竹枝朝前指："莲花的那块太难看了，一点都无法衬托出我的气质。"

水东流嘴角一勾："人好看，佩戴什么都好看。"

我大怒，伸手戳他戳他，正戳得愉快，水东流手势猛顿，停了马车。我下意识以为他又走错路了，紧张兮兮往前看，心说不会又出现个什么快活林、恶人谷吧，他已跳下马车，往旁边那小树林看去："为何鬼鬼祟祟跟着？”

我急忙到一旁助阵：“谁在那里？出来！”

片刻后有疾风吹来，跳出七八个灰衣人。一看他们的脸，我愣了愣：“你们怎么来了？”

这些人不就是恶人谷飞门的弟子吗？他们跟来干吗？

领头一人说道：“保护门主是飞门的职责。婆婆下令，在门主未重振飞舞门前，我们一定要寸步不离。”

“……”我扶额，虽然这挺好，但寸步不离什么的……我压力很大呀。

驾车进了小镇，他们的踪影早就不见，我侧耳细听，又能听见一些动静。我家门人不愧是高手，藏身技能太厉害了。

我找了家客栈，问了小二近日可有大批武林中人路过，对方说是没有。想来师父的伤和庄世正的伤都要养，他们有几日停留也不出奇。我只求这一路早点顺利到达衡山，对，不能让水粽子认路赶车才是真理。

掌柜两眼透着精明，笑问：“客官是住店还是打尖？”

“住店。”

“几间房？”

水东流想也没想：“两间。”

我忙抬指：“一间！”之后急忙抓了他的胳膊就往上走，“我家门人还跟在后面，要两间房，你是等着被怀疑然后挨削吗？”

水东流微抬下巴：“我要睡床。”

“……水粽子，你能不能怜香惜玉一下？”

“不！再不睡床，我的腰板都要断了。”

“……矫情，以后别让你夫人知道你如此不懂体贴人。”我转了转眼珠，窃笑，好，睡就睡，让你睡个够。

到了房里，吃过饭，等水东流去后院澡房沐浴时，我跑到铺子去，按照水东流大致的身形买了几身大人小孩的衣裳，以备不时之需。回到屋里把东西放好，我也去洗了个澡，舒爽极了。

水东流竟然真的打算让我睡地板，连被子都“贴心”地给我丢到了地上。我要是照照镜子，脸一定黑成炭了。听见小二在隔壁房，我出声叫他过来，然后还往水东流那儿喊了一声："水粽子。"

一会儿，水东流慢吞吞走了过来："什么？"

我探了探脑门："好像染了风邪，你摸摸。"

"渣渣，你越来越像个姑娘了。"

我龇牙："我本来就是姑娘。"

当水东流解开缠在手上的布条时，小二的脚步声已经到了门口，我开了条缝，露了只眼，对小二说："屋里有块地方脏了，把你的抹布给我。"

小二伸手进来，我抓了水东流的手就往那儿碰。

"砰！"

我瞬间就见到了迷你版的水东流正在愣神，末了他又仰头大怒。我忙关了门，一把扛起他："睡觉啰。"

"渣渣！我要宰了你！"

"我也想睡床嘛。这样就好啦，明早我可以赏你一个吻，不要动，不然我戳你啦。"

把他丢了上去，我从包袱里翻出衣服给他。见此情景，他更是憋红了脸："原来你早就预谋好了。"

我凑近了脑袋，抡起拳头："战斗力负五的渣不要说话。"

小粽子愤然背身："不许看！"

"好好，不看。"

他换好衣服后还是满脸黑线，贴紧了墙，对我虎视眈眈。我侧身看他："水粽子，你要多久才能恢复？"

他的声音依旧愤然："少则两日，多则七天。"

我扯了扯嘴角，捏他的耳根："都跟姑娘来癸水的时日一样了。"

他回身瞪我："别人怕得要死要活，你却把这个当乐趣，你到底是不是姑娘？"

我笑笑，给他匀被子："好了，睡觉。"

一夜无声，好梦相随。

眼皮子外面的光源越来越亮，周公也撤离了阵地，我揉揉眼，微微睁开，隐约看见一张摊在脸上的大巴掌。我瞪大眼看去，起身，盯着那已经恢复正常还假装睡觉的色坯："水东流！"

水粽子眼皮微动，睁眼看向我，还满是睡意："什么？"

片刻后，他忽然坐起身，一脸吃亏的模样："渣渣，你半夜非礼我？！"

我抓狂："恶人先告状，揍你！"好像哪里不对……我眨眨眼，看着他一身的碎布条，皮肤真白，腹肌真赞……鼻血，"啊啊啊！呸呸呸！"

"……"

我哆哆嗦嗦滚下地，把包袱啪地摔他脸上："色狼。"

水东流慢条斯理地穿着衣服："好吧，就算是我半夜动手了，不过你睡得真沉，到时候被人卖了都不知道，"末了他的声音中带笑，"不对，卖也没人要，所以不怕。"

我偏头，不听不听，下回点穴让他僵一晚好了。

我刚准备洗漱干净去楼下用早饭，还没擦干脸，窗外就有了动静，两个灰衣人跳了进来，随后又跳进来两个。他们先将一人扔到地上，之后突然唰啦跪地："门主，此人在外面趴墙，形迹可疑。"

水东流此时还在那里穿衣服，众人肯定瞄见了，但他依旧淡定如常。我也只好当作什么都不知道，蹲身看地上那人。这是张平淡无奇的儒生脸，可当看到他躲闪与我眼神相撞时，我挑眉问："哟，又是玉狐狸你呀。"

玉狐狸百般无奈地撕了面皮："每次不到一盏茶工夫就被认出来，太伤自尊了。"

我嘿嘿笑问："你还想偷我的剑吗？"

玉狐狸点头："身为一个优秀的江洋大盗，我是必然不会轻易放弃目标的。"

说罢，他又直勾勾盯着我腰间的梅花玉佩。

水东流已穿戴好，走了过来，也蹲身看他："你就是那易容术可与逍遥教媲美的盗圣嫡传弟子玉狐狸？"他笑了笑，无比亲切地拍拍他的肩，"拜托你一件事。"

玉狐狸冷笑："不做，我是那种会随便帮人做事的吗？"

水东流笑意一敛："阎王爷想必很喜欢铮铮铁骨的汉子。"

“什么事，说吧，在下万死不辞！”

我戳戳他的脑袋：“没节操。”

他嚷了起来：“天大地大命最大。”

水东流笑道：“你易容成衡山派掌门庄世正的模样，带着流光剑往衡山去，速度不要太快，但也不要太慢。”

“……这是让我去死啊……你知道有多少人在找流……您的手可以从我脖子上离开吗？好吧，我一定会好好办的。”

水东流满意了，向灰衣人要了把剑，取下手上布条将剑缠住，塞给他：“这就是流光剑。如果让我知道你半路失踪，没抵达衡山，日后你还是死路一条。”

玉狐狸额上冷汗成河：“不敢。”

我摸摸下巴，在玉狐狸离开后，又有些不放心，于是让两个门人跟上他。我拿了自己的包袱，将特地买的布条拿出来，抓住水东流的手给他缠上：“你声东击西呀？”

“嗯，待会儿再让人去放出风声。”

“这样一来，真正的庄世正也要遇到不少麻烦吧？”我心情大好。找流光剑的如果真是舞门的人，那这回总算可以让庄世正吃回苦头了。他找杀手来对付我，如今我们以牙还牙，让他也被杀手追杀看看。

见水东流又一副神棍样在沉思，我扯了扯布条：“你在想什么？”

水东流抬眼看来：“我在想，这次恢复得这么快，会不会是因为和你同……眠的关系。”

我眨眨眼，不知道自己脸红没，可我却实实在在地看见他脸红了：“所以百里屠夫说的你我体质相辅相成、极阳极阴相互调和是真的？”

“或许是。”

我好奇道：“你爹是怎么解开魔毒的？”

“当年我母亲种了一种可以解毒的药花，花开之际，他俩光顾着说话，结果回过神……就发现花已经被野猫吞掉了。”水东流默默看着上方，“后来我娘逼迫我爹咽下药花的根茎，可惜没效果。”

我扶额，这样的爹娘真是……水粽子的性格果然是受双亲影响："令尊还好吧？"

水东流扯了嘴角："好得很，简直是不亦乐乎。"

我挠挠头，怎么感觉我变笨了，解不了毒还不亦乐乎："那他们什么时候发现你会忽大忽小的？"

"十岁。"

十岁就开始……实在不擅长安慰人的我拧眉半晌，顿悟，拍着他的肩对他说："还好你可以碰姑娘，反正你不喜欢男人。"

"……"

话落，头顶响起轰然一声，瓦砾的崩裂声震人耳膜。不等反应，我已经被水东流一把捞进怀里退到一边，随后就见屋顶穿了个大洞，一时间四周灰尘飞扬。黑衣、白衣两方人马缠斗不停，刀剑声咣当乱响，见剑法几乎如出一辙，我忙喊了一声："住手。"

灰衣门人立刻护在我身旁，提剑紧护，那四五个黑衣人也停步不前。我皱眉问道："你们是舞门的？"

为首一人握剑抬拳："门主想见见姑娘。"

三姑派来保护我的门人年龄都是三十上下，算起来应是飞舞门分离后所收。看对面那舞门的人也是年纪轻轻，并没对刚才我方的武功路数露出疑惑，想必二叔也说过一些渊源。

我无奈摊手："我想你们门主的意愿不是想见我，而是想见流光剑，不巧，它刚被衡山掌门庄世正偷走了。"

众人神色果然一顿，相觑一眼，说道："请姑娘随我们走一趟。"

我往水东流怀里缩，趁机揩油："偏不，再不走我轰了你们。"

为首一人面上紧绷，步子刚刚朝前要迈，我方门人手中长剑微侧，晃得他满眼寒光。几人停了片刻，这才从窗跃出。

他们一走，我感慨道："有人保护的感觉真好。"

水东流默默推开了我，斜乜着我："原来我一直都不算是在保护你。"

"……难道你不觉得我俩八字不合，从初次见面到现在，每次都是受伤、受伤加受伤的节奏吗？"

水东流扯了扯嘴角："本来还想和你分道扬镳，现在完全不想了。"

我腹诽，果然是魔二代！坏人！

二叔什么时候会出现我不知道，但直觉告诉我，他一定会来。就为了流光剑，他也会过来看个究竟。

我抬头看了看屋顶被戳开的大洞，对我方众门人正色道："记住，以后我们要爱护客栈，千万不要在别人的房顶打架，等他们进屋了再痛宰不迟，来个瓮中捉鳖。"

几人满脸赞许神色："门主说得是。"

水东流嗤笑一声："不想赔银子直说就是。"

我踹他："不许拆台。"

我痛心疾首地到掌柜那儿赔了一大笔钱，心都在滴血。虽说拿着莲花玉佩可以取很多钱的样子，但我还是心疼。我果然没有做富贾的豪气，守着一亩三分田就心满意足了。

水东流去马厩取马车，我站在客栈前头等，忽闻一阵喧闹声，往那边看去，顿了片刻，发现那竟然是武林同盟的人赶到这儿了。侧身躲到柱子后头，我悄悄地观察起他们来。或许因为还是大白天，他们并没有要歇脚的意思，仍在赶路。

为避免和他们同路，我选了一条偏僻小路继续往前。

到达下个小镇就到我家了，附近的路我都熟悉。这路之前我不敢走，如今武力值爆棚，又有门人保护，还有……水粽子，那有什么可怕的！

结果我在小憩短短半炷香后，就发现水粽子又走错地方了。我忙瞪大眼往前看，还好没看到什么石碑红字。我愤然接过缰绳，觉得他才是我人生的敌人，一点都不可靠好吗！我将马车赶回正道，回到熟悉的小镇时天已经黑了。打听了下，听说同盟的人已经找地方住下，我和水东流才在别的客栈歇脚。

到柜子那里拿客栈都会备着的被褥，我刚铺到地上准备睡觉，水东流诧异起来："哟，渣渣，你今天怎么这么乖，让我于心何忍？"

我看了看已经脱鞋愉快坐在床上的他，咬牙道："你哪里表现得于心不忍了？！”

水东流朗声笑笑，侧身躺下：“还是床舒服。”

“哼。”我愤然躺下，滚了几圈后倒也没不舒服，见水东流往门那儿走去，不知道要做什么。

只见他开了门，侧身藏在门后：“小二，给我抹布。”

我眨眨眼，他该不会是……当那修长的手接过抹布时，只见他伸出手指轻轻一触小二的手背，没等人走开，已立刻将门关上。

“砰！”

他又变成小粽子了。

我立刻飞奔过去扛起他，就差亲他一口：“水粽子，你真是太可爱了。”

水粽子直哼：“果然还是做坏人比较开心。”

将换好衣服的他塞进软绵的被窝，我钻了进去，毫无压力，心情舒畅无比。

水粽子睡觉非常不老实，老踹人，我一不小心凑得近了，就会被他一脚踹醒，真想找绳子把他绑起来。我醒来就睡不着了，有些内急，摸黑穿鞋，披了衣裳去后院解手。刚从茅厕出来，就见一人站在院中，月光打在他的背影上，我心头咯噔一声——庄世正！

转念一想不对，同盟的人不住在这家客栈，而且他的伤绝不可能好得这么快。对！是玉狐狸呀。

我迈步走了过去，拍拍他的肩：“狐狸。”

他蓦地转过身，背对月光，面庞上的神色变化几乎隐没在夜色中。我哼了一声：“你很逍遥嘛，不赶紧去衡山，竟然在这里看月亮。”

他微微蹙眉，我扯扯他的衣袖：“流光剑呢？”

“果然……”他嘴角勾笑，一把扣住我的脉门，“说我偷走流光剑，嫁祸于我的就是你这妖女。”

我愣了愣：“你是真的庄世正？”

他冷笑：“否则你以为我是谁？莫非你让人假扮我，和他串通，让他带走流光剑？”

我稍一提气，以内力直接将他轰开，就算流光剑不在我手里，他也不是我对手："你的伤竟然好得这么快，可今日听你们同行人的议论，你还负伤躺在车里……你骗了同盟的人？"

庄世正拧眉看来："之前我一直怀疑你是否真的听到了什么，如今看来，你根本什么都不知。"

"本来我是不知道……但现在我知道了。"我冷冷地盯着他，"我让那人易容成你的模样，佯装是你偷走了流光剑，但这件事还没有昭告天下，可你刚才却知道……而我唯一有透露的，是今天来刺杀我的人——舞门。你跟杀手组织有勾结！否则你根本不会知道这件事。"

庄世正手握成拳的声音分外清楚，这家伙果然跟舞门有瓜葛。他冷笑："我看错你了，阻碍我大计的人，不是盟主，不是少林，也不是华山派，而是你这小丫头！"

我抖腿看他："有本事来抓我呀，你打不过我，你不是不知道。"

他的脸上忽然绽开诡异笑容，像一朵昙花突然一瞬开放一般："我的确不是你的对手，但如果加上舞门门主，又如何？"

突然有风从后面扑来，没有半点杀气和戾气，平静得就像是一阵平淡无奇的晚风。这种对手才最可怕！我往侧边闪，不想对战，脚下刚动半步，一个高大的人已挡了路。我抬头看去，是个老者，冰髯雪鬓，面庞却不显老态。他只是低头看来，已让我倍感压力。

他开口问道："不跑了？"

我咽了咽："跑不过，不跑了。"

太师父说过，打不过对手又逃不走时，就以识时务者为俊杰为宗旨。

他笑了笑："倒是个懂事的。在下常元青，舞门门主。听闻姑娘手中有流光剑，可否拿来一看？"

呸呸呸，流光剑到了你手中，不是嘎嘣脆，被你断成两截，就要被你据为己有了吧。我含糊应声，眼睛四下看去，可爱的门人，你们在哪里啊？

常元青淡笑："你在找飞门的人？他们已被我的手下擒住，你不必找了。"

我倒抽一口冷气，只听他又说道："你也算是有本事，竟然能找到他们保护你，可只请几个人，根本就是以卵击石。"

我哪里敢说自己的义父是慕班，哪里敢说自己是正经八百的飞门门主，哪里敢说本姑娘和他是同辈分！

常元青说道："流光剑在何处？"

"房里，我去取。"

庄世正立刻说道："常门主不可被她所欺，逍遥教教主水东流就在房里，他们二人联手，我们胜算不大，而且必定会惊动不远处的众门派。"

我摊手道："水东流白天就丢下我了，屋里现在只有一个小屁孩。你们要是不信，就先让手下去看看。而且他要是真的在，我刚才就大喊一声了，何必现在去屋里？"

常元青抬手轻挥，那屋顶就有黑影从窗户进屋，一会儿就将小粽子拎了下来，连同流光剑也拿来了。我忙去抱小粽子，将他护在一旁，示意他不要说话。

剑已在常元青手中，那苍老的手接过剑时，通过月下映照的影子，我隐约可以看出他的手在抖，许久，他长叹："大哥……"

庄世正眼内含着贪婪的光："这便是三十年前闻名江湖，可挡千军万马的流光剑？"

常元青冷眼看他："是又如何？这剑即便是在庄掌门手中，也无法发挥它的威力。这世上，唯有大哥大嫂知流星剑法，没有那剑法，它便是废物。可惜那样高明的剑法却失传了。"

庄世正微点了点头，眼里露了凶狠："既然常门主已如愿得到宝剑，那她，便杀了吧。"

常元青也露出杀意，我淡定抬手："谁说流星剑法失传了？我会。"

庄世正厉声道："常门主千万别被她所骗！"

我冷冷一笑，俯身从地上拾起一根木柴，使了第一招，还故意显得手生，免得被他知晓我有剑谱。

一招毕，常元青的声音已不淡定："果真是！你到底是何人？"

"偶然在山谷里两座墓碑前得到一剑谱。"我庆幸自己刚才没有在他面前用内力，否则他一定知道内力是义父传授给我的，这戏就演不下去了。

常元青思索片刻："庄掌门，改日再见，告辞。"

庄世正已急："这丫头留不得，她已知晓你我关系，万一逃了如何是好？"

常元青偏头，沉声道："你是觉得我堂堂舞门连个小姑娘都看不住？"

庄世正没敢再说话，我急忙握了小粽子的手，跟在他后面，才走几步，他猛回身，戳了我的穴道。我胳膊差点废了，再暗暗用劲，发现完了，内力用不上了。我冷汗涔涔地继续跟着，不知是我还是水东流的手心一直在冒汗，低头与他对视一眼，不由握得更紧。

等等，又出事，又冒险，我俩果然八字不合吧！

还有……我含泪望天，我只是出来上个茅厕而已啊……

我们两个像小鸡那样被拎到了舞门，毫无反抗能力。一路上小粽子都在瞪我，他也一定觉得我俩真的要分道扬镳才是上策吧。

加上八个门人，我们一共十人被丢到大堂。除了正门，大堂三面都站着两排黑衣人，我们根本没有反抗的余地。

我坐在中间看向庄世正，不知他迟迟没动静是想做什么。半晌，外面传来轻微的脚步声，我回头看去，就见一个胖老头迈步进来。

常元青立刻上前："四弟。"

我眯眼看向那胖老头，原来这就是那忠心于我义父的四叔，我终于见到他了。我抿了抿唇，自知常元青是不会放我们走的，我们也根本无法逃脱，因此没有反抗半分，就是为了这个时机。

四叔声调颇为激动："二哥，果真找到了流光剑？那可见到了大哥？"

常元青叹气："没有。"

确定目标，我猛地扑到前头，一把抱住四叔的大腿，号了起来："四叔，侄女终于见到您了！"

两人俱是一愣，四叔甩了甩腿，我死命抱住，愤然："四叔，您要给我做主，二叔欺负我！"

常元青抓了我的头发就往后拽，大怒："胡说什么？谁是你二叔、四叔？"

小粽子突然大声道："她是慕班的义女，尽得其真传，也是飞门公认的门主，这么喊何错之有？"

喊得漂亮！我狠狠给他加分，关键时刻他还是很讲义气的。

几个门人随声附和，两人又愣了，四叔颤声道："你当真是我大哥的义女，飞门门主？"

我指了指那几个被捆绑的门人："他们是飞门的，因为有人下令无论用什么手段都要夺得流光剑，所以前来保护我。可是我们没想到，想要取我性命的竟然是二叔，我义父的结拜兄弟。"

常元青冷声道："我确实下过这命令，但传闻携剑而行的并不是个老者，我想那必定不是大哥，才说了那话。难怪你一路如此镇定，原来是想要你四叔救你。"

我也没把握四叔如今是不是还没有改变当年心意，但就算失策，为了这一身"失传"的剑法，常元青也不会杀我。但要是四叔仍如以往，我和水粽子就有很大机会能离开了。

四叔低眉，似在衡量，一会儿后他沉吟道："先将他们送到后院。"

我这才松手，拉住小粽子："我要和他住一块。"

四叔瞅了他一眼："好。你好好住下，让你受惊了，是四叔的错。"

我松了一口气，四叔看来是个讲理的。

随奴仆到了房里，刚关上门，我就听到外头已有锁头的声音。我一眼就看见了床，将自己以抛物线扔到床上，舒服多了："水粽子，过来睡觉。"

小粽子走了过来，竟然拿指头戳我脑门："渣渣，这个时候难道不是该想逃命的事吗？"

"乖，睡觉。我内力被封，能逃到哪里去？"

他倒在一边，附耳低声，温热的气息吐纳在耳根："我恢复后，能解开你的内力。"

"但流光剑不在我手上。"

"我先将你的内力解开，用其他法子封上，再告诉你脉门，需要时你可自行解开。"

我了然应声，细想片刻："既然我还要继续潜伏，那你还要继续做小粽子？"

"是。"

刚才过来时我见到有男子守在外头，要叫个人进来应当不难。我长长叹了一口气，探头啄了他一下，赶紧闭了眼，一会儿想起件奇怪的事，偏头看去，果真见到正常的水东流了："刚才怎么没听见你衣服的崩裂声？"

他的面颊上泛起奇异的红色，然后他默默望着上方："在被窝里脱了。"

我扯了扯嘴角："所以……现在……"

"裸着……"

"啊啊啊，呸呸呸！色狼！"我翻滚下床，在屋里找了一圈，没找到衣服，想了想，去翻柜子，还是没找到想要的，最后只好敲了门，"我的衣服破了，拿个针线盒给我。"

婢女办事效率奇高，很快就拿了针线盒来。

我抱着盒子跑到床边，摸了被子出来，比画了尺寸，嗞嗞剪开，开始给他缝制衣服。水东流探了脑袋出来："渣渣，你会做衣服？"

"嗯，我娘教我的。"

"渣渣，我突然发现其实你什么都会。"

短针微顿，我偏头看他，眯眼："而且还是武学奇才、易容奇才、幻术奇才哟，水粽子，你明白我在说什么吗？"

你以后要对我好好的，不然我随便一根手指头就可以对付你，知道吗？我做出所谓笑盈盈的样子，坐等他大彻大悟。

水粽子想了想，恍然大悟："你如此强势，是嫁不出去的了，乖乖做我的丫鬟吧。"

我跟他无法沟通！

我将简易的衣服、裤子丢给他，他穿身上还挺合适。之后，水粽子握了我的肩运气，随即我的体内热意涌动，突有气流猛震，之前封住的内力顿时活过来般。

见他示意我叫个男人过来，我将厚实的蚊帐放下，清了清嗓子："哎呀，手疼，哎呀呀！"

水粽子忍声笑了笑，我拿了被子把他盖住，一会儿听见锁头打开的声音，已有人进来。我躺倒捂肚，撩开帘子一角，这才发现进来的是个婢女："找……找个男的来，我手腕脱臼了，帮我接骨。"

婢女立刻挽袖："这个奴婢会！"

"等等！"我抬手制止她，"你不可以。"

"为什么？"

我拧眉，正色道："你太剽悍了，影响心情。"

"……"婢女哭着跑出去了。

我摇头。罪恶，太罪恶了！

片刻后果然进来个大汉，我默默缩了缩手，暗想我的手不会被他拧断吧。大汉俯身："姑娘，您哪只手受伤了？"

惊吓过度的我冷汗涔涔："太疼了，手抬不起来。"

大汉迟疑片刻："小的帮您瞧瞧。"

说完，他将手伸进被窝。我闭了眼，水粽子，本姑娘被吃豆腐了你知道吗？那汉子的手刚伸来，我就发觉水东流的手从我腹上探去，蓦地察觉那手开始变小，我当即推了大汉一把："好了，不疼了，你出去吧！"

大汉皱眉，但还是退下了。

水东流又换回那身小衣服，脱下来的，我将它缠好绑在腰间，随时备用。

傍晚，婢女过来，说四叔邀我们过去用晚饭。

我拉着小粽子跟婢女走，穿过迂回廊道，远远闻到饭菜飘香，更觉饿得不行。进了一间大房，我只见四叔在那儿，常元青却不在。

四叔一见我们，很是开心："快快坐下，饿了吧？先吃些东西，吃饱了，四叔有话要跟你说。"

我拿了筷子夹菜，又给小粽子夹了远处的。吃多点，吃多了有力气逃跑。入口第一道是爽脆的素菜，我润了润口，再夹香酥鸡吃，味道……确实不错。我顿了片刻："二叔他待会儿过来吗？"

四叔喝了一口酒，才答道："二哥出门了，我才趁机让你们出来。"

我点点头，又夹了块肉给小粽子，他正抬头看来，还对我眨了眨眼，我不由笑笑："好吃吗？"

小粽子嘴角弯弯："好吃。"

满桌的菜都非常美味——虽然有毒。填得肚子半饱，还没撑圆肚子，小粽子的筷子就啪嗒掉落，捂了肚子往我怀里滚："疼，肚子疼。"

我还没吃饱啊，能不能等会儿再……演戏啊？我愤然抱住他，挤出痛苦之色："我肚……肚子也疼……"

四叔冷笑道："你们中了我的断肠散，每隔三日就需服用一次解药，否则会肠穿肚烂而死，所以最好乖乖听我的话。"

四叔竟然黑化了！我们要不是百毒不侵，就果断中招了，这浑蛋！我艰难道："四叔为何……如此对我？"

他笑意更冷："当年大哥撒手不管飞舞门，三姐执意要等大哥回来，我千辛万苦劝得二哥自立门派，才有今日繁盛。可方才他竟说去恶人谷求证你的身份，若真有此事，他就将飞门、舞门合二为一，交还你手。这教我如何能忍！"

辛辛苦苦建立的江山拱手相让，怎么可能舍得，这心思我又恨又懂。不对……我抬眼看他："你如果不想我接手，那为何不直接杀了我？为什么要以毒钳制，留我性命？"

四叔的胖大脸上露出老奸巨猾的神色："大哥的流星剑法威慑江湖，你既然会，那就将它全部为我所用吧。来人，将她押送到别处。"

我扯了扯嘴角，这死老头，什么为了门派、为了人间大义，不过都是为了这剑法而已。要是二叔回来，他大概会说："老夫不忍三十年基业就此交给一个小姑娘，忍痛将她送走了。"实则是找个隐秘的地方把我藏起来教他练剑。

如此看错四叔，果真是眼盲不可怕，心盲才可怕。

我抱紧了小粽子不肯走："我要和他一起，不然立刻咬舌自尽。"

身为一个小毛孩，水东流实在是有优势呀，一点杀伤力也没，让人毫无防范。四叔大手一挥，就让他跟着了。

我们两人被丢进马车，车厢内狭小紧闭，连车门都啪地被锁上了。

“送到避暑山庄，严加看管。”

“这剑……”

“将这剑一同放好，门主若回来问起，便说我已经还给那小姑娘，如此一来，二哥又能奈我何？”

“是。”

我暗呸了几声虚伪小人，等马蹄声动，便松开小粽子，侧耳听了听：“大概有六个人跟随。”

他打了个哈欠：“渣渣，交给你了。”

想坐享其成？休想！我抓了他的肩，扒了他的上衣，啪嗒亲了他的小嘴一口，之后一只手捂眼，一只手把衣服丢给浑身赤裸的他。

“……渣渣，你这么主动，我会误会的。”

我背身哼了一声，那你倒是误会呀！

押送的人虽然不是渣渣，但是在我们两个高手轰开车厢不到半会儿，就已经全被打晕了。

水东流将他们点了穴道，拖进草丛里，我把缰绳解开，绑好马，还把木板全堆进小道一侧。做完这些，我拍拍手，走进里面，水粽子也忙完了，衣服也换了他们的。他将我缝制的衣裳塞到我手里：“放好，下回约莫还能用上。”

我蹲身看了看那昏睡的几人：“你要留他们活口？会不会……太危险了？毕竟你刚才是从马车里跑出来的。”

水东流瞥了我一眼：“我给他们用了百思毒，这种毒可以打乱他们的记忆。”

我眨眨眼：“水粽子，没想到你如此博爱，江湖还传闻你是大魔头，滥杀无辜呢。”

他忽然压低了头，目光灼灼：“如果我杀了他们，武功路数一定会被看穿，你四叔就会知道你内力已解封。我们二人毒已解，他的防范心会更重。但如果让他们思维混乱，什么也问不出来，你四叔就不知道到底是有人来劫，还是我们自己跑的，能拖他半日也好。”

这话凉飕飕的，所以说，必要时刻水粽子还是会宰人的，非善茬。

“所以渣渣，你要是再敢乱戳我，再敢不经我同意就调戏我，我一定会把你揉成团。”

我干笑两声，看多了他兔子的模样，再想挽救老虎的形象根本就是……开玩笑吧。我抓了他的手，用力一摁，啪，摁到那舞门中人手上。

“砰！”

衣服拖了一地的小粽子愤然抬头：“渣渣！”

我挑眉，哼着小曲往外走。后头追来的小粽子的声音已经是欲哭无泪了：“渣渣！你站住，给……给我亲一口！”

“哼，未经本姑娘同意，不许调戏我，否则将你揉成团。”

“……盗用无耻！”

我回头吐了吐舌头：“你要是承认你是兔子，我就赏你一口。”

小粽子咬了咬牙，面色忽然轻松了。只见他双手环胸，又因衣袖太宽大，手指头都被遮住了，看起来分外年幼。他仰头看来：“渣渣，你会骑马吗？”

“……不会。”

他更是得意：“噢，可是我会。”

我停步上前，恼怒地低头亲了他一口，暗想这次败阵，下回加倍讨回。

水东流收拾齐整，得意扬扬地从我一旁过去，往马那边走去。我迈步跟上：“以后不能这么玩了，像在客栈那样睡觉，太危险了。以后我睡地上吧。”

他想也不想就立刻愉快点头：“好！”

我嫌弃地看他：“我的那八个门人怎么办？”

“放心吧，你二叔是什么想法你也知道了，他不会杀同门中人。你四叔也不敢多杀，否则只会暴露自己。”

我思量了一会儿，四叔已成毒瘤，必须拔除，就算二叔、三姑他们不愿翻脸，但至少也要让二叔有所警惕。想罢，我打定主意：“我们去恶人谷吧。”

以这个速度，我预计凌晨寅时可以抵达恶人谷，可谁知水东流这家伙又跑错了路。折腾了几回，我愤然戳他：“过岔路的时候你跑慢点，不然根本分辨不清前路。”

水东流“吁”了一声，将马停下：“渣渣，你坐前面，领路。”

“啊？啊！”还没来得及反抗，我就被他反手揽到了前面，背后蓦地温热，回头看他，拧眉，“你之前不是总说男女授受不亲吗？”

水粽子下巴高扬：“谁让你不会骑马！”

真是人比人，气死人，我迟早要学会骑马！

有了我这领路小能手，我们一路都畅通无阻。只是马颠得太厉害，夜风还格外冷冽，冻得我有些哆嗦。

朝阳初升，我们终于到了恶人谷，看着那血红大字的石碑，明明没走几天，却好像走了半个月。

我们如上回那样进了街道，街道依旧冷清不见人，光束打在古栈上，暖阳暧昧。

不多时，有人从角落里跳落，剑刚起，已是怔忪，随后唰唰跪下：“参见门主。”

我从马上下来时，浑身骨头都要散了，走路都不利索：“婆婆呢？”

“有贵客拜访，婆婆一早就去招待了。”

我忙让他带路，心想，来的人就是二叔吧。

我们一路随行，前面已是山崖死路，正想是不是走错了，那几人闪到两边，轻叩一处岩壁。片刻后一个脑袋忽然从一个石坑里探出：“何事？”

我眨眨眼：“五叔。”

“啊啊啊！门主！”

石壁如门往两边打开，再往前看，已是一条幽暗长路。五叔从旁边走出，就要下跪，我忙伸手托住：“五叔，来找三姑的是不是二叔？”

五叔诧异：“你如何得知？”

“快带我去，我有急事。”

五叔立刻从旁人手中接过点好的灯盏，领我们进去。我正要惊叹这错综复杂的密道，五叔已说：“这密道是你义母所想，当初我们看见图纸，也是惊叹不已。”

“义父义母都是神人。”

五叔笑笑，又轻声叹息，满含无奈感慨。

路的尽头已是明亮之境，根本就是另一个山谷，而这山谷地势较平。进了一片竹林，我刚听见一点人声，四周瞬时又静默下来。五叔开口："二哥，三姐，是我。"

那边这才再有声响，往我们这边移动。

三姑眼力甚好，远远见了我，步子加快了不少，到我面前时唰地单膝跪地："参见门主。"

常元青甚感意外："你为何会在此？"

我抿了抿唇："那得问问你的好四弟，我的好四叔了。"

常元青沉思半会儿，摇头："他竟私自放了你。"

"放就不见得，给我投喂断肠散倒是真的。"

几人愕神："此话怎讲？"

我清了清嗓子，将二叔出门后的事和他们说得清清楚楚："最后我和小鬼佯装中毒，在他让亲信送我们走时，才得以反抗逃脱。"

常元青满眼疑虑："不可能，我已封了你的内力，你如何能逃脱？"

我立刻拖出水东流："他，我男人来救我了。"

水粽子又斜乜我，但到底是没有当面拆穿我。

三姑已大怒："混账东西，竟敢谋害飞舞门门主！立刻召齐飞门门人，将他剁了！"

婆婆真是威武霸气，可常元青却面色难堪，他肯定不愿为了我这半路杀出的侄女出头，陪他一起建立门派的可是四叔，这么下去，同门厮杀都有可能。

远处又有脚步声传来，水东流微微转身侧耳细听，发觉那声音颇沉重："是你四叔。"

四叔疾步过来，众人已是直勾勾地盯着他。此时四叔的胖大脸颇不自在："二哥，三姐，五弟。"

三姑一个箭步冲上前，厉声道："你吃豹子胆了，竟敢害大哥义女，更斗胆觊觎流星剑法？！"

常元青沉声道："三妹，虽然此事四弟做得过火，但要我将门派交给这个来历不明的小姑娘打理，我也不情愿。只是大哥既然选定了她，那自然有他的道理，这点我无话可说。但流星剑法异常精妙，这样的小丫头，如何能掌握这门绝学？大哥的心血不能白白浪费。”

三姑冷笑：“门主已尽得大哥真传。”

常元青诧异：“当真？”

五叔已在一旁做证：“自然是真的。”

常元青面露些许欣慰：“如此就好，总算不辜负大哥。既然这样……那舞门便交给……”

“等等，”我抬手制止他，“三十年前，义父离开飞舞门，飞舞门随即分成两派，由你们延续。从那时起，这飞舞门就已经不是我义父一人的心血。虽说我有义父一身内力，也有流光剑，更习得流星剑法，但义父在传授我这些时，从未提过门派，只提剑法。与其说他是要将门派交给我，不如说是想找个徒弟传承武学。而义父于你们，大概也是同理，否则不会早在离开时就将门派解散，让门人各奔东西。”

我沉默了片刻，继续说道：“义父想让流星剑法得到传承，我做到了；想让飞舞门繁盛，你们做到了，那我便无须再多此一举。我年纪轻轻，做这门主，哪里比得过叔叔姑姑们！虽说门派传人颇为重要，但侄女年纪尚轻，无法担起这重任。”

我不想做门主，也不想做可以呼风唤雨的人，和爹娘守着小当铺，嫁个普通人家就好。尤其是这次经历了这么多风雨，我更觉娘亲说得对，平平安安就好，弄那么多有的没的做什么？

重点是，我懒啊！做门主，想一想就很累，还得有门主的样子，我只想吃饱睡，睡醒吃，不开心了还可以欺负不会武功的相公，多美！

四叔长叹一声：“是我利欲熏心，瞎了眼，你不做门主，天下无人合适。”

哈？

三姑也叹道：“你有如此胸襟、如此魄力，当真是做门主的好料子。”

等下……走向不对吧！难道他们不是该感慨我是好姑娘，然后愉快地继续让两大门派分割，各自奔天涯吗？这种语气是怎么回事？

二叔也叹息，郑重点头：“大将之风，天纵奇才，飞舞门定会在你手中大放光芒。”得，连门派称呼都已经合一块了。我默默往后挪了挪，可怜兮兮地看着水粽子，我向往的懒人生活要一去不复返了吗?

水粽子一脸忍笑的表情，连肩头都忍得颤抖。

众人哗啦跪倒，齐声道：“我等誓死效忠门主！绝不背弃！”

“……”

我顿时热泪盈眶，我的老天爷，这到底是唱哪出呀?

第九章 有只吉祥物

这次三姑不放我走了，还说要给我办一场盛大的接任仪式。我听见这消息后腿就软了，之后假装淡定地走回房里，关了门，差点哭趴："我不要做那么麻烦的事。"

水粽子坐下，倒了一杯茶："乖，做了门主，庄世正还能把你怎么样？飞舞门重整旗鼓，势力不可小觑，少说也有五千门人，你何乐而不为？"

……好像也是。我摸摸下巴，从他手里抢了茶，一口喝完："跑了一晚，水粽子你不睡吗？"

"渣渣，那茶我刚喝过。"

嗯，我抹了抹嘴，亲都亲过了，喝同一杯茶而已。放下茶杯，我往外头跑："你快去睡觉，我去找二叔。"

二叔和四叔都打算等我接任后再回去，别说他们离开，这几日还会陆续有更多飞门、舞门的人回来，接任那日，就是飞舞门重生之时。

四位前辈说起这些话的时候，真如分别三十年后再相见。

二叔此时正在房里写东西，那请柬金灿灿的，一看就是贴了金片。我再次确定，飞舞门真的很有钱呀！

我走了进去："二叔。"

唰！这里的人简直是被设定了"一见我就跪"的模式，转眼二叔已单膝跪地："参见门主。"

"二叔不必多礼。"我抹汗，"侄女过来，是有件事想跟您商量。"

二叔一改大反派的模样，诚恳道："门主请说。"

"那个……之前庄世正不是拜托二叔做什么事吗？侄女想问问，那家伙到底在做什么？"

二叔蓦地一顿："杀手有杀手的规矩，这点请恕我无法告知。只是这事与门主无关，并不危及你的安全，因此门主不知也无妨。"

"如果说杀手有杀手的规矩，若那货请你们来杀我，"我抬头盯着他，"二叔要杀我吗？"

二叔唰地又跪了！他又跪了！

"门主已是飞舞门的人，同伴我们不杀，请门主放心。这桩生意我立刻终止，以后再也不会有人找你麻烦。"

我长松一口气："一切就拜托二叔了。"

往回走时，想到水粽子可能睡下了，我拐了个弯，跑去欣赏起恶人谷的风光。仔细想想，我要是能把爹娘接到这儿就好了，不过那估计会把他们吓到。

"阿嚏！"

我揉揉鼻子，暗想自己不是昨晚骑马着凉了吧？见前方有石桌，我准备去那儿趴着睡一会儿，到了那儿，桌上还有三个茶杯。片刻后就见三姑他们出来，我招手："三姑，四叔，五叔。"

叮！"一见我就跪模式"已触发！

"不必客气，都起来吧。"嗓子微痒，我清了清嗓子问道，"三姑、四叔、五叔，梨子有件事想和你们商量。"

"门主请说。"

"我现在还有重要的事要做，无法停留太多天，你们能否给我一个月时间，将事情办完，再回来进行接任仪式？"

几人面面相觑："门主可是有何为难的事？飞舞门上下都可调拨。"

要是用一句话来形容我此时的神情，肯定是"眼里闪过一道精光"。我小手一挥能指挥五千人！

“谢三姑、四叔、五叔。”

五叔认真道：“门主真的不考虑学幻术？可不要浪费天赋啊。”

我眨眨眼，道：“我想起我还有衣服没收。”

“侄女，你的演技太浮夸了！”

“再见！”

我转身跑了出去，哪里敢多逗留，还是找水粽子练剑吧。从那儿跑出来，放眼看去，我就见他在往这边走来，后面还跟了一条“尾巴”。我揉揉眼，确定是他，摆手：“水粽子。”

他立刻满脸黑线。

我忍笑跑到前头：“教主大人的威严形象又被我毁了，不过你怎么没睡？”

水粽子顶着两个快掉到地上的黑眼圈望天：“不困。”

我笑笑，扯了他的袖子往回走：“我跟三姑他们说好了，虽然我现在是门主，但一个月后再回来进行接任大典。二叔也答应我，不会再派杀手来，门人也任我调遣，所以不会再有飞舞门的杀手来了。咱们现在就去补好觉，继续赶路。”

这一睡我就睡晚了，其间噩梦不断，睡得累极了。

我强迫自己醒来，侧身往床下看，只见被子不见水东流。我起来洗了把脸，把被子卷好放进衣柜才见他进来。

吃过晚饭，我们打算尽快上路。

从谷口出来，寒风迎面吹来，冻得我浑身哆嗦：“这天变冷了。”

“此时正是酷暑，晚风正好，渣渣，你终于像个柔弱姑娘了。”

我微微往后靠，倚着他，任他骑马赶路。天刚泛白，我迷迷糊糊醒来，发现我们都快要到我家所在的小镇了：“水粽子，从这条街道直穿过去，就能到下个小镇了。千万别拐弯，尤其是到了第三个路口，千万千万要快点绕开，别让我爹娘撞见。”

“渣渣，你很热吗？”

“不，我冷，嗯，不对，是热……冷……”

“渣渣？渣渣？”

虽然天下美食众多，虽然酒楼食肆的菜肴常让人眼前一亮、舌尖一顿，但我最喜欢的还是娘亲熬的老母鸡汤。不过母鸡加几片生姜，加一点盐，连药材也不添，熬制半个时辰就成了美味佳肴。

我隐约好像闻到那股美味了，但这根本不可能。

我翻了个身，鼻尖嗅了嗅，蓦地坐起身，诧异起来：这不是我的房间吗？我抓着被子愣了会儿神，听见外头有声响，小跑出去，眼前的景象十分诡异。

堂堂逍遥教教主竟然在陪我娘挑豆子！

他坐在小矮凳上，用布条缠裹紧的手笨拙地挑豆子。

我摇摇头：“入梦太深，入梦太深，我得再去睡会儿。”片刻后就听见娘亲吼我：“睡了足足一天，你真的够了！还睡，再睡就成猪了！”

这竟然不是梦！我咬牙跑上前，抓了水东流就往屋里走：“娘，我待会儿再跟您说。”把他扯进屋去，恨得不行，“水粽子，这样会连累我爹娘的。”

水东流掸掸手上的细尘：“你病了。”

“那你可以带我去大夫那儿。”我挠挠头，找到流光剑，作势要拉他走，“我们走吧。”

“梨子，现在没有人再追杀我们。”

谁知道庄世正会不会请别人，我走到外面，就见娘站在面前。她伸手揪起我耳朵，将我抓到小板凳上：“给我好好挑豆子，跑什么跑！”

我欲哭无泪：“我有事，急事。”

“吃了晚饭再走。”

我只能坐好。江湖之外的高手分明是七大姑八大婆。

“再多待几天吧，什么事这么急？”

我将她手里的豆子拿过来：“娘，你眼神不好使，别做这些细活。嗯，我很急，得赶紧走。臭粽子，让他别拐弯。”

娘使劲戳我额头：“你昏迷不醒还喊着爹娘，竟让人家到了家门口还不送进来，说得过去吗？”

原来如此……我讪讪回头，水粽子本来倚在门口没动静，我这一看，他的两道长眉就往上扬了，还越扬越高，一脸等我道歉的表情。我吐了吐舌头，继续低头挑拣："爹呢？"

"去铺子了。"

傍晚已至，老爹终于从铺子里回来了，一进门热泪盈眶，喊了一声"女儿"，随后塞给我三包药，让我快去熬了喝。亲爹啊！

晚饭是四菜一汤，熬了许久的鸡汤也端上了桌。

虽然被药汤填了个半饱，但我还是清扫了桌上一半的饭菜，看着水东流目瞪口呆的样子，看来他已经不打算让我做丫鬟了，会被吃穷的。

月色晦暗，快到七月了，新月未出。

我帮娘亲洗完碗筷，找了一圈，发现水东流又跑到屋顶去了。我爬了上去，坐在一旁给他扇扇子："水粽子，你别乱动，我家屋顶比不得客栈的，瓦片很容易踩碎。"

水粽子问道："你真打算明天一早就走？"

"嗯，有点后怕。"我殷勤地扇着扇子，"今天错怪你了。"

话音一落，他的眉头又挑高了："你应该把今晚的鸡腿让给我。"

"……"

他抬手抢了蒲扇，拧眉："你病刚好就不怕着凉吗？赶紧下去。"末了又添一句，"不要再做拖累小伙伴的猪队友。"

我使劲捏了他的胳膊一把："你才是猪队友。对了，你把我送回来的时候，没说其他什么话吧？"

水粽子眨眨眼："没有。"

"那就好。"

在家我俩当然不能睡一块。早上起来，洗漱完毕，准备继续上路，吃早饭时不见水东流，我往外看了好几眼："娘，他呢？"

娘眯着眼笑道："说去买马车了，你就不用那么辛苦了。"

虽然鉴于他是路痴，最后还是得我带路，但这份心意实在让人心里暖洋洋的，简直要在心里开出一朵花来。

娘忽然语重心长道："你碰见这么好的年轻人确实该好好把握，但是私逃下华山真的没有关系吗？跟他同骑一匹马真的好吗？还有嘴上喊着爹娘，手上抓着他的手死活不放，你考虑过爹娘的感受吗？”

我冷汗涔涔，水东流那家伙跟爹娘说什么了，怎么让我觉得有种杀气腾腾的危机感？

“那些都可以忽略不计，但你跟他私定终身这件事，你不打算说了吗？”

我跳了起来：“谁跟他私定终身了？我跟他是小伙伴关系。”

娘笑得颇冷，霸气侧漏：“他送你回来时，旁边还有四个黑衣人，娘问起你们两人关系，他们说……他是你男人。旁人都这么说了，可你们俩竟然串通好不承认。”

哦不……门人，你们这么老实，婆婆知道吗？

但想想，水粽子也解释说不是来着……我其实也不明白他是维护我姑娘的名声，还是真的没醉翁之意。

我想不通，教主心，海底针。我抹泪，在老爹同情的目光下默默把饭吃完了。

水东流回来时，果然赶着一辆大马车。我掀开帘子一看，里面还有被子。

我跳上马车，和爹娘道别：“我办完事就立刻回家。”

娘大怒：“好好在华山待着！学好武艺，以后就没人能欺负你了。”

我蔫了：“哦。”

老爹一个快步上前，我热泪盈眶，还是老爹这个关切的表情好。随后我发现又有五包东西被塞到怀里，我口水大流，一定是鸭脖！谁知老爹一脸郑重道：“这些药记得熬了喝。”

……亲爹！

水东流扬起马鞭，驾马离去。

马车驶上大道，我握拳：“一定要顺利踩扁庄世正，早日回家。”

“渣渣，你娘让我好好照顾你。”

我一只手揽着怀里的药包，一只手甩着梅花玉佩，玉佩在朝阳下闪着白光。我打了个哈欠：“你一定嘴上说我会好好照顾梨子的，然后背地里继续打压我。”

水粽子嘴角一扬，半晌说道："对，渣渣，你的智商私奔回来了。"

"哼！"我腹诽着，转身把药放在车里，放了三包，感觉手感有些不对，于是拆了个角往里一看，顿时眼眶一湿。

纸包里都是蜜饯，我小时候最爱吃的蜜饯。

我拿了一块往水粽子嘴里塞，自己也吃了一块，甜，真甜："水粽子，好吃吗？"

他认真点了点头："嗯。"

再过五个小镇，我们就到衡山了。

从捷径出发，我们已经反超武林同盟中人，计算下日子，大概可以比他们提前三天赶到衡山。

天还未散了灰蒙，翻来覆去，睡得不安稳，我踹了被子，挪挪腿……猛地坐起身，躺床下的水粽子立刻吱声："怎么了？"

我抓了包袱遮住后头，小心往外探步："没……没什么，我去茅房。"

一出去就有四五个门人跟着，我忙抬手制止："不必跟着。"

等确定他们没跟着了，我忙跑到茅房一看，果然是来癸水了。稍做清理，我将包袱里的月事带取了出来。

洗好衣服，我忽然想起床上……要是水粽子起来看到……我急忙把湿淋淋的手往衣裳上一抹，径直往楼上跑去。跑了一半我又想，那染了血迹的衣服还泡在水里，万一让早起的店小二看见……

我真是欲哭无泪！

这一跑，肚子就闹腾了，我只好捂住小腹往楼上慢走。此时还是凌晨，整个客栈静悄悄的，我踏在楼层上的声音听得分外清楚。微有异声细碎传来，我停了步子，往后看，没人，松了一口气，再回头，前面已有东西拦住。

我诧异抬头，只见一只戴着银皮手套的手往我脖间扼来。我立刻往后一退，背抵在楼梯弯道的墙上，震得小腹更痛，顿时冷汗涔涔："你是谁？"

"雁门。"

我愣了愣。雁门？那个闻名江湖、神秘庞大又凶残的门派？那里的人武功并不算强到逆天，但路数非常怪异，让武林中人吃过不少苦头。有前辈想找到破解的办法，但是去一人，死一人。因此多年来，此门派一直被视为武林大敌。

“你抓我做什么？”

那人背对楼梯口，脸完全看不清，只听到他声音冷淡：“听闻你是飞舞门门主慕班和清门主的义女，特来一见，果真一身好内力。”

清门主？我拧眉思量：“清门主是……你们雁门的门主？”我几乎要两眼放光，难道我又要糊里糊涂成为什么雁门的新一代门主了？

那人扫了我一眼，冷声道：“曾经是，现在于我们而言，只是叛徒罢了。而你，就是替她还债的。”

“……”说好的无敌幸运星呢？

隐约听见水东流的脚步声，我刚挪步，就见那人俯身而下，动作快得惊人。我双掌已起，气运到一半，却突觉腹中绞痛。只是这一瞬的停顿，我就被他扼住喉咙，左手被狠狠扣在背后。

“大姨妈”真是影响战斗力的终极利器！

此时水粽子伴着初升的朝阳闪身而出，十分帅气拉风。只是见到我被挟持的阵势，他脸上一抽，嘴唇微动——渣。

我愤然，张嘴——救我。

本来他站的地势就高，这会儿嘴角上扬，更显得态度恶劣：“放开她，否则让你死无全尸。”

我倒抽一口冷气，水粽子，你这么恐吓对手，人质的安全你还要不要顾及了？

那人手上力道果然更大：“退后，否则我立刻拧断她的脖子。”之后他开始牵扯着我往后退，这一动，挂在我肩头的包袱已往下滑落，没一会儿，啪地掉在地上，三条月事带也滚落在地。

见水东流好奇地往那儿看，我顿时风中凌乱。微觉那人手势一顿，我提气，运在脖间，手肘狠狠往后一撞，趁着他吃痛的工夫，向水东流跑去。水粽子伸手将我接回，护在后面，已往那人轰了一掌。

那人心口猛挨一记，一口血喷出，可他反应极快，血珠还在半空，人已夺路而逃。

我握拳要追上去揍他，水粽子已拦住我："渣渣，你受伤了，别追。"

"我没受伤。"

"那为什么床上有血？"

"……"这个问题我要怎么开口跟单纯的教主大人说？

"不对，你如果是刚才遇袭，那不可能床上还有血迹……"

看着他越拧越紧的眉头，我默默觉得如果我不解释，他一定要疑惑很久很久："等你成亲了就明白了。"

这一说，我忽然见他眉眼一动，又望起天来："我明白了，书上有说过。"

"……"我宁可你不明白呀！

他背过身，声音分外认真："那我们在这儿留几天吧。"

"啊？"

"我懂的，书上有说，要好好休息！"

"……"

体贴起来的水粽子真是让人……心神荡漾……

雁门，据说门人非常多，但至今无人能统计出确切的人数。但无法否认的是，此门中武力值颇高。

我看着满屋下跪求抽的黑衣门人，压力有点大呀："那个……当时事出突然，你们完全不必自责，暂且退下吧。"

领头一人说道："属下自此一定会贴身不离，门主请放心。"

虽然他们忠心可鉴明月，但这气氛实在有些尴尬，于是我问道："你们可知上任门主夫人的身份？"

众人摇头："属下只知清夫人是慕门主行走江湖时所遇所娶，而且是孤女，但一直不知身份。只是清夫人能言善辩，内敛不骄，前辈们都十分钦佩。"

我隐约想起件事，当初五叔在和我念叨学幻术时曾说，恶人谷的机关密道就是我义母设计的，如今一想，普通姑娘哪里会这些！我偏头问知晓武林旧事的水东流："水粽子，雁门最擅长的是什么？"

“解毒布阵。”

我咽了咽口水，义母果真出身雁门，还是曾经的门主。我默默脑补了一下当年的狗血情节：清夫人成为门主后百无聊赖，于是去江湖闯荡散心，结果碰到了英明神武的义父，甘愿舍弃门主身份，做义父背后的女人。

义母一去三十年，最近雁门收到风声，说其义女出现，并接任飞舞门门主，于是就找上门来了……

我摸摸下巴：“不对呀水粽子，这已经是三十年前的事了，而且新门主已接任，为什么现在还要来找我麻烦？飞舞门怎么说也不是小门派，他们为什么要做这种得罪飞舞门的事？就为了出当年义母舍弃门派的恶气？怎么说他们也不会这么稚气吧。”

水东流微微蹙眉：“确实难以理解。如果他们真要向飞舞门报复，又何必等到现在？若他们知道清夫人就是往日门主，那在几十年前就该来找，一直不找，怕也是有所忌惮。”他眸光微动，“或许是如今有了比起忌惮飞舞门更无可畏惧的事要做。”

我眨眼：“你说的该不会是义母有什么东西落我身上了，他们如今要冒险取回？”

“或许是。”

仔细想想，除了一身武艺得自义父，还有一把剑也是义父的，我身上可没其他可拿的呀。我百思不得其解，想到最后，笑笑：“我在快活林吃的人参和公鸡算不算？”

一个年纪颇大的门人的脸色却肃穆起来：“门主说的人参……长什么模样？”

“我没看清模样。义父那天丢来时，它上面裹了很多泥，叮嘱我一定要吃。后来我晕过去了，义父应该让我吞服了。”我舔了舔唇，“可惜我不知道味道就把它吃完了……等下，难道那不是普通的人参？”

门人艰难道：“我从记事起，就知道清夫人后院养着一株宝贝人参，谁也不知道它是做什么的。后来慕门主离开时，只带了流光剑和人参，所以属下想，那定不是凡物。”

我捂住心口，不对，捂住胃，乖乖，义父到底给我吃了什么啊？要是雁门要找的真是人参，那我……我苦着脸：“水粽子，我不会被吃掉吧？”

水粽子笑道：“不会，渣渣，你的肉做成肉包子一定不好吃。”

门主被当面吐槽，门人竟然能忍住而不动声色。我摆摆手让门人们退下，托着下巴无比惆怅：“消灭敌人的征程永无止境啊。”

我刚和飞舞门相认，解除了危机，这会儿又冒出个雁门。

水东流忽然起身去关了窗户，之后走到我面前：“那人参的传说我听说过，据说它不但可以解百毒，还能使功力大增。”

我恍然大悟：“难怪我突然百毒不侵了，可是功力没动静呀。”

他坐下身，认真道：“我教你运气，就能知晓是否真有内力被深藏。”

水东流既然都开口了，那我就不用担心运功会撑不住的事吧。现在内力就已经要逆天了，再加个百年……想一想我心里还是挺激动的。

提气运功并不难，只是水粽子说这么做时不能有外人打搅。等我爬床练功去，他就会跑去和暗藏的门人一起在客栈外面守着。

运功实在是件累人的事，不知过了多久，我的肚子竟然饿了，咕噜咕噜直叫，真是影响形象，又分散注意力，外头零碎的声响还时不时飘入耳内。

刀剑声、喝声、瓦片被踩碎的声音，还有肚子的咕噜声全都钻进耳朵里。

热，真热。

腹内一热，涌出一股热意，我俯身往前，噗地喷出一口血。

我愣了愣，摸摸身上，不痛不痒，大喜，心想难道我打开所谓的任督二脉，从此走上武学巅峰了？

我顿觉自己十分牛气，下地要找鞋子，嗯，怎么够不着地？我正寻思，外头跳进一人，边走边说道：“梨子，雁门来袭，我们暂时先……梨……梨子？”

我抬头看他：“水粽子，你去哪里打架了，一脸的灰？”

咦，这奶声奶气的声音是从哪里来的？

等等……

为什么我还没够着地？我的腿什么时候这么短了？我低头一看，这衣服怎么这么宽大？抬手，这手怎么细嫩得跟笋似的？

水粽子诧异地盯着我，我哆嗦着赤脚下地，才走两步就被衣服绊倒，啪地摔到地上。

“渣渣，”水粽子蹲下身，是的，他竟然是蹲下身看来，而且脸部表情变个不停，“你小时候长得还是挺可爱的。”末了他又叹气摇头，“为什么后来就长歪了呢？”

我……呸！

出来混，迟早是要还的。

曾几何时师兄如此神棍地说过，直到今日我才明白，师兄所言不假啊。

“不要捏我的脸！”

“渣渣，你的脸真圆润，是肉包子吃多了，以形补形了吗？”

我咬牙看他，抓了他的手挪开，忍不住咬牙切齿道：“一定是你教的方法不对，不然我怎么会走火入魔，变成现在这个样子？”

外面的打斗声忽然变大，水东流低眉想了片刻，已快步走到床那边，将包袱和剑拿起，之后再走过来，一个熊抱抱住我就往窗外跳：“雁门的人来袭，虽然没什么可怕的，但你现在这个模样不能让你的门人看见，暂时先避避。”

我抗议：“能不能换个好看点的姿势？”

他真是跟初次见面，我误将他当作衡山派师叔时一样不会抱人呀。

可惜我奶声奶气的，没有半点威慑力，不由抹泪。

水东流一只手夹着我就往外跑，马车也不要了。真是走一段路丢一辆车，我都觉自己像土豪了。到了客栈外，他把我背到背上，我终于舒服了。趴在他身上真是舒服多了，这么一想，好像变小了也不错。水粽子轻功稳当，比马车跑起来好多了。

到铺子里买了衣服，看着镜子里的脸，我想及每次和掌柜大婶说话都要仰头，感觉真是太忧伤，脖子都酸了。只是换衣服的时候我发现，癸水也没来了。我又摸了摸下巴，水粽子明明说没有问题的，可为什么还是出问题了？

到了外头，水粽子付了钱，大步往外走，我迈着小步子跟上去，抓了他的袖子，紧跟着他。

水东流很快就买好了马车，我往上爬了爬，没爬上去，只能可怜兮兮地看着他。他一把将我扯上车，我才发现这家伙一直都在忍笑啊，真是是可忍，孰不可忍。马车离了大道，上了小路，见四下无人了，我想跟他说求亲一口的，但是想想，这样好像没脸没皮的。

我正想着，水粽子忽然说道："渣渣，你跟我的情况不同，我是天生自带魔毒，你是练功走火入魔，所以亲一口的话未必有用。"

我诧异："你怎么知道我在想这个？"

他斜乜看来："你一直对我虎视眈眈，真的够了，我都觉得自己是香喷喷的鸡腿了。"

我忧伤地托着下巴，那梅花玉佩本来佩戴在腰间很合适，现在太长了，只好挂到脖子上，更添忧愁："我不会一辈子这样吧？虽然说这样可以永葆青春，但我怎么见爹娘，怎么嫁人？"

"做小丫鬟正好。"

我大怒，戳他戳他。

水东流一脸不痛不痒的表情："不过渣渣，你这个样子，可以让人毫无防范，能不太费力地进入衡山，更易行动。我先前的打算，就是化身孩童混进去。"

我眨眨眼："水粽子，我们一起手拉手混进衡山吧。"

"渣渣，你说这话的时候实在是很恶趣味，你知道吗？"

我捧腹大笑，看着他抿紧的唇，暗暗握拳，心想总要找个机会试一下，指不定老天爷就是那么爱捉弄人。

七月十日，我们终于到了衡山衡阳城。

南岳衡山，高三百九十余丈，从窗户往那儿探头看去，白云笼罩，翠绿可见，难怪太师父说，五岳中，景致最好的就是南岳。衡山弟子连皮肤都比别的门派弟子好，在哪儿都鹤立鸡群。

水粽子回来时，我刚和街上的小孩玩闹归来，一进门就见他坐在那儿拿着张纸看。我跑过去倒了茶给他，瞅了一眼，嘴角抽了起来："水粽子，地形图拿反了。"

"……啊……难怪怎么看都不对劲！"

不对劲你还看这么久！我腹诽，坐上凳子拿过地形图，眼睛一亮："衡阳城地形图呀，你从哪里得来的？"

"这里也有逍遥教的人。"

我顿了顿："这么重要的事你也告诉我？不怕我拆穿吗？"

水东流伸手捏我脸："你敢。"

"……"我愤愤呸了他一口，"我刚出去跟那些小屁孩打听了一下，庄世正还没回来，如今打理衡山派上下的是庄世正的师弟宋万河，他为人憨厚心软，因此这段时间我们要进衡山并不难。"

衡山派许多弟子都是这儿附近的人，我去客栈打听不方便，但跟小毛孩玩耍随口聊，危险却小很多，到时候去门口拜师，应当能顺利进去。

水东流点点头："庄世正果真是只老狐狸，不将衡山派暂交给其他人，却交给这江湖上人人都知道的老实人，看来他也怕自己走后被人捅刀子吧。"

"我还是好奇庄世正到底要做什么，如此神秘，还不惜动用那么多人手追杀我。"

这时外头突然传来小二的声音，水东流走过去开门。

看着他朝小二伸手，我突然觉得，这一路他真是吃了很多小二的豆腐呀。

砰！

等他关门，我立刻奔过去。他刚想逃，我抬脚，踩住了他的衣服。

啪！

小粽子摔倒了。

"渣渣！"

大仇得报真是神清气爽，我拍拍手，再捏他的脸："让你再欺负我。"

他回捏我的脸:“无耻的渣渣,刚才就该点了你的穴道,把你塞进衣柜里。”

等他换好衣服，我将流光剑和剑谱都藏在床底，和他一块往衡山派走去。地形图我已经记在脑子里，进去后可以好好打探内部消息。

衡山派大门前落叶纷飞，这都好几个时辰没人打扫了吧。

没一会儿，有人从里面拿着扫帚出来，是个汉子。

计划一，如果出来的是大婶，就水粽子去；出来的是汉子，就我去。

我一个二八年华的姑娘竟然还要装嫩，想一想都脸红。我忸怩着走上前，仰头道：“叔叔，我们想拜师学艺，能帮忙引见庄掌门吗？”

汉子看了我们几眼，问道：“可会扫地？”

我眨眨眼：“会。”

汉子愉快道：“那你们就留下吧。”

然后我们就成了扫地童子……

喂！这也太随便了吧！我们商量了一个晚上，讨论出五种不同的潜入版本,你两句话就打发了，是有多缺扫地的人啊？我郁闷地说道：“水粽子，我觉得我的智商被侮辱了。”

水粽子嘴角一扯：“好好扫地。”

把落叶清理干净，那汉子又过来看了一眼，露出满意神色，这才将我们领到宋万河那里。问了家住何处、家中亲眷情况，他就让汉子带我们去换衡山派道童的衣服了，之后我们又被领到食堂去吃了晚饭。衡山派的饭菜意外地不错，我们都吃圆了肚子。

夜里我和其他女童在屋里躺下，就听旁边的人还叽叽喳喳在说话。这些小毛孩小小年纪就酷爱八卦，我竖起耳朵听了会儿，发现她们聊的都是些杂碎事，于是一卷被子，睡觉。

早上我挣扎着从被窝里起来，洗了脸就拿扫帚去分派的区域打扫，仔细一想，那边靠近庄世正寝室，兴许可以摸进去看一看。

不过实在是很奇怪，庄世正在外面闹得翻天覆地，衡山派竟然一点动静也没有!

我正奇怪，扫帚一起，树叶飞卷，就听见一句嫌恶声：“哪里来的野蛮丫头？会不会扫地？”

我抬头看去，就见一个浑圆的小胖子站在面前，颐指气使，态度十分嚣张。他圆滚滚的眼睛瞪着我，贼亮贼亮的："我怎么没见过你？"

"我昨天刚来的。"我面上装着小白兔一样，手里却紧握扫帚，心想他要是敢上前，我就用扫把糊他一脸。

小胖子又上前一步："妹妹，你长得真好看。我是衡山派掌门的儿子，你以后来我房里擦桌子吧，每天管肉哦。"

"……"小小年纪就是色坯，长大还得了！实在避不开，打也打不过，我急忙扔了手里的东西："我还有事，告辞！"说完拔腿就跑，那小胖子在后面大声叫，引得一路的门人看戏大笑。

你们当我们是在玩呢！

我现在才发现我真是腿短，根本跑不快，幸好小胖子体型受限，往后看了看，我和他已经甩开一段距离。脚下一顿，不知道绊到什么，我突然啪地摔倒在地，脸就像大饼被人甩到热锅上一样，痛得直抽，脑袋也一疼——忽然有人抓住了我的辫子把我往上扯。我怒视那小胖子："松手！"

小胖子扬扬得意："让你跑，摔不死你。"

我眨眨眼，小胖子的后脑勺那儿已出现一只扫帚头，啪地拍在他脑袋上。小胖子痛叫一声，终于松开我，我忙跑到水粽子身旁，又慌又急，忽然觉得身子小小的水粽子也英气得很。

水粽子一如既往地满面高傲："不许欺负她。"

小胖子一抹脸上的尘土，咿呀叫着冲上来，和水粽子厮打在一起。我一见这情景，抬手开始乱抓。

可是小胖子的体型一个顶俩，我们两人竟然和他势均力敌，打得发髻散乱，衣裳也扯破了。那小胖子的爪子竟然还抓了我的脸一把，要破相了！我咬牙，抬手一个巴掌轰过去，将小胖子拍倒在地，又怒踹他一脚："本姑娘日后找不到婆家你负责吗？"

小胖子脸上挂血，怔忪片刻，哇地哭出声："悍妇，悍妇！"

我冷哼一声，拍拍手看着水粽子。咦，水粽子，你一脸退避三舍的神情干吗？

小胖子的哭声立刻引得一众在山门那儿练功的人过来，随后我们两个被丢出了衡山派大门。

我们千里迢迢、历尽千辛万苦潜入衡山的计划就这样被一个小胖子摧毁了，我真是万万想不到。

下了山，我找了条小溪洗伤口。我拿出包袱里的药给他抹，见他拼命忍痛，咬了咬唇："水粽子你这个笨蛋，居然拿东西拍衡山小胖子，你不要命啦！下次要忍。记得忍，知道吗？"

他没好气道："下次我才懒得救你。"他脑袋一偏，"你先给自己上药吧，要是破相了就嫁不出去了。"

我又往他脸上抹了点药粉："嫁不出去还可以给你做丫鬟。"

水粽子闭眼："以后我会尽量保持大人状态。"

"为什么？"

"我这个模样，根本保护不了人。"

我顿了顿，继续认真上药。他哪里是保护不了人，只是他自己不知道而已。一个人强大不是光看武力值的，重要的是那颗心呀——水粽子，我越来越喜欢你了，怎么办？

第十章　又见高手

我们两人回到客栈，思量着同盟大队快到了，可我们却还是小儿身，别说无法再混进衡山，如果那小胖子地位颇高，衡山派的人来抓我们都有可能，何况我们恢复时日尚不可知。再三商议后我们去钱庄拿钱，又去绸缎庄拿钱买了衣裳，准备撤出衡阳城外。

现在我们小胳膊小腿的，那马车根本不能驾驭，于是在离开客栈时，又便宜卖掉了一辆马车——一路走一路丢，真富有。

出了衡阳城，我们在附近找了家客栈。

我将剑藏在床底，爬出来时已是满头的灰尘，拍了拍，跑去照镜子，脸上的伤虽然不深，但看着也触目惊心。

我让小二送了晚饭进来，他刚走，水粽子就说："我们总不能在这里苦等身体恢复，待会儿吃饱了，我教你练剑。"

流星剑法我已经练了一半，感觉只要这十四招就足够了，便试探着商量："可以不练吗？"

水粽子斜乜我："渣渣，不要浪费天赋，第十招以后已经非常难练，别人练百遍都难以掌握精髓，你学两遍就会了，别太随遇而安。"

我认真看他："随遇而安？你竟然没说我懒。"

水粽子笑得意味深长："渣渣，你在找虐吗？"

“吃饭！”

我递了筷子给他，他才吃一口，嘴角就一抽，嘀咕道：“就算体质奇特也不是这样折腾的呀……”

“难道……”我拧眉，夹了肉片吃……呸！浑蛋，就算要投毒，也麻烦不要放这么大剂量影响菜肴美味啊。我们俩难得对望着叹起气来，随后继续吃。为什么受伤的总是我们的胃？我轻声问：“能逃吗？”

水粽子挪了挪凳子，动静稍起，门外已有几道影子在闪动，他收了视线，低声道：“非剧毒，不是想要我们性命，静观其变。”

填饱肚子，估摸着那些蹲守在外面的人也快进来收网了，我喝了一杯茶，擦干净嘴，垂头，趴桌上装晕。

一会儿果然有人进屋，听脚步声来了四人，刚才没逃果然是正确的。

“将他们带走。”

被丢到马车上后，我还在担心流光剑，剑谱我倒不怕被他们搜去，水东流说过，那剑法不是千年奇才是学不会的，没有深厚内力做保证，普通人强学后无法驾驭，最后会自爆的。

想一想，这情景好像很恐怖呀。

轱辘咕噜咕噜作响，我睁眼看看四下，车厢内不黑，有两扇小窗子没关。我扯了扯水粽子的袖子，他也正在看着窗外，抬指轻嘘，四下探看，一会儿缩回身，竖起两根手指指了指前头。

我挠头，跟随的人是一个还好对付，两个的话没什么胜算。

水粽子在身上摸索一番，往我手上塞了两包药。我嗅了嗅，毒粉！

我们把毒粉撒在手上，看着前方默数三声，掀开帘子，一脚踢在那两人背上。两人诧异回头，我们齐齐将毒粉拍在他们脸上。水粽子奋力一推，那没驾马的人手中空荡无物可平衡，惨叫一声摔下去了。另一人紧握缰绳，咿呀惨叫，一只手胡乱拍打过来。

一掌扇在我脸上，带得我步子一晃，往旁倾倒，眼见要摔下去，手已被人握住。紧急时刻有个靠谱的小伙伴真是感动非常，可惜……我好像太重了，水粽子一个不稳，和我一起往后摔去。

水粽子的咒骂在他绝望的眼里一瞬传达——渣渣！你这个小胖妞！

“……”我下次再也不吃那么多了，真的！

其实身上长多一点肉还是挺好的，比如从马车上滚落，然后一路可以圆滚滚地从山道滚到山谷……还能活下来。

就是把脚摔断了。

看来肉长得还不够多，仍需努力，我默默握拳，水粽子知道后一定会揍我吧。

“醒了？”

我微微睁眼，腿确实抬不起来，只好偏头去找水粽子，没看见他，却瞧见一个大婶坐在一旁给我擦拭伤口，冷水冰凉，刺痛无比：“嗞……”

大婶淡笑：“痛就叫出来。”

“婶婶……还有一个人呢？”

“他在隔壁房间疗伤。”

我安心躺着，出门遇贵人真是件美妙的事啊，就算遭人追杀，以我的幸运体质，屡次化险为夷，真是不能更棒。等大婶上完药，见她要走，我想起件事来：“婶婶，这里是哪儿？”

大婶转身看我，眼里满含笑意，缓声道：“雁门。”末了又道，“你若敢随便乱跑，我就捏断你的脖子。”

“……”

贵人你好，贵人再见。

我听见隔壁有人进出，但却听不到水粽子的声音。

大婶晚上又过来给我换药，我的大腿还不能动，一直用木板固定着。上完药，大婶将我抱起往外走去。我刚见到外面的景致，就看见水粽子也从房里走出来，还死活不肯让人抱，捂着胳膊扭怩不已。

“水粽子。”

他蓦地抬头看来，眼睛一亮：“渣渣。”

大婶瞅了他一眼，说道：“跟上。”

从院子一路出去，我们零星见到几人，他们对大婶都毕恭毕敬。

直到来到一扇房门前，大婶才终于露出恭敬的表情：“门主，他们已带到。”

“进来。”声音浑厚有力却不显沧桑。

大婶推门进去，穿过帷幔，我便看见一张宽大的床，床上没有被子，垫子却垫得很高，不似睡觉用的，是当作椅子的吧。此时只有一人坐在那儿，是个中年男子，想必这就是雁门门主燕连天了。

婢女搬了椅子过来，大婶放得还算小心，可腿上疼痛还是难忍，我不由皱眉，水粽子忙过来扶我。

燕连天说道：“你们二人可知道飞舞门门主的下落？”

我眨眨眼：“不知道。”

燕连天面上冷峻非常，冷笑：“不知？那可认识？”

水粽子镇定道：“不认识。”

“你们两个小鬼倒是大胆，竟一点也不惧怕，果真是逍遥教和飞舞门的人。”

燕连天右手一甩，见他扔来的东西十分眼熟，我伸手接过，一看，是那两块玉佩。

“这莲花玉佩乃是飞舞门信物，梅花玉佩是逍遥教信物。江湖中人人皆知，逍遥教教主与华山派弟子花梨是恋人，那花梨不知何故成了飞舞门门主，更拜慕班、清夫人为义父、义母，而她也服用了千年人参精。两人行踪诡异，我的手下发现你们二人携有他们的信物，你们还说不知道、不认识？”

雁门的消息果然灵通，他们竟然这么快就将我们的底细打探清楚。

我抹了抹汗：“好吧，我们认识，但是真的不知道他们去哪儿了。他是水东流的弟弟，我是花梨的妹妹，他们两人说好带我们去游山玩水，吃遍天下，可是没想到，我们一觉醒来，他们却不见了。”

燕连天仍是狐疑，我愤然道：“不如这样吧，你把我们关在这里，放出风声，说他们的弟弟妹妹在这儿，他们自然就会来找我们了。嗯！”

你们等吧，等到天荒地老也不会有这样的哥哥姐姐出现，嘿嘿嘿。

水粽子已然抛弃了素来嚣张的态度，一脸天真无邪：“没错，他们身上没钱了，就会想起我们。我们会乖乖在这里等哒。”

啧，水粽子，你的演技大为提高啊！尾音还用“哒”，堂堂教主大人竟然用“哒”！我好想捏他脸。

那大婶不知从哪里摸出两张画像，捏了我的脸细看，又捏了水粽子的脸瞧，这才笑道：“与水东流和花梨生得七八分像，又有信物在身，应当不假。”

燕连天拧眉细想片刻，这才挥手：“看好他们，立刻放出风声，并在山道布置好陷阱。”

我松了一口气，小孩子的身份有时候比大人更安全。我歪了歪脑袋：“不知道叔叔找我姐姐做什么？”

燕连天瞥我一眼，探身笑得颇冷：“吃你姐姐的肉，喝你姐姐的血，将千年人参的效用收回。”

这话在意料之中，没什么可怕的，直到水粽子暗暗掐了我一记，我这才想起来自己此时的身份，忙抬手捂脸哭号……真是……别扭又矫情。

水粽子无比体贴好心地抚我的背：“别哭了。”

大婶问道：“庄世正那边如何答复？”

我们两人同时一顿，庄世正？那货跟雁门也有牵扯？

燕连天声调冷淡：“飞舞门不愿接他生意，他就寻上我们雁门，倒是可笑。你和他说，价格我们要涨两倍才会帮他。”

“是。”

我抽噎着，不怕死地歪头看他，眨眼——因为水东流说过，我这个样子非常可爱，让人没有防范心，在迷惑敌人的时候十分值得一试：“叔叔，庄世正是那个名声赫赫、非常君子的衡山派掌门吗？”

燕连天嗤笑：“君子？道貌岸然的匪类罢了。”

水粽子摇头接话：“可是我和渣渣在外面玩的时候，人们都说他是君子，是好人，敬重盟主，尊重同道，维护弟子。而且这次的武林大会不是在衡山举行吗？肯定很好玩。”

燕连天朗声大笑：“你们可知为何武林大会会改在衡山举行？这大会本是在华山举行，可华山派出了个叛徒花梨，华山派掌门便联合众人提议，将武林大会改到衡山。若非改了地点，恐怕武林早已大乱。可是……庄世正那只老狐狸，又怎会在自己的地盘上闹事！”

我隐约好像明白了什么……

水粽子的手加大力道，我偏头看他，看来，他已经……明白了……

我们两人被丢回各自房里，还不许见面。想到水粽子刚才的眼神，他到底从燕连天的话里明白了什么？急死我了。

躺在床上想得挠心挠肺，还因伤不能翻来覆去，我不由焦躁起来。外头下起雨来，淅淅沥沥的，我越听越困，越困越难受，似有布绑缚，绷得……等等，我睁眼，低头一看，刺啦一声，衣服已裂……

外头敲门声响起：“姑娘？”

我忙捏着鼻子道：“阿嚏。”

外面立刻安静了……我松了一口气。我竟然毫无征兆地就变回原样了，这真是让人为难。我滚落下地，去扯被单，寻了剪刀小心翼翼地剪开，随便缝制了件衣服，穿好往镜子前一照，野人啊……

我抖了抖腿，不疼了，脸上的伤痕也全然不见，破相什么的担忧烟消云散，这体质跟水粽子有得一拼嘛。

想到终于可以有机会拯救水粽子于水火之中，我大为得意。侧耳听了听四下动静，我走到高开的窗户那儿，脚尖一动，跳到了外面，摸进他的房里。

屋里摆设和我房里的无异，一瞬间进入让我以为鬼打墙了。小心往床的方向摸去，见屏风上有影子，我屏气不动，那边也是一顿。僵持许久，那边影子又动。我继续往前摸去，准备一个手刀劈晕他，猛地跳出，手已抬起，拍到一半就停了，扯了扯嘴角。

水粽子抬头看来，大喜：“渣渣。”

“嘘。”我低头，捧着他的脸亲了一口。

砰！

片刻后我觉得有点不对劲，眨眼：“水粽子，你竟然有六块腹肌。”

“……”赤条条的水粽子立刻背过身，凌乱状，“渣渣，男女授受不亲……到底我是男的还是你是男的？”

我觍着脸捂鼻，看着他结实的后背。除了太白，他还是很有男子汉气魄的。因还没看够，我的语气颇为依依不舍：“我去拿被单。”

被单在我手里改造一番，又成了一件简便衣裳。我将随身携带的针线包塞回腰间，心想跟他久待，我的针线手艺一定会提升的，日后隐退江湖，说不定还能开个裁缝店。

穿好衣服后，我们两人看一眼自己身上的衣裳，都感觉自己简直无法直视。我俩轻轻地从窗户跳了出去。这房间窗子开得那么高，平时就是拿来关押小朋友的吧，里面的人一搬凳子，外面的人就知道他们要逃，所以根本没必要派人看守。

可惜他们碰到了我们两个。

一路上我们都没有说话，小心翼翼地寻路。

雁门的地形并不复杂，因在山谷中，我们看着远处高耸的山峰就能找到出路了。

跟在一侧的水粽子忽然出了声：“渣渣，雁门以易守难攻闻名，不单单是说地形，更是因为布满机关。”

我瞅了瞅四下：“确实很多机关，刚才我们都过了十二道机关。”我龇牙，“五叔当时念叨着要收我为徒，一有空就在我耳边唠叨。他是闻名天下的幻术师，需要在不同的地方摆各种幻术，对机关地形自然要研究通透。有些地方平常看来无异，但用五叔的话来说，还是有区别的，有区别的话，大多是被人动了手脚。”

水粽子望天摇头：“你到底有多少没被发掘的天赋？”

“可我也没特意去注意呀！真的！”我一眼看去就知道不对了，再去试探不是傻瓜吗？

“……渣渣，燕连天知道后会哭的。”

之后我们进了一处密林，瞧不见山。前方出现岔路，我摸摸下巴：“这得往哪儿去……”我偏头看他，“水粽子，往哪边？”

水粽子做沉思状，一会儿后指了指左边，我点点头：“那就右边吧。”

“渣渣，”水粽子笑得颇深沉，颇诡异，“我真想把你揉成团丢去喂兔子。”

"……"

跟路痴反着走，比自己瞎猜有用多了。再往前走了数十步，我们终于出了密林，登上高处往下看去，已能俯瞰雁门。我长松一口气，庆幸这次有惊无险。

"渣渣，从这里怎么往回走？"

"回衡阳城吗？"

"不，"水粽子沉声道，"往来时的路走。"

我诧异："为什么？"

"你忘了燕连天说过的庄世正找他的事？"水东流瞬时变身为运筹帷幄的智者，"你可知为何你太师父他们要极力将武林大会改到衡山举办，而燕连天又说庄世正不肯在衡山办武林大会？"

我一头雾水，聪明伶俐的我竟然想不通呀，这不科学。

"我们之前设想庄世正是不是有什么阴谋，因此潜入衡山，可那里却极为平静，根本没有半点异动。那可想而知，衡山绝大部分人仍不知庄世正要做什么，换个说法，庄世正并不想在自己的地盘上实行计划。那唯有一个解释，他要在外面将阴谋完成。"

拧眉想想，我似乎又摸到了边："你的意思是……庄世正的这个计划，甚至很多衡山弟子也不知道，他们如果知道，也会反对？"

"对。"水粽子的面色越发凝重，"什么事会是连自己的门人也会反对的，还先拜托杀手无果，后又拜托用毒高手和以设计陷阱闻名天下的雁门？"

我大吃一惊："庄世正要杀同门正道！"我抹了抹汗，"难怪他紧张兮兮地要陷害我，甚至派人追杀我。只怕太师父他们也察觉到了不对，所以哪里都不提议，偏偏让武林大会开在衡山，硬生生将他的计划打乱。他更没想到，我竟然成了飞舞门门主，会再次阻碍了他。"

水粽子的眼神总算是没带嫌弃了，他拍拍我的脑袋："渣渣，以前我爹常说我娘跟他成亲后，变聪明了许多，说人是会影响另一方的。本来我不信，现在我信了。"

"呸！"此时我们正拐进山道下坡路，天上还下着淅沥小雨，一路泥泞不堪。我抓了他的胳膊，问道："那现在怎么办？我们没有证据拆穿庄世正，难道眼睁睁看着他得逞？”

“从长计议，先找到同盟中人。”

有水粽子在身边，我安心多了。他伸手过来给我挡雨，虽然巴掌没有伞大，但比伞更能挡这雨水呀。

摸回原先的客栈，还没从窗户爬进去，我就听见四面一瞬有了动静，警惕看去，便看见那一众黑衣门人，不由讪笑：“我回来了。”

众人蹿进屋里，齐刷刷跪下，一副惶恐状：“属下有罪，未能保护好门主。”

我摆摆手：“何罪之有？我现在很好呀。”

见他们眨眼看来，我低头看看，啊……这一身野人衣服就不要在意了，还有一腿子的泥也无视吧，满头湿发也……好吧，看起来是很狼狈。好说歹说将他们哄了出去，我便去找包袱拿了衣裳换上。

等水东流去换衣服时，我摸到床底，将藏在那里的剑和剑谱拿出，随后赶紧离开了客栈。到了郊外，我问了门人消息，知晓同盟中人已经快到乱石山，左思右想了一番后，让门人去召集人马：“务必要截住他们。”

门人问道：“门主为何不光明正大地去参加武林大会？那样就不必在暗处观察。而且与他们同行，门主可随时掌握他们的行踪。”

我捂住心口：“别吓我，飞舞门不是号称魔头中的魔头，在外界的名声跟逍遥教有得一拼吗？我去难道不是找死？”

众人竟然忍笑：“门主这话放在三十年前来说确实是，但自从飞舞门一分为二，飞门为免仇敌追杀，便已不做杀人买卖，在武林中名声渐好，也收到了今年的武林大会请柬，只是婆婆从来不去。门主若想，直接去便可。”

水东流若有所思地点点头：“你混入其中，他们又对你无可奈何，这倒是好事，更能注意庄世正的一举一动。只是，华山……”

我明白水粽子在顾虑什么，这样一来，我就要彻底以其他门派弟子身份跟师父他们面对面，只怕真去了，就再也不能回到华山了吧。这似乎，太虐了点。之前曾想，等一切真相大白，我就能重回华山，可如今……

为了大局着想，不能回去就不能回去了吧。

想罢，我默默摸了摸泛酸的心口。

雁门的人并没有追来，或者可以说，因为我上次无故失踪，飞舞门又增派了大批高手，在半里外已经形成保护圈，他们想要轻易掳走我基本上是不可能的。更何况，门人已知他们来袭，特地发了封警告信，直言他们再敢胡来，灭之。

雁门不易突破，但飞舞门若强行进攻，那种伤敌八百、自损一千的事难保我们不会做，燕连天不敢轻举妄动。

我们赶路进镇，约莫明天就能和同盟的人碰面了。进了客栈休息，外面夜色被街道两旁铺子的灯火衬得微亮，我们仍觉酷热，虫鸣不停。

水东流沐浴完回来，我回头看他："我去参加武林大会，你可不能过去。"

"嗯，明天我回京城，出来太久，教内有许多事要处理。"

这真算是分道扬镳了吧……我顿觉失落，他已在身边那么久，我该感激他陪我度过了那些最艰难的时日，便将梅花玉佩递了过去："喏，我的莲花玉佩也还我吧。"

他抬手拿帕子拭发，良久才将玉佩交还。

我们将东西整理好，相对无言。夜里睡觉，依旧是他睡地上，我睡床。我翻来覆去，想说些什么，到底还是没吱声。

晨起，我们一起吃过早饭，就真的要别离了。早点吃得略慢，门人来报，时辰已晚，我这才放下筷子，慢吞吞喝了一口茶，看着他说道："水粽子……保重。"

他点了点头："你也是，保重。"

上了马车，我又回头看了看，默默想，水粽子不会迷路吧。嗯，有门人领路，他应该不会。安下心来，我沉声道："去乱石山。"

我快到乱石山时，门人已从恶人谷将请柬送了过来。随后我持帖去同盟的人住的客栈时，众人刚刚入住，正在大堂用饭。我刚踏步而入，一双眼盯来，两双眼盯来……我终于被围观了。

一会儿后就有人站起，声音里满是着急，恨铁不成钢的模样："梨子，你来做什么？"

那当初在华山要杀我的衡山高个已跳了过来，冷声道："好你个妖女，竟如此猖狂，还敢出现！"

门人立刻提剑相护，我负手而立："袁盟主可在？"

袁常，已在盟主之位上待了七年，四十有二，处事稳重，为人豪爽，颇得武林中人敬重，只是生得平凡。我往中间定定看去，没瞧见人，倒见角落里站起一人。我嘴角微抽，心想这真是浪费我如此英姿飒爽而镇定的眼神啊。

袁盟主起身，身形颇为高大，身板子十分厚实，声音更是沉稳响亮："这位想必便是花梨姑娘，敢问有何事？"

门人已将请帖递上，袁盟主一看，怔忪片刻："你……你是飞门门主？"

话落，大堂顿时沸腾。

"飞门沉寂多年，一直未立新门主，怎会突然冒出来一个门主？"

"那花梨难道不是逍遥教细作？"

我淡定地看着满堂一头雾水的人，是啊，如果我是局外人，一定也想不明白为什么"逍遥教细作"会突然变成了堂堂杀手组织的老大。我缓声道："不是飞门门主，而是飞舞门门主。"

果然，年轻小辈无反应，较年长的已全露出诧异之色："飞舞门……飞舞门竟重新合并了？"

门人在旁答道："门主已接管飞舞门，将参加武林大会，还请袁盟主安排住处。"

众人仍是愕然。

婆婆派给我的人都是高手，为首说话的这位大叔更是江湖老面孔，他说的话远比我从身上掏各种信物来证明身份更加有用。

袁盟主满目疑惑，正要开口，就听到庄世正猛声咳嗽，一副大病未愈的模样："盟主不可听信这妖女谗言，即便她真是飞舞门门主，这请帖邀请的也是飞门门主，而非那杀人不眨眼的舞门的门主。"

我微微歪了歪脑袋："庄掌门所言非虚，确实如此。看来我确实没资格参加这大会呢。”

庄世正狐疑看来，众人也是满目困惑。我叹道：“我本来刚叫常二叔管好舞门，别再对武林同道中人苦苦相逼，要向飞门看齐。可如今看来，我被排斥在正道外，那就只好下令让飞门跟着舞门走，把飞舞门整合起来，五六千人全都变成一流杀手好了。”

“……”

我抬头看着上面，不看他们“你怎么能如此无赖”的眼神。我就是铁了心要跟在一旁盯着庄世正，他想在我面前害我师门陷害我，休想。

袁盟主到底是块老姜，为了武林大同，硌硬一下华山派和衡山派又有什么关系：“阿青，去给飞舞门门主安排住房。”

那叫阿青的人很快去找了店小二，找了一间空房。

我随他们过去时，好走不走，偏要从师父他们一行人边上过去。我竭力忍住不去看他们，只是见师父气色仍不太好，难道他伤还没好吗？我忍了忍，到底没有停留，余光见到师兄师姐目光灼灼，已带着愤然。

进了屋里，我准备等待会儿他们吃完饭了，跑去做壁虎——趴在庄世正屋顶偷听。我还没来得及美美地洗个脸，外头就有了动静：“门主，华山弟子求见。”

我顿了顿，斩钉截铁道：“不见。”

来人似要硬闯，我已听见拔剑声，硬着头皮开门，看着几位师兄师姐：“让他们说。”

我人站在门口，他们倒是没话说了，沉默了好一会儿，师姐才问道：“梨子……你到底是逍遥教细作，还是飞舞门的人，抑或是……什么都不是，一切都是假象，你有苦衷？”

师姐不愧是跟我盖同一条被子的，我们在一间屋里同住十年，她是最了解我的人。我忍痛扬了扬下巴，挑眉：“你猜。”

师兄眉头一拧，拳头握紧，刚朝我逼近，门人已将他拦住。师兄怒瞪着我：“梨子，当初他们说你与逍遥教中人一起，师兄不信，可后来，你和水东流一起出现，又重伤师父，如今更是莫名做了门主，到底哪个才是真的你？”

我看着师兄，动了动嘴，想到此时不能再跟华山有瓜葛，转至淡漠：“你猜。”

“梨子！”

我往后一退，门人已将门关上。在原地站了许久，我举步往前走，走到桌前，趴在那儿，全身没了气力。

要是……要是这个时候水粽子在，我就能抱着他好好哭一场了。

我总觉得师父会明白我的苦心，否则那天在客栈他也不会告诉我庄世正设下了陷阱，不要去自投罗网。可是看着师兄师姐那样憎恨的眼神，我还是难过。

不，是委屈。

对，就是委屈。虽然路是自己选的，这种感受可无人知晓，闷在心里难受极了。

我咬了咬唇，还是觉得眼眶湿润。

“如果……你没走就好了……可以借肩膀一用。”我吸了吸鼻子，心情郁闷，愤然起身，“喝酒去！”

“渣渣，不痛快会想酒喝，你果真不是个姑娘。”

我愣神，往屏风后跑去。水粽子正站在那边窗前，光线幽暗，我看不太清他的脸，可声音是他的。他微微侧身，面上露出傲娇笑容，不是他就怪了！我诧异道：“水……水粽子？你不是回分舵了吗？”

他稍稍偏头，往外看去：“路途遥远，我怕迷路，所以决定回来抓你带路。”

我忍不住笑笑，双手叉腰，扬起下巴：“你出多少银子？”

水东流嘴角一扯，抬手丢了一件东西过来。我忙接过，一看竟然是梅花玉佩，土豪竟然把整个身家都给我了！

“够了吗？”

我肃色点头：“够了。”踏着小步子跑到他跟前，将那莲花玉佩塞给他，“这是你教我练剑的报酬。不过……你现在要怎么留在这儿？会被发现的。”

水粽子想了片刻：“同盟中有没有擅长易容的门派？”

“没有。”

水粽子笑笑：“没有行家就好办了，你身边都有门人出现，我易容一下就好。”末了又问，“渣渣，你喜欢长什么样的？”

我眨眼看他，心想我能说“水粽子，你就长得挺好的”吗？心里一慌，我迅速掩饰，导致嘴硬，画风全变：“不要你这样的就好。”

“……”

“嗷……不许敲脑袋，反对暴力！”

连日小雨淅沥，入夜后停了，天气却闷热起来，虫蚁飞扑，想必夜里要下大雨。这雨一下，我们又得耽搁在这客栈。

早上我一睁眼，雨声噼啪，外头还微黑，可小二已经报了时辰，辰时了。我起了身，见水东流坐在地上的被褥上，便叫了他一声。他一回头，吓了我一跳。一张俊脸完全变了样，棱角分明，冷峻冷峻的。我伸手捏捏他的脸颊：“逍遥教的易容手法真好。”

窗外屋檐上的雨落声忽然有间断，我刚探身去看，水粽子已经抱着被子一跃而上，转身将蚊帐放下，遮了外头视线。

“门主。”

我掐了掐他，应声：“何事？”

“此人在外头鬼鬼祟祟，被我们擒住后，说想见您。”

我拨开蚊帐一小角，往那儿看去。一个男子被门人擒住，正苦着脸往这儿看来，头发和衣裳已经全湿了。门人将他面上黑布一扯，我不由意外道：“玉狐狸。”

没想到这家伙竟然回来了。

之前我们让他易容成庄世正的模样带着假剑走，吸引舞门注意，可谁想舞门和庄世正勾结，根本就知道玉狐狸是假扮的。后来我又一直有事缠身，就把这事忘了。

玉狐狸对于我一眼将他认出竟然表现出极大的不满和挫败，一把撕掉假面皮：“你能不能不要如此轻易认出来？”

我走到他跟前，拍拍他的肩：“这么多次，你该习惯了。”

“……”玉狐狸怀里本来抱着剑，这会儿一扔，挣扎着直接抱住我的大腿开号，“我拼了命地一直跑一直跑，可没一个人来找我。于是我又往回跑，被雨淋成落汤鸡，还被他们凶，命苦啊。”

“乖啦。”

我好好安抚了他一番，让门人去买了身衣裳，然后领他去后院浴房洗澡。我一出去，同一条廊道的房门也打开了，几位师兄走了出来，也是初醒模样。他们一见我，神色一顿，再看见衣裳不整的美男子玉狐狸，目光顿时变得意味深长。只是一会儿后，化身冷峻男的水粽子也出来了，众人的眼神就……

师兄，我可以把你们的目光和谐掉吗？

早饭是大伙一起吃的，我的位置被安排在角落，袁盟主坐在隔壁桌。盟主果然是老姜，他怕把我安排在角落，引起我心里不满，但如果安排在中间抑或明显位置，又容易引起其他门派的不悦，干脆陪我一起低调了。

一会儿庄世正下楼，也和袁盟主坐一块，见了我们，还多瞅了几眼。

我提筷插了个包子：“好你个小笼包。”

玉狐狸也提筷：“好你个小煎包。”

水粽子眼里流露出绝望，默默望向外面。

“什么？竟胆敢出现在此处？”

一听隔壁桌有八卦，我竖起耳朵，可声音太小，听不清，便厚着脸皮，一屁股坐在他们那儿，笑道：“旁边坐满了，我过来搭个桌。”

几人往旁边一看，四仙桌只坐了两个人……

人在江湖走，必须厚脸皮啊……

庄世正也不避嫌了，拧眉道：“那人冒充在下不说，竟还敢在这小镇出现，当真是不可忍。”

袁盟主沉声道：“此事庄掌门不必着急，我自会派人去寻，定会将他擒住。”

“多谢盟主。”

我还以为他有什么小道消息，原来是玉狐狸顶着庄世正的脸回来时被人瞧见了。只是庄世正不是不知道这事，为什么现在才来告诉盟主？难道要反咬我一口，说是我指使的？

他可真是老狐狸，我完全想不通。

大雨不停，午时去探路的人骑马归来，说是去往衡山的山道塌方，已经无法前行，这下袁盟主头疼了。

一来这从华山到衡山已经费了好些时日，众人也疲乏了。二来继续拖着众掌门，门派事务还要处理，时日一久也麻烦。

满屋掌门围坐，商讨尽早寻个地方将武林大会办了。

武林大会有两个用途，一是商讨一下武林和谐发展，还有就是比武切磋。后者是重点，在此胜出，大门派可以继续稳坐宝位，小门派可以扬名立万，招揽更多人拜师学艺，从而名利双收。

因此谁也不愿在这紧要关头散会回家。

“衡山已不能去，我们便在这儿附近寻个平地吧。”

“此处有过往百姓，我们到底是有头有脸的人，怎能抛头露面！”

“那可如何是好？难不成等这雨停？”

“话说……”一个掌门开口道，“我记得庄掌门曾提过，在这乱石山附近有他的避暑山庄，不知可否方便……”

众人眼睛一亮，纷纷流露殷切。

袁盟主也说道：“不知庄掌门可否为我们数十门派行个方便？”

庄世正稍露为难：“可行是可行，只是那地方我已三年未去，也不知是否合意，就怕大家满心欢喜过去，却不合心意，久待不得。”

那衡山高个说道：“师父，不如先让众掌门过去看看，没有异议的话，便定在那里吧。”

众掌门已纷纷点头：“此行可去。”

庄世正说道：“那便去瞧瞧，寒舍简陋，见笑了。”

我狐疑地看着这师徒一唱一和，此行看着有猫腻，为了安全起见，我插话：“现今雨势渐大，恐怕路行不易。庄掌门要领路无法，但师……但宋前辈仍负重伤，还是留在此处休息吧。”

庄世正冷冷瞧了我一眼，师父也看了看我，袁盟主已说道：“如此也好。”

从大堂出来，我不便和水粽子说话，便准备回房和他好好说说。到了门口，水粽子忽然停了步子，一脸傲气地看着玉狐狸：“不许进来。”

玉狐狸想过来扯我的手，水粽子腰间的剑立刻唰地弹出了小半截，寒光凌厉，吓得他一退三步。

我进了房，水粽子立刻将门关好，颇为烦躁：“渣渣，不许离他这么近。”

“哦……玉狐狸挺好玩的，小媳妇脸。”我拉了他坐下，“你说庄世正是不是在那破宅子里设置了机关，将我们引诱过去，然后一举抓获？”

“倒不无可能。只是我们此时不能阻拦他们，否则无论你是好心坏心，众掌门都会怨恨你。”

我叹气托腮：“要等奸计展开的最后一刻才能出手，太冒险了，不开心。”

“渣渣。”

“嗯？”

“来练剑。”

“不开心！”

“乖。”

水粽子真是越来越勤快地督促我练剑了，他又不是不知道，我一直想揍他一顿，却因为武力值不够只好退缩，他这种非要将我培养起来的想法真是不能理解呀。

翌日，雨势稍小，袁盟主就组织众掌门去看避暑山庄。为了早去早回，因此每个掌门只许带一个弟子。

师父有伤，没有同行，派了师兄和师姐去。出门前我见师父眼神意味深长，似有话跟我说，可惜人太多，师父一直没过来。

我始终觉得，师父他信我。

第十一章　龙潭和虎穴

大队人马往山庄赶去，少说也有一百多人。我倒是好奇庄世正到底要怎么解决这么多高手。在那儿下毒？挖个陷阱？但也不可能一网打尽吧。留守客栈的众弟子也不是吃闲饭的，发现不对了，庄世正怎么解释？

避暑山庄离这里稍远，马车不便，众人都是骑马。我跟水粽子同骑一匹，撑伞慢行。

午时，前头领路的已停下，说是路行不便，得徒步去。

这真是麻烦呀。

我瞅了一眼地上的泥，只觉脚未落地已先脏。水粽子下了马，伸手过来，我正想说我什么时候这么娇弱要他扶了，手刚碰到他，他却顺着我的手背而上，一把将我扯下。我顺势而落，已趴在他背上，瞧见众人看来，顿时涨红了脸，几乎咬在他耳边："放我下来吧。"

"脏，等过了这段路再放。"

不得了了，越来越体贴的水粽子根本不能抗拒呀。

我们悠悠走在后头，落在其他人后面，我忍不住问道："水粽子，我发现你这次回来后变了一个人似的。你对我太好了，我十分惶恐呀。"

水粽子轻笑一声："渣渣，你这是在求虐吗？"

我正色道："不是。"

片刻后他才说道："那天离开后，有件事我貌似想通了……"

想通什么了，他竟然不往下说。我默默打着伞，继续趴着。

悠然走到山庄，水粽子终于把我放下。我抬头看了看那山庄牌匾，确实陈旧。我随他们进了里面，入眼就是一大片空地，之后穿过两道门，进了里堂。里堂并不宽阔，一百多号人站在这儿，似乎有些拥挤了。

脚下忽然一震，我诧异低头，手已被水粽子握紧，便反手回握。那地板轰然断裂，众人已往下摔去，一时间满目漆黑。

这空落落的地方根本无处可托力，混乱中我还被人踢了一脚。

我摔落而下，所幸有水粽子，虽然摸黑落得不稳当，但至少没摔伤脚。哀号吃痛声并不少，在四周回荡，我这才发现这地方竟是个密室。

也不知师兄他们如何了，光线太暗，看不清。

水粽子不知为何开始迈步而行，我跟在后面没有作声，隐约看见前面有些许亮点在晃动，却不知是什么。他的步子突然快了，我急忙加快脚步，差点被地上的人绊倒。轰轰声响，已听见石门开启，伴随着放肆的笑声："等你们死了，我玉狐狸便来收众位的宝贝。"

我愣了愣，在密室声响骤停时，已和水粽子闪身从石门过去，差点就被立刻紧关的石门夹成了肉饼。

密室外竟是一间明亮石屋，而刚才进来的人，正是庄世正和他的高个弟子。

我盯了他一会儿，拧眉："你不是玉狐狸，你就是庄世正，为什么方才要丢下那样一句话？"

庄世正冷笑，避而不答："你们为何能跟来？"

水东流淡声道："我早在你身上撒了粉末。它有特殊的气味，旁人不能察觉，但我却能用银光虫追寻到你的踪迹。还有，它在暗处会发光。我本意是要用前者，没想到却用上了后者。"

我暗叹水粽子考虑事情周全，更觉可靠。

庄世正笑道："即便你们能跟来，又如何？在外面的人依旧得死。那里地势高峻，他们绝不可能逃离，可这一切罪名都不会落在我头上。"

水粽子眼神冷冽："你刚才之所以要说那句话，只是因为你想将杀害武林同胞的罪名扣在玉狐狸的头上。天下人都知道玉狐狸擅易容，而你这几日故意和袁盟主说有人冒充你的事，就是为了让这事众所周知，因此即便今日有人活下来，出去后，也会以为要杀他们的是玉狐狸，而非你。”

我咬牙，没想到这家伙竟然是这个用意，太险恶了。我本想让玉狐狸陷害他，却没想到他反用了这计策。再想想，就算这天公不作美，没下雨助他，他也会找到各种理由将我们引诱至此吧。

庄世正朗声笑道：“是又如何？待我回到客栈房内，假装被人打晕藏在床底，加上我派弟子做证，那留守的人自然知晓那庄掌门是冒充的。若他们不肯服从，雁门的人自会将他们通通杀了。待我将这武林高手通通解决，这武林便是我庄世正的！”

我环视四下，不见通道，也没看见石门该有的缝隙：“你要怎么出去？变成虫子飞出去？”

庄世正笑得颇为诡异：“你们可知，这世上有一种功夫，叫……”

他忽然出手，将那高个弟子往我们身前一推，右手猛拍一处墙垣，砰的一声，墙壁已被击出一个半臂宽的洞。水粽子反应极快，飞速往前去捉他。他并没移动，只是身体却突然一缩，脸还是那张老脸，身体却蜷缩化小，瞬间钻入洞内，不见踪迹。再看那洞，却并非只是个洞口，而是外面糊了一层，里面是个长不见尽头的洞，根本就是早已准备好逃生用的。

缩骨功？这浑蛋！

高个弟子已傻了眼：“师父？师父！”

我眯眼走到高个面前：“你师父一早就打算让你也跟武林前辈陪葬呢。”

高个弟子提剑，背抵墙壁，腿都哆嗦了：“不要过来！”

我嗤笑：“衡山师兄，你没有忘记我是因何离开华山的吧？因为你们陷害我，想杀了我呀，所以太师父和师父才将我赶下山，让我逃命。可是你一定没想到为什么我会做了门主，现在还和我共处一室了呢。”

“……”高个弟子跪倒在地，哭泣，“女侠，我不敢了，我真的不敢了，那都是我师父指使的。那天他以为你听见我们在密谋，所以不得已才想取你性命，我后悔了，我不是人。”

水粽子走到一旁，面色深沉，抬手要拍他的天灵盖，我急忙拦住：“有他做证，庄世正再怎么狡辩也跑不了。”

“我们已知晓庄世正要做什么，出去后将他直接杀了便可。”

我哼了一声：“比起这么让他死了，身败名裂什么的才是最好的报复。”

水粽子看了我好一会儿才道：“渣渣，你这么狠心，真是讨人喜欢。”

喜欢……我凌乱了，淡定，淡定啊，浑蛋，你没事夸我干吗呀？我会脸红的啊啊啊！

高个苦着脸说道：“这里乃是师父找高人所布的机关，精密无比，你们若不会缩骨功，根本不可能出去，仍旧是死路一条。”

我抬手一个熊拍，将高个拍晕，又点了他的昏睡穴：“缩骨功那么难看的东西，放在面前我也不学。”说着，起身摇摇水粽子的手，“伟大的教主大人，该是你出马的时候了，正好这儿有个现成的男人。”

他抿了抿唇：“你这么说，不知前因后果的人会误会我的。”

我朗声笑笑，帮他解着布条：“水粽子，你待会儿出去后要小心。庄世正认得你，你见到他千万要躲远点。你回去告诉师父，让他找人来救我们。不对……雁门的人还在看着，怎么办？”

“飞舞门的人在，逍遥教……也有人在，雁门根本不可能得逞。”

我吃了一惊：“你什么时候调拨了逍遥教的人来？”

水粽子默了默：“在你跟我说分道扬镳的时候，他们已经来了，正劝我回去处理教务。”

我微点了下头：“所以……你才说你要回教，不跟我一块。那如今……”

“我让他们多等两天，到底是……放心不下。”水粽子扬起下巴，神气道，“你又笨，又渣，武功又不好，一个人去对付庄世正，一定会被他坑的，怎么能没有一个英明的人在身边呢！”

心头蓦地泛起火花，已是压制不住，我身子一倾，将他抱住。之后我们全身一僵，半晌无话。待那手揽上腰间，我心中已定，低声轻语，声音微颤：“水粽子，我跟你回逍遥教吧。”

他语调轻缓："嗯，领回去镇宅。"

镇……我抬头，大怒："我是怪兽吗？"

水粽子失声笑笑，眸光闪动，忽然低头，唇落额头，微凉，却带着满满热意："是啊，镇宅，镇一辈子。"

我差点晕了过去，抱着他更不肯松手："如此告白人生不圆满，不跟你回家。"

说一句喜欢嘛，满足一下我的少女玲珑心。我直勾勾地看着他，他一个八尺男儿竟然面露难色，羞涩得吞吞吐吐。我哈哈大笑，埋头在他胸膛上磨蹭了一会儿："不为难你了，快出去吧，要小心。"

"我喜欢你，渣渣。"

声音不轻不重，却是说不出的认真沉稳，听得我心头猛跳。我看着他，双脚轻踮，探头轻触了他的薄唇："我也喜欢你，水粽子。"

等水粽子变成小粽子，他那身子骨正好能从那小洞口出去，比庄世正的缩骨功好看优雅多了，就是我给他撕绑的衣服比较不雅观。

见他离开，我心里七上八下。我戳了戳那高个弟子，见他暂时不会醒，便起身取下流光剑，将缠裹的布条拿开，摇头道："要不你不要叫流光剑了，行走江湖太拉仇恨，以后就叫粽子剑吧。"

剑身寒凉，要是它能说话，大概已经是捂耳状——我不依我不依，你才是粽子！

瞥了一眼那高个，我抬脚踹了他一脚，不解气，又踹了一下，这才心满意足站好，提剑运气，紧盯那石门。我吐纳气息，将内力凝聚于掌上，甩手将剑划在石壁上，顿时剑光满屋乱飞，墙壁上火花四溅。

我一连飞刮三四招才罢手，走到前头敲了敲石门，脑袋上方突然冒出嗞嗞声，便急忙一退，运足了内力传声大喊："墙要裂啦，快退后！"

我侧耳听去，那边微有动乱，过了些许时候，轰，这一面石墙坍塌，地面微震，顶上也有尘土飞落，扑了我满脸灰尘。我抬手掸去，被呛得咳嗽。因这石屋有灯火，对面那小黑屋便瞬时被照亮了。

气流一通，我感觉鼻尖刺痛，再看那百来人，吓了一跳。众人皆是印堂发黑，唇上染紫，根本就是中毒了。我不由恨得咬牙，那该死的庄世正，竟然还在石洞内下毒。

众人已无力说话，都在相互抵背打坐。武功高的，提气逼毒，更多的还是躺在地上，哀号一片。

我急急往那儿走去，找到了华山派的两人，俯身将他们搀扶到石屋里，双掌运气，给他们逼毒。

毒虽厉害，但还未入心。半盏茶的工夫，我掌上奋力一逼，师兄师姐两人吐了浓黑毒血，毒总算是解了。

我松了一口气，将两人放下躺好。师姐睁眼见了我，脱口唤道："师妹……"

我心中一动，她叫的是师妹，不是梨子。他们下意识里还是将我当作师妹，而不是逍遥教细作，也不是门主。就为了这一句，也不枉我救他们！

我提袖给他们擦了嘴角的血，自己的心口闷得也几乎要吐血了，但还是咧嘴笑笑："毒已经逼出来，没事了。待会儿就会有人来救我们，师兄师姐，你们好好睡一觉吧。"

师兄面露疑惑，到底是没什么力气了吧，一会儿就闭上了眼。

我打坐调整气息，准备往上瞧瞧，看看能不能出去，否则水粽子来得稍晚些，想必大部分人都会中毒而亡。此时有人爬过来："花门主，求您救救在下，将这毒逼出。"

他这一出声，又有几人开口。我拧眉说道："不是我不肯救，只是我现在要上去探探情况。这儿地势太高，内力耗损过度的话，我根本上不去。若是找到关口，我救你们上去再逼出毒。若是找不到，我也会立刻下来给你们解毒。"

一人面色甚是青黑，沉声道："你武功这般好，走了岂有再回来的道理？"

"你救了华山弟子，却不救我们，分明是有私心罢了，好一个武林正道。"

"她为何没有中毒？华山派下任掌门只派了徒弟来，她又只救华山弟子，难道这是华山派的阴谋？要将我们同盟吞灭？"

瞧着这些人七嘴八舌，我恼得喝道："阴谋你大爷啊！什么武林正道？

当初我被庄世正陷害的时候你们在哪里？说我是逍遥教细作，证据呢？华山派若要武林覆灭，那在华山就该把你们做了。我如果真要丢下你们，凭你们现在这种熊样，我分分钟一掌灭一个，还跟你们虚情假意，好玩呢？”

见众人愣神，我蓦地想起，我是姑娘啊，我的淑女以及女侠风范就这么烟消云散了……不对，本姑娘现在是有主的了，怕什么！嗯，水粽子在的时候我会斯文点的。想罢，我抡了袖子继续道：“中了这毒，一时半会儿死不了，你们叽叽歪歪说话才会加剧此毒运行，所以赶紧打坐运气吧。还有，”我踢了一脚那衡山高个，“等他醒了，你们再好好问问，到底是谁陷害你们。别把好心当作驴肝肺，也别对本姑娘弄什么道德绑架，我不吃那套。”

一口气说完，吼得他们大眼瞪小眼，我顿觉全身舒爽，我想骂这些家伙很久了！

这下没人敢上前要我逼毒了。我神气地走到人群中，抬头看去，又黑又长的陷阱，根本望不到头。

“花门主，这是在下精制的火折子，迎风不灭，请拿去用。”

我低头看去，竟是袁盟主。

袁盟主叹道：“没想到花门主不计前嫌，又不拘束于道义的条条框框，承下一时冤名，为大局着想。此时一番当头棒喝，将我等从道德泥潭中救出，此等气魄，实在教在下惭愧。”

啥？我一头雾水，他不对我抛冷眼，反而对我抛媚眼？

一人又感叹，我放眼看去，少林方丈也开口了：“花门主在此次动乱中颇有担当，实属武林之幸。一切便交给花门主，还请花门主救我们于水火之中。”

我扯了扯嘴角，好大一只“鸭梨”塞过来了。

陷阱颇深，当时落地太快，我没来得及细算深度。有了火折子，微能照明，于是我脚下轻动，一跃而上。开始四面还是石壁，再往上，所碰之处却光滑无比，竟是大理石。一个脚滑，我往下摔去，急忙变招，身子一翻，还好有惊无险地落地了。

我抹了抹汗：“该死的庄世正，竟在这四面铺大理石，让我们没落脚的地方。他真是耗尽心思，全力要杀你们。”

一人说道：“庄掌门绝不会做这种事，花门主休得口出恶言。”

我冷笑：“你们真以为是玉狐狸假扮他？这庄子是谁的？庄世正的。玉狐狸素来是以取财为主，何苦得罪整个武林？”见已有人支撑不住，我皱了皱眉，“哪位前辈尚有力气的，还请为他逼毒。危难时刻，望大家相互扶持，晚辈会尽快找寻出路。”

无暇和他们废话，我拔剑而出：“请前辈通通退到那边，剑不长眼。”

以剑劈石，并不费力。一招刮一寸，火光一起，脚也必须趁势借力，同时手中剑不能停，意外地，我竟配合得十分好，连我自己也诧异。只是洞穴太深，体力耗损极大，也不知爬了多高，我实在撑不住，只好又回到地面上喘气。

来回三次，我已能确定再往上去一些就能出去了，但刚才我耗力救了华山派二人，现在手脚都在发软，坐在地上半天都缓不过来。

峨眉师太忽然说道：“花门主不可强行运功，否则心脉易损。”

“谢师太关心，晚辈打坐片刻就好。”我抬头往那边看去，到底来人都是掌门和首席弟子，他们相互帮扶逼毒，情况已是大好，能再撑一段时间。见他们在调息，我也端坐运功。

我相信水粽子会回来，但是我不想一味地等他来，心中总觉……过分依赖他人而不自救的姑娘，他不会赞赏，也不会……喜欢。

胸口越发的闷，至少得半个时辰我才能恢复吧，忽然有掌贴背，一股真气直流入身体。我正要睁眼，背后那人已说道：“花门主专心运功，前辈我还有些余力，同盟中人的性命便交付你手中了。”

我愣了愣，峨眉师太跟华山派交情实属一般，平日也总是板着脸，却没想到第一个站出来的，竟是她。

另有一股真气输送而来，背后又有动静：“老衲也来助施主一臂之力。”

有如一滴檀香墨汁渗入水中，慢慢晕开，水墨色染满整个容器，过来相助的人一个接一个，此时此刻，众人终觉得，这才是真正的武林同盟，再无名利私心。

身上的疲惫一点一点被那如涓涓细流的真气化去，直至力气充斥在每一根筋骨里。我长舒一口气，再起身，已觉生龙活虎。转身见诸位前辈面容更是疲倦，我提剑肃色道："晚辈定不负众命。"

我再往上而跃，一剑一处，一脚一寸，听着回响的声音越发的沉闷，感觉自己已快到机关口了。

我一鼓作气，脚往下一踩，奋力举剑，挥出三道强劲剑气。

顶上砰地裂开，强烈的光束刺来，刺得我双眼一疼，脚上又无物可踩，这一失力，就要整个摔落。忽有风掠来，我身上一暖，腰身已被揽住。我微微睁眼，看到来人，欣喜地将他抱住："水粽子！"

刚落地，我已狂亲他两口："我太喜欢你了，及时雨！"

水粽子还是冷峻美男的模样，瞧不出脸色，面皮就是苍白苍白的，不过眼神闪闪烁烁，还偏头使劲干咳。我眨眨眼，往旁边看去。

几百号人直勾勾盯来……直勾勾啊直勾勾……

"……"不……不怕，本姑娘已经名花有主了，嫁得出去，嗯！

我内心凌乱地松了手："咳！众门人听命，立刻营救同盟中人。"

"是！"

回答声响亮震天，除了门人，其他分辨不清是哪个门派的人也纷纷过来帮忙。我已松手，水粽子却没收回手，我抬眼看他："你不是害羞吗？那为什么不松手？"

水粽子勾了勾唇，俯身抬手，将我顺势抱起，往外面走去："舍不得。"

心已乱跳，见众人并不往这边看，我也乐得自在，一直窝在他怀里。水粽子一路走到外面，此时已是雨过天晴，泥土的清香混着青山翠竹特有的气息飘入鼻中，让人十分惬意。等快走到马匹那儿，我才想起来："水粽子，这次你怎么恢复得这么快？"

水粽子眉头微皱："我也不知为何，从洞口出来，一心想着要快点回去搬救兵，越想越急，就恢复了。"

我忍笑："难怪穿了一身不合适的衣裳，路人甲又倒霉了。"

水粽子笑笑，末了说道："回到客栈，庄世正果真厚颜无耻地'晕倒'

在房里，我一出现，他就让潜伏的衡山弟子和雁门的人动手。所幸我早有部署，因此很快镇压他们，只是庄世正趁机跑了。”

我咬了咬牙：“这下真相大白，他得罪了整个武林，我就不信他能跑到天涯海角去，迟早要狠揍他。”

体力消耗过大，如今见到水粽子，我全身心都轻松下来，疲倦顿时侵袭全身。我轻抱着他，安心睡了过去。

不得不说，逍遥教和飞舞门的人办事能力极强，根本不用我们指派什么，解毒分药，事无巨细，安排妥当。

一晃两日，元气大伤的众人都休息得差不多了。

有衡山高个子做证，水东流又擒住围剿的衡山弟子和助纣为虐的雁门中人，他们想不信都不行。

我坐在窗前，剥着花生吃，无事一身轻，不亦乐乎。只不过玉狐狸那家伙，据说在客栈遇到一个俏姑娘，早屁颠屁颠地跟着跑了，该叫色狐狸才对。

等人都来齐了，袁盟主才开口，声音依旧沉稳响亮：“此次若非花门主，想必武林已经历一场惨烈浩劫。”

“花门主年纪轻轻，聪慧过人，更有一身好武艺，实乃武林福音。”

“在下为先前误会花门主一事道歉，还请花门主大人不记小人过。”

我抱拳一一谢过，礼数还是要做足的，误会解开就好，以后我也不会过得这么憋屈了。我偷偷看了看师父、师兄和师姐，师父面色无异，同门腰杆已是挺直，大有扬眉吐气之意。

袁盟主说道：“此事过后，在下深觉自己并无统率武林之能，因此……”

我咽了咽口水，等等，盟主大人你要干吗？不是吧？！

“在下决定，将这武林盟主之位让给花门主。”

“……”我内心咆哮，才不要才不要才不要，再这么下去，清闲偷懒的日子一去不复返了啊浑蛋，我当即抬手，“晚辈何德何能，怎能担得起这重任！袁盟主万万不可冲动。”

袁盟主更是一脸严肃：“花门主不可谦让，除去你此次功不可没之外，你确实有大将之才能。”

我没谦让啊，我只是懒，我……我能说我才懒得做盟主吗？不会被揍吧？我讪笑，往水粽子那儿缩：“那个，晚辈真的不是做盟主的料。”

话落，一片赞誉飘过，字字砸在我的脑袋上，痛得我脊背直落冷汗。忽然一人语调略沉：“说起来……花门主与逍遥教有所勾……有瓜葛，做盟主似乎并不符合规矩。”

众人一听，这才犹豫起来，纷纷说“逍遥教确实是大恶门派，怎会和逍遥教教主相识”“于理不合”“真是可惜，竟与那样的邪门歪道有牵连”。这一番议论过后，我几乎已无做盟主的可能。

可是……听着他们这样诋毁逍遥教，诋毁水东流，我心里实在不痛快啊。我咬了咬唇：“逍遥教不是邪门歪道。”

屋内声响骤停，有人迟疑片刻才说道：“花门主为人耿直我们知晓，只是逍遥教教主并非善类……”

“逍遥教并非歪道，水东流也不是邪魔。”

我忍不住起身，水粽子已倾身靠前：“不必起争执，无妨。”

是可忍，孰不可忍，我定定看他，微微摇头，咬牙低声道：“谁也不许诋毁我男人！”

水粽子微顿，嘴角扬高。

我环视屋内的人一眼：“逍遥教确实一直是在西域和京城分舵发展，此次来这儿，并非有所图。大家本能相安无事，却搞出一场武林杀戮，这实在教人痛心。你们说逍遥教是反派，不过是因其先辈所为，至少我所知道的，他们已五十年未做恶事，只是并不与武林结交，特立独行。与其说同盟中人同仇敌忾，不如说是无法估摸逍遥教所为，才对他们如此警惕乃至排外。”

满屋的人鸦雀无声，我吐纳一口气，继续说道：“飞舞门当年也有做错事，飞门从良，盟主便发了邀请函，武林也无人反对。飞门可以被重新接纳，为何逍遥教不可？”

袁盟主率先开了口：“飞门近几年也有帮扶武林，正义之心可见，逍遥教却……”

“逍遥教未表善意，所以你们仍警惕吗？那今天我就让你们看看，今日到底是何人救了你们，真正化解武林危机的人又到底是谁。”我侧身转向水粽子，他挑高了眉。我扯他袖子，他这才抬手，将脸上面皮取下，露出一张白皙而俊美的脸。

屋内登时轰动。

“水东流！逍遥教教主！”

“前来营救的人竟是他？”

见他们如此反应，我挺身而出：“救整个武林的，不是我花梨，而是他，你们口中的邪门歪道逍遥教的教主。”

众人面面相觑，一会儿后不知谁说道：“果真是我等有所误会。”

有人开头，便有人随之应声。袁盟主更是激动得面上生光：“若无花门主，误会怎会解开，只怕会在奸人挑拨下，愈演愈烈，因此……”

我艰难一咽，众人齐刷刷紧盯。

“盟主之位非花门主莫属！”

我……去……救命啊……可怜兮兮地看向水粽子，他竟是忍笑状。不能愉快地做恋人了！

呼声一浪高过一浪，甚至有人开始喊“花盟主”了。

我抬手，无比严肃道：“此事重大，还请诸位前辈容我细想一晚。”

少林方丈点头道：“施主年纪尚轻，也确实该好好想想，切莫被吓坏。”

我真是感激涕零，日后一定去您的寺里多烧香，添香油钱。

众人这才各自回屋，我抚了抚心口，见师父他们没有走，便也拉着水粽子停留。偌大的屋里只剩我们几人，我终于可以再次光明正大地和师父说话了。我走到师父面前，双膝跪下：“师父。”

师兄师姐已来搀扶，纷纷说“梨子”“师妹，快快起来”。

我微摇了摇头：“让师父操心了，是徒儿的过错。”

师父目光如往常般冷峻，还是那副冷面模样，可看着就是亲切，冰山脸豆腐心：“起来吧，虽说误会已除，但你再回华山，你门人必然不肯，不可再行师徒礼了。”

师兄师姐急道："师父！"

我愣神："师父……"

师父轻叹，轻抚我的头："闯自己的天地去吧，华山并非能让你大展拳脚的地方。即便身份并非华山人，可心是，便可。"

犹如醍醐灌顶，我瞬间明白了师父的苦心，当即叩了个响头："徒儿明白。"

身不在华山，心系华山，师父便永远是师父，同门也依旧是同门。

目送师父他们出门，沉默了一会儿，我一把拉住水粽子的手："走，回房收拾行李赶紧跑。"

水粽子笑道："不辞而别？不做那威风八面的盟主？"

我动了动嘴，咽下口水，盯着他说道："枕头边睡着匡扶正义的盟主，教主大人不瘆得慌呀？"

水粽子失声一笑，点点头，握了我的手，语调颇轻松："走，渣渣，跟我回逍遥教。"

"嗯！"

计划总是赶不上变化。

我和水粽子手拉手逃到外面，刚爬上屋顶，一行人就拦在了前头。门人唰唰跪下："门主，请您回恶人谷，完成接任仪式。"

我这才想起自己和婆婆的一月之约。这来回还得许多时日，我拉着水东流的手左右为难。水粽子默默望天："我真想现在就把你打包带走。"

除了门人，旁边还有数十人虎视眈眈地盯来，这些都是逍遥教的人呀。等等，这屋顶承受得住吧？

貌似我关心的重点错了……

"来回应该不用十天。"

耳朵动了动，我抬头笑看他，这个意思就是他要和我一块去恶人谷了吧。

他话还没说完，逍遥教众人已急声道："教主，不可再逗留关中，请速速回京处理教务。"

水东流认真道："连去提亲也不行？"
众人眨眼："提亲？"
水粽子眯眼："你们如此不想要教主夫人，我爹娘知道吗？"
水东流，你太坏了，竟然把你爹娘搬出来镇压教众。
众人异口同声道："去吧，教主，祝成功！"
"……"立场呢？
水粽子已是得意扬扬，笑容明媚。仔细想想，好像哪里不对，我诧异："你要去我家提亲？"
"渣渣，你的反射弧能绕小镇三圈了。"
我又被无情鄙视了。
远远看见小镇那高耸的大门，我抬手遮光看着，觉得分外亲近，水东流却忽然停下马车，我好奇问道："怎么了？"
水粽子做沉思状："我在想，要是你爹娘不肯点头怎么办？"
我抿嘴盯着他，开口问道："那你打算怎么办？"
"能直接把你抢走吗？"
我瞪眼，水粽子立刻说道："我会努力求他们点头的。"
这还差不多。
回到云雀街，踏上青石路，我远远就看见自家门前高悬的铜牌大字——当。
我弯身蹦进里头，把剑递到窗口，捏鼻子："掌柜，这把剑值多少钱呀？"
"你以为你捏着鼻子，老娘就听不出你的声音了吗？"
糟糕！看铺的竟然不是老爹！我惊得拔腿要跑，却见娘亲不知道什么时候到了跟前，双手叉腰，大怒："花梨梨，你说，你什么时候去投靠五毒教？青城也行啊。"
我干笑两声："他们人满了，不收。"
娘亲长叹："当年为什么要把你送到华山啊？如今反派当道，以你的半吊子功夫，你太吃亏了。女儿啊，那个螳螂帮招人，你去不？"
我扯了扯嘴角："娘，螳螂螳螂……这很没面子啊。"
娘亲摸摸下巴，似深思熟虑了般，点头："也对。那不如明天我就领着你去五毒教跪上三天三夜，以赤诚之心打动他们？要不成，就去跪逍遥教吧。”

自从把我送上华山，爹娘就每天购买江湖日报，事无巨细，全都会了解个清楚，对江湖形势走向还是十分明了的。于是从五年前开始，只要我回家，他们必定劝我“改正归邪”。

如果我告诉娘亲，她未来女婿是逍遥教教主，她一定会立刻把我塞进水东流怀里吧。

水东流站在门口没有进来，站得笔直，面上紧绷——分明是紧张。娘亲瞧见他，两眼贼亮，无比和蔼可亲：“这不是水公子吗？快进来坐，可要吃糕点？茶水刚泡好，你喝一杯吧。”

娘，我才是您亲闺女啊。

水东流作揖，温文尔雅，瞬间化身为时代进步好青年、武林高富帅：“那就恭敬不如从命了。”

水粽子，你被调包了吧！

回到小院，一路看着平日剽悍的母亲和毒舌傲娇的水粽子温和无比地聊天，我不由感叹，我在这两人面前根本就是个演技渣啊。

到家后，我才知道老爹和朋友钓鱼去了，难怪今天是娘亲去当铺。我往院子里的水缸看了看，那儿已经清理过，就是为了养鱼吧。

我们花家最喜欢的一道菜就是鱼，因此老爹隔三岔五就会跑去湖边垂钓。

做饭时，娘亲不许水粽子动手帮忙，让他好好坐在那儿，喝喝茶，吃花生。我挽了袖子在旁捣鼓，用惯了剑的手拿起菜刀来，似乎也颇为顺手呀。

老爹回来后，水粽子更加像被调包了，温和得根本就是邻家大哥哥。我接过老爹手里的鱼篓，瞧了瞧，四条鲜活大鱼，咽了咽口水：“老爹，你钓鱼的技术越来越好了。”

老爹笑道：“今年湖里的鱼特别肥美，我还匀了几条给你三伯七叔。”

等老爹拿了一条进去，我扯扯水东流的手：“明天我们也去湖边钓鱼吧。”

“烈日高照，你不怕晒成黑渣？”水粽子低头看了我一眼，“真圆，像你，渣渣。”

我斜乜之：“水粽子，你是一天不损我就一天不舒服，是不是？”

他笑了笑，抓住我的手：“去放鱼。”

晚饭十分丰盛，我撑得肚子浑圆。其间娘一个劲地朝我使“吃那么多要成胖子了，你给我住手”“姑娘家的形象你还要不要了”的眼神，不过这些通通被我无视了。

吃完饭，我帮忙端碗筷进去，娘痛心疾首：“花梨梨，你在水公子面前能不能矜持点？”

矜持啊……这个词不存在我和水东流相处的字典里，于是我笑笑：“他知道我这人，要是我娇滴滴的，他一定会把我送去看大夫的。”

娘顿了顿，忽然笑道：“你们的感情竟好到这地步了？！”

我和娘收拾干净出来，水东流和老爹正东扯西扯着。瞧见我们出来，他俩立刻起身，未语，脸竟然都微红了。老爹对娘亲笑道：“水公子有话要和我们说，快快过来听。”

我看向水粽子，眨眼，蓦地明白，这是要求亲了吧。我干咳两声：“我……我去隔壁找婶婶玩！”

我逃也似的跑了出来，跑远了更忐忑，忍不住想，水粽子会好好说话吧？爹娘不会赶他出来吧？我坐在街边，看着满目街灯发愣，突然想起一个很严重的问题，貌似水粽子没准备聘礼？

完了，他一定会被娘乱棍打出来的，而且我娘肯定骂道：“如此不慎重，还想娶我家梨子，休想！”

脑补完毕，我抱头纠结。

“渣渣，你在这儿叽叽咕咕什么？”

我抬头看去，水粽子背对店铺街灯，整张脸都隐没在黑暗中。我站起身，腿都坐麻木了，艰难问道：“这么快就说完了？”

水粽子伸手扶来，轻咳一声：“你爹娘答应把你托……托付给我了。”

我诧异：“你有送聘礼吗？”

水粽子拧眉，这才恍然大悟：“忘了。”

“……”我摸摸下巴，“你两手空空的，我爹娘竟然就这么答应了……”想通后，又不由感动，“我娘总说我出嫁时就把我卖个好价钱，其实她还是很疼我的。你一定费了很多口舌，说好好照顾我，对我真心真意什么的吧？”

水粽子眨眨眼：“没有。”

我瞪大眼：“没……没有？那你说了什么？”

“我说我想娶梨子回去做逍遥教教主夫人，他们就很愉快地点头了。”

“亲爹妈！”

水东失声笑笑，拉了我的手往回走：“乖。”

第十二章　前往百花谷

三天后，大小事宜办妥，我们该回恶人谷了。我依依不舍地和爹娘道别，驾车离开。为免水粽子迷路，从小镇出来，等爹娘瞧不见了，我伸手就去接缰绳："我来赶车吧。"

触及他的手，隔着布条，我已觉炽热，忙伸手摸了摸，又往他额头探去。水粽子凌乱了："你矜持些。"

没理会他的话，我拧眉看他："水粽子，你病了？怎么这么烫？"

他挺了挺背，转了转脖子："好得很。"

"那怎么会这么烫？"不由分说，将他塞进马车里，我正色道，"好好休息。"

水粽子看了我好一会儿，目光柔和，笑道："渣渣，你越来越贤惠。"说罢，自己倒先抖了抖，"这太可怕了。"

我大怒，握拳："我要去买块天下第一大的搓衣板！"

水粽子朗声笑笑，这才进了车厢。

此时已是秋日，风却并不凉爽，拂在脸上，微觉灼热，无法感知清凉。我一心一意赶着马车，想待会儿进镇找个大夫，进了一片树林，忽然听见有人叫我。声音轻不可闻，我收了缰绳，马蹄一顿，后背就被人戳了戳。我诧异回头，这才反应过来，刚才的声音分明是小粽子的，但是……

我撩开帘子进去，竟真的看见水东流已化身小屁孩，瘫坐在里面，一脸无辜地看来。我瞅了瞅车内："水……"

我还没说完就被他抬手捂住嘴巴，他压低了声音说道："别那么大声，我属下和你门人都在外面。"

我压低了声音，挪开他软乎乎的小手："车里什么时候进来男人了？"

水粽子摇头："没有，刚眯了半会儿，只觉越睡越不舒服，结果一睁眼就变成这模样了。"

我趾高气扬地抬头，这是翻身把歌唱的节奏啊："求我亲你呀。"

"……"他扯了扯嘴角，"渣渣，你这么嘚瑟真的好吗？"

我笑笑，捧了他的脑袋，对着他的嘴啪地亲了一口。我一嘴下去就见他面上晕开红色，直红到耳后根。与他一对比，我简直是个女色狼。

可是水东流却没有半点变化。

我们对视半晌，眨眼，低头，我又亲了他一记。

他还是没变化。

我愣神，亲亲亲，使劲亲……但他还是小粽子。

"……"我惊讶松手，运了运气，摸了摸自己的胳膊腿，一切正常，毫无异样，"水粽子，我的神奇体质消失了？"

他皱了皱眉："兴许不是你有什么变化，而是我。"

仔细想想也对，从他最开始的莫名滚烫，又突然变身，到现在阴阳调和失效，一定是哪里不对，可我们都无法得知。

"渣渣。"水粽子忽然开口，紧盯而来。

我立刻收起吊儿郎当的模样，认真看他。他如此严肃，定有不同寻常的事要和我说吧。片刻后，他默默看向别处，吞吞吐吐："我……内急。"

"……"这么浪费本姑娘的感情真的好吗！

我哼了一声，从里头出来，跳下车，将马车上的摇铃撞响。树林中风吹叶子的窸窣声蓦地变大，一个个人影落在地上，唰地跪地，我却只听到两个声音："门主有何吩咐？""夫人有何吩咐？"

未过门就被这么喊，略不好意思呀，我轻咳一声："你们教主和我有要事做，你们暂且退到半里外吧。"

众人投以意味深长又了然的眼神，顷刻散去。我摸摸下巴，他们刚才是想到哪里去了？这真让人百思不得其解。

确定他们已经退得远远的，我把手伸进车内，将小粽子接了下来，牵着他找了个隐蔽的荆棘丛。见他扯着裤子盯我，我只好走远，捂了耳朵："好啦，听不见了。"

等了许久，不见他出来，我松了一只手往那儿听去，那边却没有动静："你好了吗？"

问了两声，仍无声响，我心下微沉，往那儿跑去，进了荆棘丛，只见小粽子昏倒在地，面色苍白。我惊得握了下他的手腕，一探脉搏，竟是受了极重的内伤。我忙起掌抵背，运气救治，额上已冒出冷汗，心更如刀割：水粽子，你千万不要有事，千万不要有事！

小粽子轻哼一声，终于醒了，哑着嗓子说道："快收气……"

我还没听明白他话里的意思，后面突有踩碎树枝的脆声传来，还没回头，背已被人用力地击了一掌。真气顿时在体内乱窜，震到五脏六腑，我已是支撑不住。俯身吐了一口血，我反身奋力击出一掌，那人也未料到般，躲闪不及，被我拍在小腹上，一退三步。

我捂住心口，盯着那人，竟然是庄世正。

庄世正冷笑："果真是一身好内力，普通人早就死在我的铁砂掌下。"

我踉跄一步，他已扑身过来，双掌袭来，似是用了十成功力。

我用脚尖勾起一根木枝，踢到手中，聚力掌上，反手往他脸上甩出。流星剑法第七式，最不耗损体力，威力却慑人。

庄世正似乎没料到我竟还有力气反抗，掌到面前已无法收势，只好直迎剑气。剑气威猛，刮得他双掌肉开骨裂，他惨叫一声。随后剑气拍在他的胸腔上，他就再也叫不出一句痛话。

我颤抖转身，抱起小粽子，只想着在门人和教众赶来前，我们必须离开这里。

不知是哪里来的毅力，我明明动不动还会吐两口血，身体竟不觉疼痛。刚才我在给小粽子疗伤时被迫中断真气，也受了内伤，但我更担心的是他。

我好不容易找了个农户，塞了一大袋银子，求他们去找个大夫来，再看小粽子，眼睛紧闭，嘴角的血迹未干，看起来触目惊心。我试探着亲了他一口，想着只要他恢复原样，伤就会愈合了，可惜还是没有效果。

简单清理后，我十分疲累，连药都没来得及喝，就躺下睡着了。

秋夜冰凉，越睡越冷，我哆嗦着拉扯着被子：师姐，你不要跨床抢我被子，这么做很不道德啊！

可是我的武力值根本就比不过师姐，这一来二去，我没得到被子不算，还打了个大喷嚏，冷醒了。

我愤然起身："这日子没法过啦！"

这一吼之后，我发现好像有哪里不对劲，这根本不是华山宿舍，倒像间简单的农家小屋。我左看看右看看……这一看就更不对了。我倒抽一口冷气，退到床边，踹了一脚同床的那男子："你是谁？"

他面庞白净，白如宣纸，墨眉深眼，发如乌云，乍看跟水墨画似的。我一脚踹去，他眉头微拧，也醒了过来。他的眉眼更是好看，迷离俊美。他往我这边看来，忽然坐起身……噗，精赤的上身简直就是最佳利器，我的血气值骤降。

"你又是谁？"

我大怒，这人吃了吐，就算是美男也不能忍："我是你姑奶奶。"

他微扯嘴角，十分礼貌恭敬地微点了下头："姑奶奶你好。"

"……"貌似我更吃亏啊。

他揉了揉手和脖子，嘴角微勾："我知道有些姑娘喜欢半夜爬我的床，就是不知道你用的是什么手段，我竟毫无知觉。"

我气得肺疼——应该是气得五脏六腑都有点疼："明明是你这邪门歪道不知用了什么法子，神不知鬼不觉让我躺在了这儿。"

要不是我身上的衣服完好，我早就扑过去撕咬他了。

他瞥了我一眼："如此渣的脸，如此渣的身段，我的眼神会那么差？"

我龇牙，忍……无可忍！我探身压过去，伸出爪子抓他。男子立刻起身反击，一把抓住我的手腕，遮盖下身的被子滚落，不该看的东西登时落入我的眼里，我们俱是一愣："啊啊啊——"

我面红耳赤滚下床，深吸一口气爬到外面，完全想不通。我记得昨晚我练完剑，被师父抽了小腿，愤愤睡下，怎么一觉醒来就在这儿了？还碰到个色狼。我俯身看了看腿，那儿并没有被抽打的迹象。

我摇摇头，开了门，阳光扑腾了一脸，暖和啊。放眼看去，却是满院子的人，我惊得腿一软，背已贴在门上，强撑紧盯，结巴了："你……你们是谁？"

众人满脸疑惑，面面相觑。

那色狼打着哈欠从里面走出，边走还边系裤腰带。我怒瞪他：喂！本姑娘以后还要嫁人的好不好？

色狼见了他们，皱眉："宋护卫，我们教里什么时候收了这么多人？怎么这么面生？"

众人又一头雾水。

"教主，他们是教主夫人的门人啊。"

色狼拧眉："教主夫人？我什么时候娶妻了？"

左边的一众白衣人面露诧异，往我这边看来。右边的黑衣人瞬时跳了起来："好你个逍遥教教主，竟敢吃了不认账。"

我急忙离色狼一丈远，他生得仪表堂堂，竟然就是那传闻中的逍遥教教主，难怪如此毒舌自大！

黑衣人末了又敛了气焰："哦，对，门主说过他是门主的男人，不许我们对他动刀动剑。"

听他们这么说，我都要急死了。这到底是哪个浑蛋门主下的命令？满身正气的我怎能坐视不理："要努力匡扶正义啊少年们！"

黑衣人问道："门主，您要下什么指令？"

"我……"我愣了愣，色狼也愣了愣，我下意识和他对看一眼，已是愕然，"等等，你们喊我门主？那他……他是谁？"

回答整齐划一："他是您的男人，您是逍遥教教主夫人。"

我和色狼均一脸嫌弃地鄙视全院子的人："这个笑话一点也不好笑！"

"……"

太师父说，人的一生起码会有一次艳遇。

虽然水东流如传闻中长得英俊潇洒，但是这一点也不能满足我的少女心。谁要跟个恶名昭著的大魔头做夫妻，而且还是个毒舌又趾高气扬的大魔头！

“门主，您听我们说，您这种情况绝对是失忆了啊。你们之前如胶似漆，喀喀，恩爱非常，喀喀，还有……”

“教主，您听我们说，您别冲动着要把夫人丢出去，夫人身上还挂着您的定情信物，喀喀，你们也有了肌肤之亲，喀喀。所以千万别再起争执。”

“门主，都是属下办事不力，不应该离开半里外方便你们做事，喀喀。属下回到树林，就发现庄世正的尸体，还有血迹，循迹过来，你们却……呜呜呜……”

我吓了一跳：“什么？庄掌门死了？谁杀了他？”

那个美名远扬的大侠啊，竟然死了？

黑衣人答道：“看庄世正所受的伤，应当是死于您手。”

我捧腹大笑：“我杀了赫赫有名的庄掌门？别开玩笑了，他一根手指都能赢我好吗？”

一众黑衣人一脸要哭的模样，又费了半个时辰将许多光怪陆离的事说了一遍。我边嗑瓜子边笑，脸都笑酸了，左右看看，该不会是师兄师姐他们在捉弄我吧？这一看，我就见水东流也在斜乜我。

“等等。”我实在是听不下去了，可他们武功颇高，我不敢奋力反抗，识时务者为俊杰，“你们说我用深厚的内力把庄世正的内脏都震碎了？”

黑衣人眼里忽然有了光芒：“是！门主。”

我拍了拍手，从石阶上站起身，提了提气，一掌往院子里啄米的母鸡拍去。

母鸡抬头看了我一眼，小眼神极为轻蔑，继续低头翻翻找找。

我摊手：“看，我连只母鸡也杀不了。”

黑衣人面面相觑，水东流嗤笑一声：“华山弟子的内力竟然如此差，武林休矣。”

“我……”我收了收手，不对，就算没传闻中的深厚内力，但我本来的华山功夫呢？心头微紧，我忙伸手胡乱拍了起来："喝！喝！喝！"

水东流朗声大笑，极尽轻蔑："简直就是个渣。"

我愤然，龇牙往他扑去。水东流抬手要扇我，白衣人哗啦哭泣，抱住他的大腿，拖住他的熊掌："教主，别冲动！这是你媳妇啊！"

"我要宰了她！竟敢撕我的脸。"

"夫人您住手吧，别刺激教主了。"

我收回爪子，看了看院子里的柿子树，果实已结，秋天了。可我昨晚睡觉前，明明还是夏初。就算人能联手做戏，月份也不会骗人。我理了理他们说的事件，连接成一个时间轴，全都能吻合。只是他们不知我和水东流是怎么认识又在一起的，我们两个也想不起来。对他们所说的那些我俩的情深爱浓，我俩完全持怀疑态度。

我坐在门槛上想了半天，无比忧伤地向他们确认："我真的不是华山弟子了？"

黑衣人认真道："回门主，的确如此。"

我叹气："那该怎么办？我总不可能手无缚鸡之力还做你们门主吧？"

水东流得意扬扬地起身，瞥了瞥我："本教主要回京了。"

白衣人呼呼拦住他："教主，您已向花家提亲，你们两人的关系江湖中人都知道，飞舞门也知晓，如若悔婚，必定会招惹武林、飞舞门不满，大战在即，将有腥风血雨，还望教主三思。"

水东流眨眼："你们的意思是我非娶这女人不可？"他艰难地偏头朝我看来，又怒了，"你一脸嫌弃是几个意思？"

我哼了一声，偏头，就算长得俊美无比、夺人心魄也不能掩盖他的坏脾气。

黑衣人和白衣人在院子里叽叽喳喳一会儿，最后才上前："飞舞门婆婆医术精湛，还请你们回恶人谷给她一诊。"

我们叹气，苦了脸，异口同声："不去行不行？"

两派人马笑了笑，和蔼可亲极了，随后我们就见天空撒来一张大网……

"……""鱼"也是有尊严的！

听闻恶人谷很多年前就覆灭了，在我的想象中应该是一个长满了草，屋子里爬满了青苔的诡异之地，可从马车上下来，我发现这里建筑高耸，没有一丝破败迹象，甚至宽敞的道路两旁店家齐开，人声鼎沸。

正是夜晚，华灯初上，映照得满街亮堂。

在车里坐了太久，我一下车踉跄一步，差点歪在水东流身上。他低头看来，眯眼："要不这样，不管你到底是谁，待会儿你跟他们说，你愿意跟我回京城，回去后我赐你上等丫鬟的位置，好不好？"

我嘴角僵了僵，摇头提袖半遮面，抽噎："你……你竟然要把我当丫鬟使唤？"

旁边十几人唰唰偏头直盯过来，报以"教主你怎能如此负心""教主夫人不哭，么么哒"的眼神。

水东流以四十五度角望天，脸上绷紧。我扬了扬下巴，反将了他一军，哦耶。随他们走了几步，我扯了扯他袖子："忘了问，上等丫鬟有多少银子？"

"五十两。"

我点点头，虽说一年十两就不错了，可这也没太大诱惑："一年五十两也不多嘛。"

水东流淡笑，说道："是一个月五十两。"

"……"我瞪大眼，抓住他的胳膊，"教主大人请收下我的膝盖，我一定会尽心尽力……"

"本教主反悔了。"

"不要这样！"

"反悔了。"

"教主大人！"

飞舞门婆婆果真是个老婆婆，发已如银，眸色却凌然慑人。对视一眼，我下意识往水东流后头缩了缩，至少这家伙宰我的时候会有人拦着，比未知身份的人好多了。随后我就见她单膝跪下，背后本来站得威武的人也随之一同跪下："恭迎门主。"

气势磅礴，从声音中都能听出每个人的内力都极为厉害，我讪笑："起……起来吧。"

鉴于有人快马加鞭先行来报，那个所谓的二叔、三姑还有四叔、五叔似已经商量好对策，这一叩拜完，就领我们二人去了屋里诊脉。

我不求能恢复绝世武功，只求能恢复在师门所学的武功，不然我过去十年的努力就白费了。

三姑指离手腕，拧眉轻叹：“这应当是走火入魔所致，要想恢复并不容易。”

五叔问道：“若治好内伤，这记忆便能恢复？”

三姑点头，又附手给水东流把脉，沉吟道：“倒是奇怪，水教主并未受伤，却不知何故也一同失忆了。”

四叔忽然大怒：“该不会是水教主不愿娶我们门主，背后伤了她，如今又假装失忆吧？”

水东流看了他一眼：“我需要用这种手段？”

三姑抬手：“唉，老四多想了。他们两人感情已是那般好，同床共枕不说，连剑谱也可以一块练，更交换了玉佩，他若真要反悔，在进恶人谷前就可断了关系，又何必多此一举，煞费苦心要摆脱门主？”

我默了默，看了看腰间的梅花玉佩，又瞅了瞅他身上的莲花玉佩，这就是定情信物？本来我并不信我和魔二代有什么瓜葛，但是现在看来，我们确实有关系。我抬头往水东流看去，他正好看来，眼神闪烁不定，一会儿就挪开了。

见姑姑、叔叔蹙眉，我小心问道：“这伤很难治？”

一直未开口的二叔说道：“确实很难，但有一人兴许可以医治。”

“谁？”

“百花谷谷主花无忧。”

我搜寻脑海一番，好不容易找到相关信息，还没开口，水东流已说道：“就是那个据说为情所伤，性情大变，从此对天下男子不屑的花无忧？”

二叔笑道：“水教主对武林大小事果真了解，确实是你口中所说的花无忧。”

水东流嘴角微扬，倚在椅子上：“那样的女人，怎会医治我？让我去送死吗？不过不医也无妨，我无所谓，横竖都忘记了，那就一直忘了好了，让这女人自己去找那花无忧吧。”

听了这话，我肃色点头：“对啊，既然老天爷让我们忘了彼此，那就忘了好，何必强求去记起来？”

满屋顿时无声，三姑忽然大声道：“你们若保证，十年、二十年后想起往事后你们不会后悔，老身就成全你们。可你们要想明白，在我们所知道的过去里，你们已共同经历了许多风雨，在我们所不知的时候，又是如何，你们不好奇吗？当真不会后悔？果真不会？”

我被问得已没把握说我们不会后悔，或许……我曾经真的很喜欢很喜欢他呢？

我抱头纠结，痛苦打滚，本姑娘竟然喜欢水东流这样的男人，难道不应该是白衣飘飘的武林大侠吗？谁要喜欢一个把自己裹得像粽子的人！我是没事端看偷着乐吗？

水东流说道：“那就试试，但我只试这一次。”末了又看向我，目光里少了些许轻蔑，多了几分稳重。

我点点头：“那我也试一次。”

众人面露欣慰，二叔说道：“解铃还须系铃人，要让花无忧医治男子也并非没有可能。据我所知，伤花无忧的男子，你们恰好认识。”

我问道：“谁？”

“玉狐狸。”

三姑拧眉：“竟是玉狐狸。”

我抱着那把黑衣人强塞给我的宝剑，惊道：“什么？我竟然还认识玉狐狸？”

“据门人说，你们非但认识，还十分要好。”二叔笑道，“我已派人去寻他，你们且安心住下，待找到他，就一同去百花谷吧。”

“嗷……”

夜色寂寥，虫鸣交响。我伏在栏杆处往远处看去，屋顶不见灯火，漆黑一片。楼下街道已是歌舞升平，满是热闹景象。

听婆婆说，我来之前，这里还犹如死谷，正是因为我凝聚了飞门、舞门，还召集了往日分散四方的门人，恶人谷才重归繁华。

一想到我竟做了件如此有成就的事，我心里还有点小激动。

“咚咚。”

楼梯那儿传来脚步声，警惕性立即提高八十个点，我侧脸看去，抱剑看着上楼的人。一张白于常人的脸从黑暗处出现，被那灯火映照，显露出几分红润。那双环胸的手紧缠布条，如此粽子似的登场，不是水东流能是谁！

他停下步子，立在一侧，抬眼看来，面露讥笑：“花梨姑娘，就算你拿着名震天下的流光剑，也是个武学渣渣，若遇袭击，毫无反抗之力。”

我往旁边挪了挪：“请水教主保持三丈远，否则我喊人了。”

水东流轻笑，往远方看去，末了又仔细打量我，摇头：“我怎么也想不通我怎么会喜欢你。这根本是个笑话，逍遥教的丫鬟都长得比你好看，水灵灵的。”

“本姑娘长得也不错！”我愤然，“在华山，喜欢我的师兄也不少。”

这话不假，我每天都能收到一朵小花什么的，练剑也特别受照顾，如今被他说得一文不值，即便是恢复记忆后也要离他三丈远。

水东流仍在啧声，我抬头看他：“你能不能坐下来？看得我脖子都酸了。”

“你可以站起来。”他偏头了然道，“我忘了，就算你站起来，也是个矮个子。”

我大怒，起身要揍他，却被他一只手抵了脑袋，根本近身不了，欲哭无泪：“浑蛋！”

“脚短手短就别想着反抗了，乖乖的。”

“呸呸呸。”

我提剑往他肚子上戳去，瞬时被他握住了剑鞘。他用力一扯，我顺势扑过去，扑腾倒在他怀里，脑袋撞在那结实的胸膛上。

扑通、扑通。

心跳声近在耳边，我自己的心跳声倒是忽然听不见了。我仰头看去，眨眨眼，安静下来的水东流看上去更是俊朗、英气逼人，让人徒增安心。

扑通、扑通。

水东流喉结微动："这么吃本教主的豆腐，真的没有关系？"

我呸！

我抖了抖，拿回剑，定神看着外头。漫天飘着尴尬的小泡泡，我恨不得全戳破了。花梨，你要淡定，不能因为一个大大的拥抱就芳心萌动，那不过是因为对方长得好看而已，别无他解。越站越心寒，冷进心底，冷进骨头，我腿一软，趴在栏杆上喘气。

"花梨？花梨？"

唤声低急，钻入耳内，犹如梦境。我大口喘着气，见水东流已坐下身，正面一掌印来。我痛得不知道手放在哪里，只觉舒服多了，有暖流源源不断注入心肺。等稍稍回神，我才发现那手摁在了心口上，便紧闭了眼，当作什么都不知道。

对方是个色狼，但他在救自己的命，我总不能一脚把他踢开，再大喊让人揍他。

这一闭眼，他以为我晕了，一把抱了我，送进房里。

他的怀中暖暖的，我更觉似曾相识。

玉狐狸长了一张惊为天人的美人脸。

我坐在宽大的椅子上，对着他秀美的容貌，垂涎欲滴。五叔干咳了好几声，咬牙道："门主，请注意你的形象。"

我真是忍不住想去捏一把他的脸，把他塞进画里都不违和吧。

玉狐狸的眸子分外漂亮，可怜兮兮地看来："小花梨，我们的账两清了，你现在抓我来是做什么？"

三姑唰地抽出剑，毫不怜惜地架在他的脖子上："飞舞门有一事相求。"

"……"婆婆，这……这好像不是求人的正确姿势吧？

玉狐狸腿一软，哆嗦了："您说就是，在下定会万死不辞。"

三姑说道："带我们门主和水教主去一个地方——百花谷。"

玉狐狸奓毛了："我不去！"

剑身微压，他白皙的脖子上立刻冒出一条血痕。玉狐狸颤声道："不行，我一定会被花无忧宰了的。我多年易容，就是为了逃避她的追捕，如今过去，就是自投罗网。"

"飞舞门一定会护你周全，你只管放心。待你完成使命，我们也会一世为你拦截花无忧，保你安然。"

玉狐狸眸子一亮，不号了："当真？"

三姑冷笑："飞舞门的话岂能有假？"

玉狐狸当即点头："好，成交。"

听见交易达成，我欣喜地跑下台阶，伸手捏了捏他的脸："玉狐狸，你长得真好看。"

"……"

他的脸登时变成死灰色，随即他抖了抖，往我后头看去。我回头一看，水东流毫无反应。可随着汇集在他身上的眼神越来越多，我这才了然——未婚妻如此放肆，未婚夫这么淡定不对啊。

水东流抬高了下巴，挑眉盯来。我讪讪缩手，回到他旁边，这里高手如林，我们还是老实点吧，我可不想变成一条鱼。

找到了玉狐狸，下一步自然就是往百花谷去了。

跳上马车，握住缰绳的那一刻，我摸摸下巴，这种驾轻就熟，又完全不想给身为男子的水东流驾车的危机感，怎么那么奇怪？

玉狐狸坐在我们中间，老老实实地蹲着，乖巧帅气，看得我心神荡漾，再看看一脸傲气的水东流，我吐了吐舌头，觉得他们二人完全没有可比性。

手中缰绳一扬，转眼我们已踏上新的征途。

百花谷离这里甚远，据三姑姑说，她已派了一百零八个高手全方位保护我，可我左看看右看看，一个黑影都没看见啊，不由苦了脸。我要是和水东流斗嘴，分明就只有被欺负的份儿。

入秋，天气微凉。

风迎面扑来，我打了个大喷嚏，一扯缰绳，马也是长啸一声。水东流吐字："渣。"

我哼了一声以表无视和不屑："水东流，你是不是经常说别人是渣？"

“那倒不是，”他皱了皱眉，倚在车门上，“但对你格外想这么喊。”

我龇牙，玉狐狸蹲在中间举手道：“我只知道你常喊她渣渣。”

水东流朗声大笑：“原来一直都是渣，从未超越过。”

我气得都要冒烟了，玉狐狸又道：“梨子喊你水粽子。”

“扑哧。”我哈哈笑道，“粽子，他不就是个粽子！”

玉狐狸堵了两边耳朵：“你们真是失忆跟没失忆一个样。”

我噤声，以前我们也这样以损对方为乐？不由抖了抖，这是什么恶趣味：“狐狸，你当年真的辜负了花无忧？”

玉狐狸神色微顿：“我没有辜负她。”

“那是她辜负了你？”

玉狐狸笑了笑：“她也没有辜负我。”

只问了两个问题，我脑袋就大了，这是什么节奏？水东流若有所思地问道：“花无忧性情大变的事我也略有耳闻，但是从来不知竟是因为你，可常元青竟然知道。”

玉狐狸默默望天：“我也以为做得很隐蔽，可竟然会被人知道。”他觍着脸道，“我是认真的，到了谷口，他们见到我后一定会用乱棍将我打出来的，所以你们还是在这儿放了我吧。”

水东流瞥他一眼，杀气腾腾：“嗯？”

玉狐狸正色道：“我一定会做好鱼饵的。”

经过五日路程，我们安全抵达百花谷。

我远远看见那一线天的谷口，马车驶近，谷口变大，正好能容纳一辆马车进去。难怪江湖中人说这里易守难攻，这险峻地势跟恶人谷有得一拼了。

道路两旁栽种满了大红花束，轻轻一嗅，有浓郁香气。水东流忽然抬手掩住我的口鼻，差点闷死我：“别闻，有毒。”

我支吾道：“姑姑说我百毒不侵呀。”

他了然，这才松手：“忘了，下意识就……”

话到嘴边又全吞了下去，我眯眼看他：“下意识就英雄救美了？”

他挑眉道：“英雄救狗熊倒差不多。”

“……”

清脆女声漫天飘来，响彻天际：“来者何人？”

水东流跳下车：“逍遥教教主、飞舞门门主有事相求花谷主，劳烦姑娘领路。”

“谷主不见客，两位请回吧。”

水东流一把将玉狐狸从车里拎了出来：“这是送给谷主的大礼。”

那边声音蓦地就激动起来：“玉公子？！”

玉狐狸忽然笑了笑，温润如玉、貌比潘安用在他身上一点也不过分，只见他手中纸扇轻摇：“小翠，是我。”

我狐疑地看他，按理说百花谷的人见到他，不应该是扔鸡蛋吗？毕竟这是他们谷主的情伤根源呀。可看看玉狐狸，他却是一脸轻松自在，全然没有一路上的愁闷。显而易见，他十分乐意回到这里。

水东流也拧着眉，还看了看我，片刻后收回视线。

很快就有人过来领路，看着玉狐狸的眼睛都直了，一口一个“玉公子”，热情洋溢。

我摸摸下巴，想着无论如何，能进去就好。

因百花谷鲜少让外人进入，我们带来的一百五十多人都在外面等候。我犹豫着要不要进去，水东流已经抓了我往里拽。瞧着门人集体投以“我们门主就交给你了”的眼神，我就心塞，这么相信这个粽子真的好吗？

百花谷不负其名，脚下无路，皆是青草小花，每走一步我都心疼，这一脚下去得死多少花呀？两旁栽种的都是大朵鲜花，但大多我都叫不上名。

来到百花殿，前方石柱雕刻盘旋花盏，似盛开在石中，每一块石头也暗含花纹，百花谷的名字当真没取错。

小翠领我们进殿，已有人去请花无忧。我看着玉狐狸，从踏进这里开始，他的面色就十分不对，哪里还有平日小心翼翼媳妇脸的感觉！我大声问道：“狐狸，你被人调包啦？”

玉狐狸笑了笑：“没有。”

话音还未落下，他已抬头。我顺着他的视线看去，只见一个二十一二岁、身着桃色连衣长裙的女子走了出来。她双眉修长如画，眸含天星，端庄绝丽，整个璀璨的大殿也不能掩她半点光芒。

旁人叫她谷主，那她应该就是花无忧了。

花无忧见到玉狐狸，面色陡然一变，神情虽无异，却分明是在强装。我看着这两人，简直是一头雾水，抬脚往水东流身边挪了挪，关键时刻他还是靠得住的。

玉狐狸淡笑："别来无恙，无忧。"

花无忧端坐在宽大玉椅上，声音微沉："你还回来做什么？你不抱着你的美娇娘了？不采你的花，不扑你的蝶了？"

玉狐狸笑道："这么冷淡，真是让我难过。我好歹也是百花谷的人，带两个朋友过来玩，不算过分吧？"

别说我，连水东流也感到意外。我们俩对望一眼，一瞬间竟然看懂了对方的眼神——我们绝对是被这家伙坑了吧。

玉狐狸说道："他们两人受了伤，导致记忆全失。我想，花潭的水应当能治好他们。"

花无忧默了默："花潭给他们用无妨，但……你必须留下来。"

玉狐狸笑道："为朋友两肋插刀，素来是我的作风。"

喂，狐狸，你的脸皮还能再厚点吗？

婢女很快就带我和水东流去拿所谓的花潭水，据说那里四周栽种了百年草药，导致潭水也成了一味药，无论什么病，去泡几天就会痊愈。

到了那儿，我蹲在岸边舀了一勺水，放在鼻下闻了闻，果然有药味，不过看看左右，只有这一个地方，于是警惕地抓着婢女给我的衣裳盯着水东流："这里只有一个潭子。"

水东流低眉看来，语气高傲："我当然没兴趣和一个身段如此干瘪的人一块泡澡。"

干……干瘪？我低头看了看胸，他这是眼瞎了吗？我愤然起身，准备轰他走，却不想岸边的泥土湿润松软，一脚踩去，人就往前倾倒，倒下时我还顺手抓了下他的衣裳。谁想那水东流堂堂七尺男儿竟然也脚下不稳，这一扯，我们竟然一起扑通落水，呛得我口鼻里都是药味。

水东流面露绝望，恨不得将我揉成团子："我们一定是八字不合！"

我趴在岸边哼了一声："好了，谁也不用避着谁了。"

穿着衣服泡澡，待会儿婢女过来，一定会觉得我们暴殄天物，不可理喻。

水东流满脸不愿，双手环胸，背倚石壁："玉狐狸别有用心。"

水有些凉，我努力搓着手脚，听见这话，点头道："嗯，跟二叔说的完全不一样。"

水东流笑得颇轻松："二叔？我现在完全有理由怀疑那个不是真正的常元青。玉狐狸的易容术天下闻名，无人能立刻识破，他如果要冒充你二叔并不是件难事。否则你二叔一个大男人，又怎会知道这种儿女情长的小事！你可还记得，当时你二叔一说到花无忧的事，你三姑姑的反应？"

我细想一番，当时三姑确实是诧异了，问二叔竟有此事。想想三姑姑是什么人，消息灵通的杀手组织暂代首领呀。

"再有一点，玉狐狸神出鬼没，为何我们一说要找他，不过一晚上就找到了？"

想起一事，我恍然大悟："还有，说完这件事后，二叔就说自己也去抓人，可一直到我们走时，他都没有回来。"这么一想，那时二叔的眼神，确实跟玉狐狸很像。如此来看，他的易容术也不难看破嘛。

水东流声音悠长："看来你还没有笨到无可救药。"

我在水下踢了他一脚："别这么毒舌，会娶不到老婆的。"

"想嫁我的排满了十八条街。"

我眨眨眼，为什么觉得这话很耳熟，努力想了想，还是想不起来："那我们现在怎么办？不可能坐以待毙吧？阿嚏！"

水声哗啦，水东流已回到岸上，拿了衣裳去了后头树丛。再出来，他已换上干爽的衣裳，但缠裹在手上的布条依旧湿漉漉的，没有取下。

我揉着鼻子问道："布条不取吗？这么裹着，湿气渗入骨头里，会得风湿的。"

水东流未听："我出去站着，你起身把衣裳换了。"

怎么突然就走了……揉着鼻子的手势一顿，我忽然明白了，他这么做不是突然，而是特意的。谁让我打了个喷嚏，再泡在水里该生病了。可让我当着他的面换衣服也不可能，所以他才先走了呀。

这么看来，水东流实在很体贴。

换好衣服出来，我伸了个懒腰，顿觉神清气爽。回到房里，我跟婢女要了两匹白布，剪成布条。剪好后，水东流也进来了，我忙道："正好，快过来，我给你缠上。瞧瞧你自己缠的，难看到无法直视了。"

水东流轻笑一声："难道你会裹得很好看？"

"试试无妨。"

水东流重点要裹的是手，意外的是，我裹得很顺很好，最后收口都收得完美。塞好最后一处，我厚着脸皮道："肯定是因为之前也帮你缠裹过很多次，所以才这么顺手。"

他立刻挑眉，片刻后问道："那你知不知道，为什么要帮我裹这个？"

我收拾着剪刀和剩余的碎布条："不知道。"

他皱了皱眉，释怀笑道："也对，否则你也不会现在还在。"

我歪了歪脑袋看他，这家伙也有不可告人的秘密？将东西清理到一边，隐约听见有人唤"玉公子"，我探了脑袋看去，果然看见了玉狐狸。虽然他长得比水东流友善多了，我却莫名地觉得没水东流那么让人安心。

他还没进来，水东流就快步走了过来。外面的人刚露脸，水东流就将我大片的视线挡住了，拦在前头，手势一翻，啪地关上门。

第十三章 进击的记忆

玉狐狸不动声色地走进屋里，往最深处走去，直到站到床边，贴墙听了听，才说道：“在这儿，他们听不见。”

水东流颇不客气：“那可以好好解释了。”

玉狐狸敛了全部表情，坐在床沿，良久才道：“我和花无忧，并没有情仇。甚至可以说，我们已经相许终身，到了谈婚论嫁的地步。”

我忍不住问道：“那这次到底是怎么回事？”

“这次回来，我是要杀了百花谷谷主。”

我吃了一惊：“你要杀了花无忧？”

玉狐狸面上渐露笑意，眸色沉沉：“她不是无忧，是她杀了无忧，代替了无忧。”

水东流说道：“你的意思是，真正的花无忧已经被这个冒牌货杀了。而你知道后，才离开了百花谷，一直伺机回来杀她。”

“对。”

水东流冷笑：“百花谷的易容术与逍遥教不分上下，这里的人都是易容好手。有人假冒了他们的谷主你们却不知？这未免太可笑。”

玉狐狸苦笑：“是啊，何其可笑！就算我说出去，也没人会相信，只因那人是无忧的双生妹妹，花无果。她根本无须易容，天生就有一张让人分辨不出的脸。”

乖乖，要是事情真的像他说的那样，那就是亲妹妹杀了亲姐姐？我抓紧了水东流的袖子，问道：“可就算面容像，性格、举止总不是一朝一夕能学会的。”

玉狐狸目光灼灼，沉声道：“对，确实不可能一日学成。在无忧被害的五年前，无果就在学无忧的一举一动。我们只当她小姑娘心性，好玩好动，也没有留意。可有一日，我发现，她并非无忧。”

水东流问道：“你如何得知她不是花无忧，而是花无果？”

玉狐狸顿了片刻才说道：“无忧身体从小就不好，做了谷主后劳心劳力，更是情况不佳。虽然我和她共卧一室，但我从未碰她。这点外人并不知，一直以为我们已是夫妻。直到那日，她忽然主动求欢，我才察觉不对。等我们做过了房中秘事，我就发现她不是处子之身，试探问她，她却答这不是我们头回做这种事。我这才发现，她根本不是无忧。”

我咽了咽口水：“可你也不能因此断定，是她杀了花无忧，毕竟那是她的亲姐姐。”

玉狐狸沉声道：“若不是她杀了无忧，那她为何不说，还扮作无忧的模样？无忧比她年长，因此谷主的位置是无忧的。无果曾说过许多回，如果她早点出生，那她就是谷主。再有，我假意问及她妹妹的事，她都推托她妹妹去了外面，再也不会回来。如果不是她杀了无忧，她怎能断定‘再也不会回来’？”

我倒吸一口冷气。

他叹道：“当年我发觉不对，但又找不到无忧的尸首，即便我们玉家是世代辅佐谷主的暗影，但也没有人会相信毫无证据的我。因此我故意拈花惹草，她才放手让我离开。多年来我一直偷盗财物，就为了有朝一日能召集人马，回来为无忧报仇。”

“所以我二叔果然是你冒充的，就是为了故意引诱我们到这里。”

玉狐狸笑了笑：“梨子，我最不后悔的事有两件，一件是碰到无忧，一件是碰到你。除了她，你是第二个能立刻将我认出的人。所以……这次利用你是我的不是，但花潭确实有不可思议的作用，你多去那儿，应当能治好你的失忆。”

我的心思复杂起来，从他骗我的角度来说，他不是个东西，但从他对花无忧的感情来说，他又是只好狐狸。

“我知道你和水东流失忆后，就假冒成常元青，旁敲侧击告诉了他们百花谷的事，又提及了我，好让你们将我带进来。”

水东流狐疑地看他：“有一点不对。如果你真的只是要回来，轻而易举。”

我点点头，这点在谷口看谷里众人的反应就知道了，他要回来根本不难。

玉狐狸淡笑：“是很容易，但是，我一个人回来有什么用？”

水东流面色一变，抬手往玉狐狸袭去。玉狐狸手上一动，拧转床柱。我正专注于看前方，脚下突然一陷，竟出现个大洞，我的身子立刻往下坠落。玉狐狸丝毫不怕会被扇飞，端坐不动。水东流瞬时收势，转而伸手给我，抓住了我的手腕，几乎扯得它脱臼。之后我见玉狐狸出现在水东流背后，用唇型念了“抱歉”二字，随后运气拍在水东流背上。瞬时，水东流已随我一起跌进洞里。

水东流不再挣扎往上，抱紧了我，随我一同往下坠落。

后脑勺已被他宽厚的掌摁住，脸贴在他胸膛上，心跳声又扑通入耳。

脑袋里如有火花绽放，记忆汹涌卷来。

邪月宫，我们一起掉进陷阱，他没有丢下我。

恶人谷，我们掉入坑中，他没有丢下我。

避暑山庄，我们又掉入坑中，他没有丢下我。

这一次，哪怕这家伙依旧毒舌，还忘了我，可潜意识里，他还是没丢下我。

我伸手抱住他，两眼泪汪汪。我们虽然八字不合，虽然总是掉坑，碰到各种状况，可结果都一样——一直在一起，从未离开过。

“水粽子，我回来了。”

事实证明，人真的不能太煽情，特别是在坠落的时候煽情，一不小心，就变成矫情了。

深情的一声“水粽子”吓得他步子踉跄，优雅的落地姿势成功地被我变成了狼狈状，只见他抱着我一个趔趄，摔倒在一旁，他大怒：“渣！”

我抱紧了他的腰，使劲贴着他的胸膛：“水粽子，水粽子，水粽子。”

后领被他抓住往后挪，他的语调里已是满满嫌弃：“端午已经过了。”

我趴着不动，能这么抱着就好：“我回来了，水粽子，我都想起来了。”我抬头看他，虽然在这幽深的地方看不清楚他的脸，“我确实喜欢上了你这么一个毒舌又没耐心的人。”

水东流身体一僵，瞬间凌乱了：“我不喜欢你，一点也不。”

“那为什么刚才来救我？”

他顿了顿，貌似在沉思，一会儿后竟然恼羞成怒：“身为一个君子，就算是只猪，我也会去救。”

我扑哧一笑，捏他的脸：“不急，我都想起来了，你也一定会记起来的。只是……水粽子，别让我等太久，不然我会难过的。”

他这回没说话了，我埋头捂脸，觉得自己真是越活越矫情。

“我去看看地形。”

“嗯。”依依不舍地松了手，仰头看去，洞口已关，我叹道，“这已经是我们第四次一起掉进坑里了，如果写进话本里，别人一定骂作者没道德，全武林遍地挖坑不填，还有，掉坑一定是全文推动感情的主线，没创意。”

“四次？”水粽子哼道，“不可能，我的武功不可能那么差。”

“阿嚏！”我吸了吸鼻子，“玉狐狸到底在搞什么鬼？”

“你留意到他说的话没？为什么之前他没有回来，这次却非要拉着我们来，甚至还不惜得罪我们，将我们关在这里？因为他真正想利用的，是我们的手下。”

我顿时了然：“守在外面不能进来的一百六十余人？”

水粽子应声：“是，先将我们引诱到这里，再关在此处，他就可以名正言顺到外面通风报信，说我们被花无果擒住，之后就可顺利带他们进谷。他们一旦找不到我们，玉狐狸一路又和我们感情颇好的模样，他们信他也不奇怪。只要说我们被花无果陷害，两方开战就顺理成章，他要杀花无果就容易多了。”

我咬了咬牙：“百花谷的那些人对他并不差，可他为了给喜欢的女人报仇，却不惜将他们也毁了。那样即使杀了花无果，又有什么值得欢喜的？”

“玉狐狸并不打算活下去，”水东流语气淡淡，听不出什么情绪，“否则他也不会得罪我们。复仇计划成功后，你当我们会放过他？”

我抱膝想着玉狐狸刚才的眼神，那里满是愧疚，就是那一瞬的愧疚，才让我觉得他是过分，但不至于到该死的地步。我从怀里掏了火折子出来，估计是泡了水，吹不亮。站起身时，发现脚踝疼，我苦了脸：“脚崴了。”

水东流本来已经走了几步，听到这话又折了回来，什么话也不说，摸索了位置将我抱起，嘀咕：“我竟然会抱人。”

我欢喜道：“因为你已经抱过我很多次了。第一回你抱我也是在山洞里，可是那时候你十分嫌弃我，姿势也不对，更惨的是，我浑身都是伤，苦不堪言。”

他边走，我边叽叽喳喳，他难得地没出言打断。

因这里漆黑无光，他走得很小心。我环手抱着他的腰，好像一点也不怕他永远是这个失忆模样。水粽子啊水粽子，就算丢你一百次，我也会一次一次找回来的。

“阿嚏！”我哆嗦道，“这里冷得不正常。”

“嗯。”

水粽子声音微沉，紧抱着我的手也僵硬了，他也冷。

这个洞穴一定至少有两个口子，否则不会有风卷进来，而且还十分寒冷，我们越走就越冷。我努力给他搓心口回暖，开始还好，过了会儿他的声调都绷紧了：“你别搓，我……我热！”

我收了手，愤然，心想还是把这毒舌粽子丢了吧。

他脚步一停，不走了，将我放了下来。我抬手摸去，意外道：“竟然是死路。”

可惜这儿没有光源，否则我就能找找有没机关。忽然他又抱起我，又往回走，走了一半才放下。

“我去碎了那石壁。”

我胡乱摸去，抓住了他的胳膊：“小心，还有，刚才我站的地方脚下微微有风，那儿应当是门缝。”

沉默片刻，他又靠了过来：“我还是把你弄远点，否则以你的渣功夫，你一定会被碎石弹伤的。”

我忍不住摸到他的面颊，探头用力亲了一口，他蓦地一抖：“啊啊啊！”

“哈哈哈！”

“……”

看水粽子凌乱其实是一件美事。我默默想着，这才发现他都快要把我送回我们掉进来的地方了。等他重新回去，不多久，碎石声震耳欲聋。洞里忽然就亮了起来，那边应当是有光源的。

他回来时，靠得近了，脸依稀能看见。见有白色的灰尘落在他的眉头上，我抬手小心替他掸去，那长眉就拧紧了。他依旧很难接受“陌生”姑娘碰他呀。

石壁后面的亮光并不是灯火，而是夜明珠。满屋都镶嵌着拳头大小的珠子，真真让人亮瞎了眼。地上泛着寒气，直扑明珠，我们一瞬似入了仙境。屋内颇为宽敞，当中陈放着一具冰棺，底下冷气扑腾而起，难怪这里会那么冷。

“冰窖……”水粽子往前走去，到了冰棺旁边才停了步子。

我隐约看见那冰棺里有人静躺，但看得并不清，正琢磨这到底是谁，冰棺啪地就被推开了。我眨眼看着水东流：“水粽子，说好的三好青年呢？”

他扯了扯嘴角，目光猛地一顿。我顺着他的视线看去，这才看清那棺中人，除了不见生命迹象，那人面貌和活着没两样，不禁愕然道：“花无忧？”

玉狐狸说花无果杀了她的亲生姐姐，看来果真不错。水粽子却拧眉，伸手往她手脖探去：“面色呈青黄色，并不像是受伤而死。”

“那是中毒？”

“百花谷以什么闻名？”

我了然，百花谷也是解毒门派，更何况是门主。花无果选择毒杀花无忧，简直就是蠢爆了。

“花梨，”他忽然笑得和蔼起来，“你去看看她有没有受伤。”

我抖了抖，似乎有些明白他在想什么。如果花无忧没有受伤，也没有中毒，那就是说，死因绝对跟玉狐狸想的不一样，那其中是不是就会有隐情？我咬了咬牙：“可以，但你要答应我一件事。”

他斜乜我，颇为轻视：“说。”

“不要叫我全名。”

“那叫你什么？”

“渣渣。”

“好……吧。”

他一定不知道为什么我会喜欢这个称呼，事实上这个叫法真的很难听，所以说习惯成自然，不好，不好。

察看完毕，我的手都冷得紫红了：“没有，一点伤也没有，反而更像是……得了什么重病。她这身子真是瘦得可怕。”

“玉狐狸不是说，花无忧身体一直很差？”水粽子沉思半晌，缓声道，“我比较奇怪的是，花无果想要坐稳谷主位置，为什么不杀了最亲近的玉狐狸，反而留他在百花谷？”

我也觉得这事蹊跷：“姐姐病死，花无果继位名正言顺，那为什么还要假扮花无忧？”

“那只能从她所没有的入手想了。”水粽子倚在冰棺上，沉吟道，“玉狐狸不是说，花无果花费了五年时间去学她姐姐？我之前曾以为，那是为了夺权做准备。可现在看来，她根本没有必要，那为什么要学？”

我看着花无忧清瘦的面庞，即便瘦削，她也还是个美人。

“在无忧被害的五年前，无果就在学无忧的一举一动。我们只当她小姑娘心性，好玩好动。”

“无果曾说过许多回，如果她早点出生，那她就是谷主。”

“即便我们玉家是世代辅佐谷主的暗影，但也没有人会相信毫无证据的我。因此我故意拈花惹草，她才放手让我离开。”

将玉狐狸的只言片语联系起来，忽然有个想法在脑袋里噼里啪啦地炸开了。我咽了咽口水：“水粽子，我想……花无果是喜欢玉狐狸的。名和利她都有，可是唯有玉狐狸不是她的。她明白，就算她做了谷主，玉狐狸也不会喜欢她，因为他只喜欢花无忧，她的姐姐。”

水粽子眸光一动：“她模仿花无忧，是想变得和姐姐一样，以为那样玉狐狸就会同样喜欢她。”

“可她发现那样做是徒劳的，玉狐狸只喜欢花无忧一人。因此在花无忧过世后，她隐瞒了这件事，以花无忧的身份活了下去，甚至不惜……破了自己的处子之身，可她没想到的是，玉狐狸跟她姐姐根本没有过肌肤之亲。”

将所有线索串联起来，一切没有想通的，都清楚地摆在了面前。

花无果并没有大错，但是她所做的已经快招来杀身之祸了，还是她最喜欢的男人带来的。我扶着冰棺，手上冷意几乎侵入心口：“不行，要去拦住玉狐狸，否则……”

否则他会杀了花无果，死在心爱的人手中，花无果的一生就都是悲剧了。

可这里根本没有路，我急得团团转。水粽子四下看看，拉住我：“这些冰是从哪里来的？”

我眨眨眼，对呀，算起来花无忧也死了好多年了，隔壁还是石洞，这里却常年冰川不化，想想十分不科学。

“阿嚏。”

水粽子脱了衣裳给我裹上：“你先去石洞那边，我在这里找找出口。”

再多留也是给他添麻烦，我点点头。他将我抱起，要送到那边去。步子还没迈开，他又停下，抬脚将棺盖踢回，躲在冰洞和石洞的交界处。

石头轰隆作响，我微微探头，便看见那原本是冰壁的地方豁然开了一道门。陆续有人进来，将车上的冰块放下。

我屏气轻听，我想他们应当不知道这里面的人是谁，就算是看见了，花无果只要说里头的是“花无果”，他们也不会怀疑吧。

待他们四人走到最里处放置冰块，水粽子身形一动，抱着我就往外急走。只是一瞬，夹杂着他们的愕然喝声，我们已经冲到门口，而前面是一条狭长廊道。

背后的怒斥声蓦然变大，水粽子目不斜视，脚步也没半分停留。我们越往外走就越觉温暖，只见光源在前，他猛地一冲，热气扑来，我们终于出来了。

“百花谷还没有乱，我们要快。”

我不敢多做动作，他猜得应当没错，如果百花谷乱了，那些运冰的人还能那么淡定？我细想房间的位置，结合落入洞穴后我们前行的方向，得出结论：我们出来的地方应该是西面，再抬头看看日头，确实是往东边走，水粽子终于没有跑错方向了。

估摸只要半盏茶的工夫，我们就能到大殿上。水粽子忽然腿一震，停了下来，我抬眼看去，身子已被他飞甩出去，在空中转了圈，重重摔到地上，痛得我三叉神经直抽。回头一看，我不由诧异，水粽子又变成小粽子了。

他坐在宽大的衣服上面，一头雾水，明显还没回过神。我用手撑着腰，挪着伤腿到他面前：“水粽子，你变身越来越没规律了。”

“你……你怎么知道我……”他忽然瞪大眼，“等等，你是男的？”

我敲了他一记栗暴：“我是姑娘。你上回也是没碰男人就变这模样了，有点危险。”

水粽子愕然：“你连这个也知道？！”

我眯眼看他：“这回你该相信我俩关系非同一般了吧。”

他抿了抿唇，一脸“我才不信，渣渣你快走开”的表情。我捏捏他圆鼓鼓的脸：“你先找个地方躲起来，我去找玉狐狸说个明白。”

“谁也不许走！”

有厉喝声传来，我急忙拉住小粽子往旁边躲去，警惕看去，竟是那运冰人提剑追来了。他们由天而落，急速前来，杀气腾腾，似要夺我们性命：“大胆贼人，竟敢侮辱小谷主灵魂安宁，受死吧。”

原来他们将那人当作花无果了，我弯身将小粽子护住，大声道：“那不是花无果，那是花无忧！”

“住口！”

剑气几乎飞刮在耳边，我一时心凉，正待被伤，忽闻耳畔叮当脆响，那杀气陡然散开。

“门主！”“教主夫人！”

听见这喊声，瞧见那些黑白影子，我简直要感动得热泪盈眶了：“别伤他们性命，先擒住。”

门人和逍遥教教众很快就将那几人擒下，我松了一口气，就听门人说道：“百花谷果然要取门主性命，是属下疏忽了。”

“玉狐狸说我有危险，你们才进来的？”

“回门主，是。”

我咬牙道：“玉狐狸去哪里了？”

“玉公子让我们往这边过来营救，他独自去找花谷主了。”门人忽然围成团，“百花谷的人追过来了。”

那逍遥教教众问道：“夫人，我们教主在何处？”

我挠挠头，肃色道：“他已经去找玉狐狸了，我现在也过去，飞舞门随我来，你们保护好这小鬼。”我低头对他说道，“兵分两路，我去阻止玉狐狸，你在这儿跟百花谷的人解释清楚，免得两败俱伤。”

他点了点头，等我挺直了腰，他又道：“渣渣，小心。”

听见这话，我心情大为愉悦，因脚踝有伤，只好找了个武功好的门人，让他背我去找玉狐狸。我趴到门人背上那一刻，小粽子仰头抿唇，盯着我不言语。

喂喂，这种时候我觉得自己在红杏出墙的感觉是闹哪样？

门人背着我往大殿赶去，众人紧随其后，偶尔遇到谷里的人，也很快将其打退，一路平安到达大殿。

此时殿内悄然无声，也无人进出。我指了指四处入口：“每个地方分十五人去找，找到花无忧和玉狐狸任何一个，都过来禀报。”

宫殿并不小，找人不是件容易事，我沉思半晌，想到个最有可能的地方，卧室！

一想起这个，我立刻让人带我过去。门人速度非常快，却不想那边竟也是空无一人，不难想象，那花无果是被玉狐狸支走了。花无果的性命危在旦夕，我急得额头都冒了汗。

花无果何必这么傻，傻到最后还要被喜欢的人杀了？这想一想都让人着急。

人生地不熟，我们又走了很久才终于见着一个房间与其他地方不同，奢华瑰丽。

“破门！”

一声令下，众人提剑，砰地将门斩断。我刚跳进去，就见玉狐狸和花无果正在床上缠绵，那衣裳都褪到了一半。呸，这浑蛋竟然用美男计，花无果有招架之力才怪！这本是温情一幕，却不想那玉狐狸视线对上我就刹那间变得冷酷起来，手上竟多了三枚银针。

“不要！”

我吼道，声音大得连我自己都吓了一跳，可玉狐狸手中的针却还是拍进了花无果裸露的肩上。

花无果面露诧异，玉狐狸又是抬手，用力往她肩膀拍了一掌。那种力道，针都该入骨髓了，除非削骨，否则根本取不出来了。她抬起左掌，似要还击，可到底还是没有。玉狐狸还要出手，却已被门人制止。他冷笑，声调张扬而痛快：“这毒是专门为你研制的，你必死无疑。”

我咬牙上前：“花无果，你真是个笨蛋。玉狐狸，你也是个蠢货！”

玉狐狸的眼神已迷离：“无忧，我终于为你报仇了。”

花无果肩头已经呈现紫黑色，那毒散得非常快，她不住地发抖：“你知道……你知道我不是姐姐。你刚才……那样，只是为了伺机杀我。”

我拿了旁边衣裳将半裸的她裹好，听到玉狐狸冷声道：“我早就知道你不是她，你为了夺权，将她杀了。”

花无果微微一笑，大滴的泪珠滚落：“我杀了我姐姐？原来我在你心里，不过是个心肠歹毒的人。”

那声调悲凉，连我听了都难过：“玉狐狸，你简直是个混账东西。你仔细想想，她既然能杀花无忧，为什么不杀了最熟悉花无忧的你？为什么还让你轻而易举地进百花谷？为什么刚才不还手？因为……"

"不要说，"花无果冷冷盯来，俯身吐了一口血，"不要说……没意思。可惜直到我死，我才明白，这根本没意思。"

我愣神，这到底要绝望到什么地步，才会说这样的话？玉狐狸连看她也不看，只说了句："你该死。"

"啪！"

玉狐狸惊讶看来，那俊美的脸已经被我刮出了五道红痕，我抓了他的衣襟怒声道："花无忧是病死的！你什么都不知道，什么都不去想，自私地活在自己的执念里，你不是浑蛋是什么！"

"……"

我愤怒得真想将他打醒，却见花无果身子一软，已往床榻倒去。闭眼前一刻，她仍抓了他的手："玉哥哥，无果喜欢你，至死……无悔。"

玉狐狸浑身一震，我怔忪片刻，直到看见她嘴角染血的那抹笑，才恍然大悟——她就算是死，也要让玉狐狸后悔自责一辈子。她不是无悔，而是要让那句话成为他心头的刺，刺他一辈子。很显然，从玉狐狸的神情来看，她成功了。

我扯了扯嘴角，偏头说道："给我一把剑。"

门人立刻挺胸："杀玉狐狸不必门主亲自动手。"

"不是，"我摆起认真脸，"我要割脉。"

"……"

见他们一头雾水，看神经病似的，我默默望着房梁："谁让我突然想起自己的血是可以解百毒的！"

最近我总是受伤，失血过多，所以这会儿放了一小杯血，就已经有点犯晕了。我扶额坐在一旁，看门人喂花无果喝下，见玉狐狸还愣怔在那儿，忍不住踹他："狐狸，你傻了？"

玉狐狸抬眼看来，一副云里雾里的模样："你刚才说的，都是真的？"

我微点了下头："而且……我们还在冰宫里发现了花无忧的尸体……

她没有受伤，也没有中毒，更像是得病过世的。”

玉狐狸猛地站起身，一把抓住我的肩膀：“带我去！”

他这一晃，我头更晕了。剑锵地出鞘，转眼，他脖子上已架着七八柄剑。他讪讪松手，我摆摆手，门人才将剑放下。我唾弃道：“按理说，你骗了我和水粽子，我应该把你大卸八块才对，但不知道为什么，我却恨不起来。”

或许是因为他对花无忧的执念让人觉得可恨可笑，又或者是他设下陷阱引我入瓮时，一直在说对不起，无论如何，我都下不了手杀他。但之前我们是朋友，以后却再也不可能有这种情谊了。

玉狐狸俊美的面庞上微露笑意：“梨子，你是个好姑娘。”

往日有美男夸赞我，我一定心花怒放，现在可没心情。我担心水粽子那边应对不过来，毕竟百花谷人多势众，已让一半门人去支援，可现在还没人回来：“狐狸，你顺着我们屋里的陷阱隧道下去，就能看到花无忧了。”

“多谢。”

玉狐狸身形一晃，人已不见。我忽然想起，从头到尾，即使知道了真相，他还是没有关怀甚至正眼看过花无果。

我托腮在一旁休息，没一会儿，花无果终于悠悠醒来，刚起身，就趴过来抱了我的腰，哇地吐了我一身血。

“……”血债血偿也不是这个还法吧！

花无果面色还没恢复完全，但中毒迹象已然消失。她环视一眼屋内，失落非常。我淡定问：“你找玉狐狸？”

她抿紧了唇，一句话不说。我悠然道：“你昏死后，他还在想着你姐，没有过问你的伤势，更没有看你一眼。”

花无果冷眼盯来，我眨眨眼，暗道自己真是专业捅刀子王。

“傻姑娘，何必为了那只对你无情的狐狸忍受那么多？”

她默然不语，半晌才道：“因为喜欢。”

“喜欢？你这几年来，是痛苦居多，还是开心居多？你做你姐姐的影子还没腻吗？”

她傲然抬起下巴，缓声道：“你根本不懂。”

我揉了揉嘴角，收了收手——我怕我再说下去会像泼妇骂街，说不定还会想暴揍她一顿："对，我不懂，不懂为何一个半分关心都不肯匀给你的人，你却依旧死心塌地地喜欢。"

花无果冷笑："如今失忆的水东流也这样对你，日后可能会更严重，你不也没走？你有何资格说我？"

已准备去洗澡再换身干爽衣服的我听见这话，却不觉这反问有任何价值："他和玉狐狸不同，虽然他失忆，仍旧毒舌，脾气差得不行，但是……在危难时刻，他还是会抓着我的手，将我护得好好的。就为了这一点，我也会努力等，除非……他喜欢上别人。"

花无果终于不再说什么，她懂不懂我无所谓，这是我和水粽子的感情，除了至亲，无须旁人认同。

我大步跨出，刚落地，就见小粽子双手环胸，站在前面仰头看我，满目傲娇。我俯身抱住他，恨不得立刻对着他的嘴亲一口。他挣扎离怀，满脸通红："男女授受不亲。"

我哈哈大笑，百花谷已有人冲进里头，片刻后屋里陆续响起"谷主"的唤声，似在禀报询问。听了一会儿，并无异样，我才牵着小粽子一瘸一拐地往花潭走去。

进了里面，让门人守在外面，我蹲身捧着他的脑袋亲了一口，他当即变成红粽子，挣扎道："色女。"

我敲了敲他的脑袋："哼，以后我也不让你亲。"

他愤然："我才不亲！"

我摸摸下巴，坐在地上看他："你的体质极阳，碰不得男人。我的体质极阴，因此每回你变成这模样，让我亲亲小嘴就好，可是最近这两次却不行了，似乎就是从你变身没规律开始的。"

小粽子站在旁边，沉默了许久才开口："我可跟你说过我爹的事？"

我点头："说过，你爹身上也有魔毒。后来你娘找到了解药，结果一个不留神，解药就被猫吃掉了。"

小粽子轻哼："既然我告诉过你，那再告诉你一件事也无妨。我爹的魔毒与我的并不同，他每逢初一、十五就会化身，后来认识了我娘，突然有一天变身的时间也错乱了。后来他才知道，他是被我娘的某种属性影响了，其实这意味着，魔毒受到了冲击，在和宿主抗争。”

我恍然大悟：“也就是说，刚开始我们亲亲就能帮你恢复原样，其实每一次那样就等同于解毒，而现在累积到了一定程度，那隐藏在你体内的魔毒终于受不住，揭竿而起，所以才导致你变身时间不定？”

“嗯，我不敢肯定，但这个猜测是目前我唯一能想到的。”

“要是毒真的被解了……”我黯然神伤，“那我就再也不能欺负你了。”

小粽子嘴角狠狠一抽，竟然伸手拍我的脑袋：“渣渣，你一心想着这个，你的良心知道吗？”

我抓住他的手：“上回你突然变身，去树林时被庄世正抓走了，还受了很重的伤。我给你疗伤，醒来后你恢复了正常，可失忆了。这次不知道什么样的契机才能让你变回来。”

他终于坐了下来，淡声道：“我怎么从话里听出自责来？其实这样也挺好，不会老，永葆天真。”

“天真……”我鄙视道，“水粽子，你真的有过童年吗？”

他蓦地背过身：“快把衣服换了，脏死了。”

“不许回头哦。”

他的语调颇为悠扬：“我才对你干瘪的身段没兴趣。”

这家伙真的没有过天真无邪的时候吧！

洗干净了换好衣服，我将他也押进水潭里泡了一回，再出来时，花潭外面已经站了满满几圈人。逍遥教一人上前问道：“夫人，我们教主在何处？”

“他有急事离开了，五天后在东镇和我们会合。”我脸不红心不跳地说完，众人目露怀疑，到底还是没有多问：“那我们就此拜别，前往东镇。”

话落，逍遥教众人纷纷离去。就算我是他们默认的教主夫人，到底也比不过水东流重要，这点能理解。我低头看看小粽子，他面上已经一脸的嫌弃——渣渣，你撒的什么谎？笨死了。

“闪开！闪开！”

我竖起耳朵，听声音是玉狐狸。我拨开门人，探头看去，不由大骇。玉狐狸怀里竟然抱着一个人，看那衣着，分明就是花无忧。他急行前来，我忙让人拦住他：“你疯了？这么大热天将她抱出来，尸身会保不住的。”

玉狐狸已急红了眼：“花潭，花潭一定能救活她。无忧没死，她怎么可能死了！”

我愣神看他，这家伙根本就已经魔怔了。不等我斥醒他，已有人大声道：“姐姐已经死了！”

玉狐狸猛然转身，紧盯面色苍白的花无果：“闭嘴，如果你不隐瞒你姐姐的病情，她肯定不会死。”

花无果冷笑：“你错了，是姐姐让我不要告诉你，她不想让你看见她病残的模样。还有……她不想你难过，所以才让我假扮她活下去，跟你成亲共育儿女。可你却根本不知道姐姐的苦心，不但想毁了我，还想毁了整个百花谷，你枉为世代保护花家的暗影！”

玉狐狸怔忪片刻，步子仍旧迈开，往花潭走去：“无忧不可能死了。”

花无果不再拦他，我牵着小粽子的手，看他一步一怔，根本已经接近崩溃了。直到花潭边缘，他驻足半会儿，喃喃念了一声“一与之齐，终身不改”，忽然身子倾倒，抱着花无忧就往里栽。

这花潭不深，我并不担心，玉狐狸想淹死自己很难。再看花无果，倒有一股说不出的深情。我低头和水粽子相视一眼，停留半晌，转身离去。

玉狐狸就算出了花潭，心也离不开了。花无果就算再怎么等，也终究变不成花无忧，等不来那只狐狸。

那我们也没有必要再留下来，徒增悲叹。

我们本意是求医，没想到却见证了三个可悲而决绝的情痴。我忽然想到自己，如果水东流一辈子都记不起我，也不会再喜欢我，那怎么办？坐上马车，门人又隐退至近处，我看不见他们，但能感觉他们还在附近。这一想，我才反应过来自己的听觉恢复灵敏了，抬指把脉，那内力也全回来了，我又是那个真正的飞舞门门主。

“渣渣，你又在胡思乱想什么？快赶路。”

耳边是小粽子满不高兴的声音，我偏头看他，认真到心酸，声音低得已沙哑："水粽子，如果……如果你娶了别的女人，我就不会再待在你身边了。"

他高抬脑袋："那我待会儿就找个姑娘定亲。"

虽然听得出是他又傲娇了，可听着就是不舒服，我抱膝痛哭："你浑蛋，待会儿我就找个男人嫁了，以后等你想起我来，我就带着奶娃子对你喊大叔，气死你气死你。"

旁边忽有风声，剑唰唰作响，小粽子却没动静了。我吸了吸鼻子，从膝盖间抬头一看，哭声骤停。

被刀剑架住脖子的小粽子面色铁青，正直勾勾盯着我。

门人皆怒，纷纷道："伤我门主者，死。""谁也不能欺负我们门主。""竟然弄哭了门主，不可饶恕。"

眼泪顿时全蒸发了，我抹了抹额上冷汗，讪笑："不过是个小鬼，哪里欺负得了我，是吧是吧。"

众人这才收剑，继续潜伏。

我忙探头看他脖子，还好没事，见他抿紧了嘴，还以为他在生闷气。我收了手，拿过缰绳，吐纳一口气："等我回恶人谷接掌了飞舞门，我亲自送你回逍遥教。"

"逍遥教有种药，据说对于这些怪病也很有效果。"他转身看着车一侧，"你哭鼻子一点也不好看，以后不要哭了。"

我笑了笑，点头："嗯。"

好好的话不会好好说，这就是水粽子的本性。他有时很恶劣，但我觉得很亲切。想到这儿，我抖了抖，这一定是习惯成自然。他一日不毒舌，我还一日不习惯了，真是要不得。

我一扯手中缰绳，马长啸一声，往前急奔。一骑红尘我在笑，转眼离开百花谷，身心愉悦。

第十四章 水行歌、秋秋

回到恶人谷，我就见那本无路的地方已多了很多条路，细细看着被碾压的青草，应该是这几日所致。突然来那么多人，应该是来参加我的接任仪式的。回到恶人谷，五叔来迎，我一问，果然是。

他瞅瞅前后，大怒："水东流那浑蛋竟然跑了！待五叔抓他回来大卸八块。"

我抹了抹汗："他有事先行离开，不是丢下我了，五叔息怒。"

"哦，"五叔这才点头，"如此就好。"

众人得知我记忆恢复，皆十分高兴。我牵着小粽子进了屋里，给他运功输送真气，但还是不见有什么改变。

翌日，接任仪式开始。

大清早我被人拽起，送到神坛，说只要把手里新雕刻的门主密令丢进火鼎里就好。如此简单，小意思。结果到了那儿，我一抬头，吓得腿软……这至少有五百级阶梯吧！

我一步一步往上走，还得挺直了背，旁边的人都在注视。走上神坛，我小腿肚都要抽筋了。看着手中金令，上面还刻着我的名字，沉甸甸的，我暗想，这得值多少钱呀？希望真金不怕火炼，不要融化了。

眼一闭，我把金令丢入燃着熊熊大火的鼎里。那台阶由上往下，众人如浪潮般跪倒，口中高呼："门主威武，一统江湖。"

我顿觉霸气十足。

仪式过后，就是吃吃喝喝。等宴会散了，我装了满肚子酒水回到屋里，抱着桶吐趴了。虽然吐了，但精神还算好，看着小粽子满脸嫌弃，我笑了笑。虽然我酒量好，可是我那胃是渣。吐干净了，接过帕子洗完脸，我倒头睡觉。

早上起来，我又喝了碗醒酒汤，没有宿醉。之后我抱着一堆飞舞门近年分舵的名册到了隔壁房，准备好好琢磨一下，把糟粕去除，好好整合添加一些什么。忙活了三四天，我理了个大概，交给二叔和姑姑，竟然通过了。

忙完这件事，我准备送小粽子去逍遥教，还没出山谷，就遇到水东流的下属求见。瞧着平时都是浩浩荡荡的一群白衣人，现在却如孤雁，只来了一个，我瞅了瞅："你叫什么？其他人呢？"

"回夫人，属下名为范大。我们在东镇苦等教主不来，后来韩护法路过，说教主已在百里之外，让我们速速去会合。属下细想有疑，因此过来禀报。"

我皱眉："韩阳怎么会在那儿？"他不是被暂时卸了职位，还被勒令回教了吗？

范大答道："教主与夫人突然失散，夫人所说的地点又不见教主，众人皆有疑虑，已失去信心，因此四处去寻。至于韩护法为何会出现，属下也不知。"

我摸摸下巴，总觉得情况有点诡异。

交代好恶人谷的事，我挑选了三十个门人沿途保护。小粽子身边只剩下一个手下，坐上马车，他就愁眉苦脸了，似乎我会趁机欺负他一样。行了一段路，日头渐高，小粽子歪来歪去："渣渣，你有吃的没？"

"没有，很快就进镇了。等等……我在你眼里是移动客栈吗？"

"你不就长这样？"

我腾手敲他脑门，此时不欺负，更待何时呀！

到了小镇住进客栈，天已经黑了。趁着小二说澡房有空位，我准备先沐浴再吃东西。我拍拍小粽子的脑袋："不要乱跑，等我回来。"

小粽子瞥了我一眼，动了动嘴，但没出声。

我拿着衣裳跑到一楼后院澡房，水已经添好了。洗了个舒服的澡，浑身疲倦都像被洗去了般。回到屋里，却不见水粽子，我敲了敲桌子，门人立刻像一群蝙蝠倒吊在窗口，晃了进来："门主有何吩咐？"

"那小鬼呢？"

几人面面相觑，干咳几声后默默望天："刚才门主的男人光着身子找我们要了身衣裳，随后范大来报，说逍遥教韩护法在外求见，因此我们只看见了水教主，没看见小鬼。"

原来他恢复原样了，我松了一口气。不对，韩阳？我低头想了想，感觉十分不对劲，细想后大惊。当时水东流处置韩阳时我还不是门主，他们当然不知道他的为人。而水粽子已经失忆，根本就忘了韩护法做过的事吧！

那范大……难道是韩阳派来的内奸？！

冷汗顿时湿了脊背，问了方向，我立刻往那里追去。

一路追到树林，想太多又跑太急，我摔了个大跟头，整个人都不好了。要是水粽子被剁成肉粽子，我一定把韩阳变成叉烧包。

我揉揉鼻子继续往前跑，跑着跑着，忽然后面没声了。我停下步子回头看去，却见树林已经白雾茫茫，侧耳倾听，竟是一点虫鸣都没，这里已成幻境。如此看来，布阵的人绝不简单。

只是幻术对逍遥教来说，向来不是最擅长的。

"到底是什么人在捣鬼？快点出来决一死战。"

树林里回荡着我的声音，简直就跟在空谷一样。片刻后，有声音如洪钟一般响起："哎呀！"

等等……这人难道不应该气势恢宏地大喊"速速受死"吗？为什么会是……我眨眨眼，见那白雾中缓缓走出一人，他一只手拎着一个人随手丢开，顺便还踩踏着那人的身体走了过来。看着那着装品位实在令人无语的高个男子，我顿时热泪盈眶地扑了过去，大喊"水粽子"！

我赶紧捏了捏他的脸和胳膊，再趁机捏了一下腹肌，确实是他，没错。我抬头看去，只见他整张俊脸都绷紧了："你能不能矜持点？"

我正色道："我已经很矜持了。"

"……"水粽子扶额，"你怎么会来这儿？"

"救你呀。"

水粽子挑眉："我好得很。"

"你一开始就知道这是陷阱？"

"不知道。"

我满心期待着他推理一番，最后竟然听到他说不知道！水粽子，我们是主角啊！主角的光环你还要不要了？我挤眉弄眼地看他，但他浑然不觉："我随范大来到这里，就被困住了。只是这些人的武功太渣，实在没有挑战性。"

如此鄙视地说这些，他真的不会触怒躲在暗处的人吗？我咽了咽口水，抱紧他的胳膊："这个阵法非常像雁门所布。燕连天那个浑蛋，跟庄世正勾结不成，现在又跟你家左护法勾搭上了。真是的，他怎么就不来勾搭我？我好歹是个门主啊。"

"勾……搭……"水粽子怒了，"渣渣！"

"这是打比方，不对，水粽子，你突然震怒干吗？"

他偏头，愤然："没什么。"

我踮脚看他，虽然不能直视，但也触及了一点视线："水粽子，你又喜欢上我了是不是？"

水粽子这回不躲了，低头看来，认真问道："你能矜持点吗？"

我扑哧笑笑，毫不在意地再踮脚亲了他一口："能！"

水粽子不再毒舌，一边凌乱一边往前走，好一会儿才说道："不是喜欢，绝对不是喜欢，只是不讨厌罢了。如果是别的女人，我一定会把她丢到月亮上去。"

看着教主大人脸红真是开心，我果然是恶趣味。我瞧着眼前茫茫白雾，虽然能看得出这里已被设下迷魂阵，但还是没有办法走出去。水粽子忽然抓了我的手，指了指上面，随后领着我一块往上跃去，找了根大树杈坐下。

上回我们误入恶人谷，被五叔的幻术所惑，那时他也是找了个地方坐着，伺机而动。虽然记忆没了，但他的行事手法还是如出一辙。我歪了歪脑袋，见他不动，确定他不会掐我，索性靠上他的肩膀："韩阳上回已经想杀你，阴错阳差，没成功。”

我将韩阳、燕连天的事和他说了，他便点了点头：“他这一次非杀我不可，所以这一次他也非死不可。”

我双掌合十，保佑我们能平安出去，这一低头，才发现这树杈高得吓人。

底下白雾不见消散，肚子也饿了。昏昏沉沉睡了一觉，梦中一记蜻蜓点水用力过重，我猛然醒来，揉揉眼，见水粽子还像尊佛般。五叔说过，幻术无法主动出击，如果你不动，除非对方出现，否则也伤不了你半分。这比的，不过是耐性。

平时他毛毛躁躁的，现在看来有耐心得很。

我隐约听见树林里有动静，只听是一阵急速的破风声，咻咻咻地刺耳穿来。

我蓦地一惊，是箭，还是很多箭。水粽子忽然动身，人已入了雾中。他往箭声传来的方向跃去，还不忘嘱咐我：“在这儿等我，不要动。”

“水粽子！”

箭断裂的声响传遍整个树林，没有一支飞了过来。原来他一直在等这个机会，就像五叔袭击我们的时候，他也是静观其变，最后等对方按捺不住再借机找到对手藏身之处，然后一举击溃。

侧耳听去，那边已经悄然无声，我实在放心不下，小心往前走去。忽然有惨叫声传来，我每走一步就听见不同的惊叫，这一路简直是踩着别人的痛苦前行，心想，只要不是我家粽子就好。

雾气开始消散，刺鼻的血腥味飘散在空中。脚下突然被什么东西绊到，我低头看去，只见是个人，胸腔已经没入半支箭，已然气绝。

我深吸一口气，继续走，开始隔一段路见到一具尸体，后来每走两步就能看见了。血如红枫铺盖，触目惊心，雾气全散后，视野顿时开阔，却见四周全是血淋淋一片，我差点吐出来。

见到水粽子挺拔的身躯，我松了一口气，急忙跑了过去，可到了前头，却觉有异样，无端觉得周围有一股肃杀之气。我缓缓停步，轻轻叫了他一声。他慢慢转身，脸还是那张脸，可感觉却完全不同。

从背面看，他似站立于红枫之上，从正面看却似立足在地狱里血腥而娇艳的红莲中。他的脸透着残酷，看得人毛骨悚然。这不是水粽子，绝对不是。我愣愣地看着他，见他一步一步往这边走来，心里直发毛。

这种感觉就像是逆天的对手朝自己逼近，然后自己就是小说里的炮灰，有种绝对活不过三百字的节奏。我艰难一咽口水，往后退了一步。这种情况下我和他动手，一定会两败俱伤，韩阳和燕连天要趁机动手就完蛋了。

“水粽子。”我轻声唤他，却见他眼眸里泛起嫣红，似地狱阎王。我又柔柔叫他，一抬头，发现他眼睛更红了，差点被吓哭。

浑蛋，说好的相爱一生、永不相忘呢？话本里的男女主角不管吐血三升还是相爱，不管脑袋被拍扁还是心被捅一刀都会记得对方啊！为什么到了我们身上就全变样了？

老天！你玩够本了吧！

“水粽子？”

再走三步，他已到了跟前，不过没有动手。他缓缓抬手，呛了我满鼻子的血腥味。我屏气盯着他，冷冰冰的粽子一点都不好玩。那手轻落面颊，血也抹到了我脸上，我顿时一僵，真的很想揍他。

“花梨梨，你该死。”

我怔忪片刻，气氛陡然僵滞。那血掌猛地抬起，眼见要拍在我脖子上，我忙脚下生风，闪身退开，还没离开危险区，水粽子的脸已被放大，又一掌轰来。我伸手吃力接住，那强劲内力便化风拍在脸上，顿觉脸被用力揉了一下。

我咬牙：“你再动手就休怪我不客气了！你别忘了，我出手，你根本招架不住！”

水东流嘴角已然勾起，笑如寒冬冷风。他掌上微一用力，将我推到三丈外，真的动手了。我大怒：“水粽子，我要休了你！”

我俯身拾起地上遗落的剑，这才发现这些人连剑都来不及拔出就死了，还这么多人……这真应了一句话：不要逼我出手，我认真起来连自己都害怕。

呸！念头刚起，他已脚勾一剑，直直刺来。我手中长剑瞬时出鞘，直接用流星剑法第七式。兵器相击，碰撞出明亮火光，震得我手臂微抖。我咬紧牙关，一心想要制服他。

这里是树林，本没有多余的地方打斗，剑光飞舞，树干较细的树木已经被斩断在地，不过一盏茶工夫，我们已开拓出一片平原。

水粽子的体力明显不支，等我将流星剑法用到第十二式，剑光如天穹闪电，直扑他身上，趁着他闪身之际，我一掌拍在他心口上。水粽子急速回以一击，震得我五脏六腑一痛。我们双双翻身退后，沉默了片刻，皆俯身吐了一大口血。

“水粽子……你浑蛋。”手中强撑地面的剑啪嗒碎成三截，我腿一软，膝贴地面，已无力站起来。

我看着水东流，他也没好到哪里去，同样无法站立，便冷笑：“受了我一掌，你活不过三天。”

水东流冷冷盯来，还想过来，但走了一步就趴地上了。

“传闻逍遥教总教主每逢月圆便会因走火入魔失控，没想到教主大人也同样如此，发起狂来，连自己的女人也能痛下杀手。”

声音远远传来，我抬头看去，一人负手走来，旁边还跟着一个提剑的中年人。我咬牙切齿道：“韩阳，燕连天。”

两人果然狼狈为奸了，水粽子猜得一点也没错。

燕连天看了看又吐了一口血却无力站起的水东流，冷笑：“本以为这七十名死士无法夺你性命，今夜只能就此作罢，谁想天助我也。”

我抓了一把泥朝他们扔去：“你们两个王八蛋。”

韩阳冷冷盯来，眸如野狼：“先将你杀了，再杀了水东流。他因你而伤，日后就算总舵查起来，也是追责于你，甚至追究飞舞门。”

燕连天的神情也是禁不住的欢喜：“逍遥教与飞舞门断杀，我们雁门就再不会受飞舞门压制，天下第一杀手门派的名号便能重归雁门。”

韩阳淡声说道：“你杀了她，我亲手了结水东流。”

“好。”燕连天提剑过来，每步都带着杀气。我歪头从自己腿旁看向水粽子，见他还倒在地上起不来。

“你命在旦夕，却还在担心情郎，莫非你忘了是谁将你伤成这样？”

我抬头看向笑得狰狞的燕连天，笑了笑：“你真是猪队友。”

燕连天眉头一皱，愣了片刻，我立刻起身，飞甩一掌，重重拍在他脸上，随后一脚踹在他肚子上，踢了他个人仰马翻。

韩阳诧异回头，神情瞬息万变。他后面的水粽子已经起身，面无表情抬手，落掌，往他脖子上干净利落地劈了一记。那一掌力道肯定很大，韩阳倒地时，连脖子都歪了。

我呼了一口气，脚踩韩阳蹦到水粽子旁边，偏头看他的眼，那里还是带着嫣红，只是已经没有刚才的戾气：“水粽子，你吓到我了。”

他微微偏头，并不看我这边：“别看……像怪物。”

“魔毒嘛，你又不会真把我吃了。”

他这才看我，眼里满是感动：“渣渣。”

一声毫无距离的“渣渣”唤来，我顿时热泪盈眶：“水粽子。”

我们还没你侬我侬完，韩阳就非常不客气地沉声打破飘荡的粉红泡泡：“你们联手演戏？引我们入局？可你刚才根本已经走火入魔了！”

水粽子瞥了他一眼：“对，我是走火入魔了，可见到梨子，魔性便除。”

说这话时，他还有些不自在，我也听得心狂跳。

燕连天捂着肚子，滚了满身的泥，恨恨道：“可是你根本不记得她，如何除魔？”

我啧啧摇头：“真是笨死了，他刚才是已经记起我，才做戏给你们看的，否则你们怎么会出现，这叫欲擒故纵。”我抹了抹嘴角的血，主角吐血吐成喷泉一样都没事，更何况我只是逼出一两口。

“你们事先串通好了做戏？”

我颇为得意道：“当然不是。这是因为花梨梨这个名字，只有我娘才会这么叫，水粽子从来没这么叫过我。而他最后一次见我娘，是在提亲的时候，那时候他还好好的，没有失忆。既然他叫我花梨梨，只有一个解释，那就是他已经恢复如常。所以为了将你们引诱出来，他故意和我演戏。果然，你们两头猪就上当了。”说到这里，我忍不住抱住了水粽子的胳膊，幸福满满，“我们这么有默契，不成亲没天理啊。”

水粽子立刻进入无限循环咳咳咳的凌乱状态，韩阳和燕连天的脸也黑成了锅底。

我蹲身看着这两人，摸摸下巴："雁门既然这么不乖，那我只好下令让二叔来吞并你们了。反正我义母曾任雁门门主，我将雁门收到义父门下，她也不会怪我的。"

燕连天动了动嘴，最后说："放了我。"

我沉默了片刻："你刚才要杀我。"

"花门主，放了在下，这一切都是韩阳要挟我做的，不关在下的事。"

我静默半晌，拍拍他的肩："那你到阎王那儿控诉他吧。"

燕连天目露愕然，我抬手一掌拍在他胸口上。如果我不杀他，日后他难免会找机会报仇。直至听不见他出声，我才慢慢起身，手有些抖，到底还是不习惯打打杀杀。我转身看着水粽子，忽然很想跟他说：我们隐居山林吧。

水粽子走了过来，半句废话也没："你有什么遗言？"

韩阳并没丝毫怯意，沉吟道："胜者为王，败者为寇。"

水粽子不语，俯身封了韩阳的穴道，连点十几下，我都要怀疑韩阳被点成废柴了，他才收回手："我不会杀你，我要将你关在逍遥教禁地，不得踏出一步。"

韩阳只剩一双眼可以动，听后，双眼瞪了又瞪，我大为感慨："看来水粽子你果然还是对左护法有点感情，他做出这种混账事，你竟然不杀他。"

水粽子环手抱胸，悠悠道："不，我只是觉得这样他更痛苦罢了，杀了他，太便宜他了。"

"水粽子，你果然不是好人。"

"从来都不是。"他似乎懒得理会韩阳，走了两步，又回身，握住了我的手，笑如春风，"渣渣，我回来了。"

我愣了愣，看着这个傲娇的粽子，差点当场飙泪，猛地扑到他怀中，用力在他脖子上咬了一口："你再走，我就将你剁成肉粽！"

"……渣渣，你要吓跑我吗？"

我扑哧笑笑："真的会吓跑吗？"

水东流半晌未语，抱着我的力道却越发地大，最后他低声道："不会。渣渣，我们回逍遥教……成亲。"

"成亲"两个字一定充满了魔力。

每次水粽子说完这两个字，我们身边就必然有事情发生，这已成定律。我刚把韩阳交给逍遥教众人，让他们押送回去，进了屋里，水粽子就晕倒了，把脉察看，还好没有大碍。

我打了水来给他擦脸擦手，擦干净可见之处，瞄了一眼他脖子以下的部位，便轻咳一声，随即直接拿帕子探入衣襟——他是个爱干净的人，嗯，我只是在帮他清理脏东西。胸膛很宽广，腹肌还在，有没有小肚子什么的，我就没有留意到。

心满意足"吃"完粽子，收回手，我才去把自己洗干净。回到屋里，我侧身躺下看他，才发现他睫毛长得让我这做姑娘的嫉妒，伸手拨了拨，便见他眼皮微动。我想到刚才眼睛红得像兔子的他，不由皱了眉头，原来魔毒发作会那么可怕，瞬间就尸横遍野。虽然他不会伤我，可其他人呢？这次都是该死的人还好，下次伤了无辜的人怎么办？

睡得昏沉，微有热气扑在面颊上，我没有理会，刚想转身，脸刺痛，瞪大眼睛一看，就对上一双赤红的眸子，惊得我心头一凉，可也不敢动。水粽子这家伙竟然把脑袋伸过来咬我，我咬了咬牙："松口。"

力道又重了半分。

被人当作肉包子实在是要不得，我沉声道："再不松口，我就不要你做门主男人了。"

他的眸子里闪过迟疑……还是迟疑。牙齿微松，但还没让我松一口气，又一下合上，咬得更痛。

"嗷……"

啪的一声巨响，已有人破门而入，窗户那儿也冒出七八条汉子，纷纷道："门主有难！""休得伤我门主！"

十几人蹿到床前，看清了情况后又齐齐羞得面红耳赤，默默转身出去了。半晌，外头的人语重心长地道：“大白天的，门主还请保重身子。”

你们这些思想不健康的汉子！

我戳了戳还压在我身上咬牙不放的人，认真道：“水粽子，你连我也忘了吗？”

我嗓子酸涩，声音低沉，自己都听得出来，有点想哭了。我讨厌滞留他体内，妄想控制他的魔毒，可是又无能为力。

双牙已松，离开之际，温软舌尖舔在那伤处。再看那眼，已经恢复如常。水粽子翻身下去，默然不语。

“我果然长得像清蒸鸡腿，你咬得也太果断了。”

水粽子闭眼沉吟：“渣渣，你才发现吗？”

他咬了人还这么嚣张，我探头在他肩头还以一牙：“不如我们不回逍遥教，先去找神医看看吧。那个万神医不是赫赫有名吗？改道去医谷吧。”

水粽子侧身看来，抬手抚在方才落口的地方，语气缓而轻：“我娘曾告诉过我，当年我爹身中魔毒，我爹潜意识中想杀了我娘，甚至有几次差点成功。我爹想走，但我娘不愿。我那时不明白，我爹为何不肯走。”

“你爹真是个好夫君。”我握了他的手直直凝视，“我怕你疯魔杀了我，但更怕我走了后，你疯魔得谁也不认识，最后彻底变成一个只懂杀戮的人。我宁可自己危险些，至少知道你还是水粽子。”

他懒懒吐字：“笨。”

我愤然松手：“那你还娶。”

他终于笑笑，侧身瞧着我：“你知道我为何误来到这儿，那知不知道我离开京城的缘故？”

我努力想了想，突然想起当时初见，在井边他让我洗果子时说过，随即恍然大悟：“你本意是要去中原，找什么神医伯伯。嗯？神医？水粽子……”

“对，就是那赫赫有名、无比铁公鸡的万神医，我爹娘的好友。他飞鸽传书来，说貌似找到可以解魔毒的东西，但并不确定，因此让我过去一看。谁想……”

谁想他被韩阳坑到这里，还阴错阳差闹出这么多事，生生拖到魔毒发作……我立刻起身：“走，水粽子，去万神医那儿！”

万神医是江湖闻名的敛财小能手，你挂着满身金锭进去，出来身上还剩一枚铜钱就不错了。但因他医术高明，只要没死就能救活，所以每年去找他的人还是很多的。如今我们站在医谷前，看着那门前大石头上的字，颇觉自己就是一只肥羊，还是待宰中的那种。

“悬壶济世，医者天下。”视线再往下，我还以为自己看错了，小字确实是“钱来来”。

水粽子无比了然地解释道：“钱来来是万神医嫡传弟子的名字，我喊他豆叔。但我娘一度觉得……这三个字才是重点。”

仔细一想，我捧腹大笑：“我也觉得是。”

水粽子忽然笑笑，进入调包模式，无比温和：“你们俩一定合得来。”

我们俩？他娘和我？只是想想，我的脸就滚烫滚烫的。我微微仰头：“好了，肥羊，快进去。”

“渣渣，你越来越毒舌了。”

“近墨者黑嘛。”

“果然越来越毒舌了！”

进了医谷，我们没有看见传说中的神医和豆叔，整个医谷静悄悄的。水粽子说他来过这里，但也跟没来过一样。对路痴来说，来过十遍也是白搭。所以我们找到那木屋时，已经是傍晚了。

屋里没有人。

水粽子瞧瞧四处，去找人，让我留在这儿等。

医谷跟恶人谷和百花谷很不一样，药香飘散，门前后院都是药草。我忽闻一声鸟鸣，只见一只鸟身上缠着网，扑腾着翅膀，忽上忽下。我踮脚一跃，将它捞进怀里。比巴掌还大的鸟儿，看起来十分肥美啊……

我舔了舔唇，最后决定还是把它放了，“趁鸟之危”是不对的。我伸手刚要解网，它忽然一蹬腿，爪子在我手背划出了三道血痕。我大怒，龇牙：“塞牙缝！”

我怒而进屋，找了个笼子把它塞进去，搬了凳子到外面坐着等水粽子回来。

一会儿水粽子终于回来了，背后没有人，估计是没找到。我欢快地奔了过去，抱住他的胳膊："刚抓到一只鸟，晚上清蒸了给你补身子。"

"渣渣，你如果在这里住上半年，医谷一定会变成快活林，方圆百里都不见什么兽类。"水粽子无情吐槽着，尾音突然一顿，拉了我就往后退，警惕地往屋顶上看去。

我抬头往上看去，一个身影在屋顶出现，只见他重重跳了下来，轻功真是……十分的菜鸟呀。我仔细一看，发现是个中年妇人，不算闭月羞花，但面庞清丽，眉眼可见善色，在人堆里不算最出众，却也不会让人忽视。

她一见我俩，脸上立刻漾开笑容，顿时明艳照人，猛地跑过来狂拍水粽子的肩头："哈哈，我就说来得早不如来得巧。"

我眨眨眼，看着水粽子一脸无奈，想到他肩膀都要被拍断了，于是大怒："放开我男人！"

妇人顿时一愣，水粽子扶额，语重心长道："渣渣，这是我娘。"

"……"如果有镜子，我现在一定能看见自己"囧囧有神"的模样。原来这就是粽子娘，传闻中动一动裙带关系就能称霸武林的人啊。我竟然朝她吼，朝未来婆婆吼，朝未来霸主吼啊！说好的乖儿媳形象一定毁了。

沈秋微微探头，看了看我，满眼带笑问水粽子："你媳妇？"

水粽子偏头："对，你儿媳。"脸顿时红成煮熟的小龙虾一样。

沈秋朗声笑起，重新又拍他肩膀："儿子，你终于长大了。"

我乖乖站在一旁，生怕没了矜持。水粽子等她拍够了，才问道："你来做什么？"

"来中原探望你三舅舅、四姨、九姨、十五舅舅、二十舅舅。"

我默默抹了一把汗，二十八兄妹的传闻果然是真的，称霸武林是分分钟的事。

水粽子又问道："我爹呢？"

沈秋一脸恍然大悟的表情："对，忘了最重要的事。"

水粽子嘴角一扯："娘……你这老毛病不会好了。"

沈秋哈哈笑道："最后不是记起来了吗！你见到一只白顶鸟儿没？"

鸟？水粽子找爹，她提鸟做什么？我努力保持矜持，没问出口。

水粽子狐疑："难道……"

沈秋点点头，水粽子说道：“没有。”

“唉，”她叹了一口气，“你爹真不让人省心啊。”

水粽子目露绝望：“娘，您说这话真不怕爹吐槽你吗？”

沈秋又哈哈笑起来：“我先去找你爹，不然晚饭没着落了。好好在这儿待着，等我们回来。”

看着她离去，我想，她亲和是亲和，但未免太亲和了吧，难道我出现的场合太不正式了？而且她还是因为晚饭没着落才费心找自己丈夫的，真是……逍遥教的世界我不懂呀。我扯扯水粽子的袖子：“你娘喜欢养鸟？”鸟都比丈夫重要了，她一定非常喜欢。

水粽子摇摇头：“母亲喜欢吃鸟还差不多……渣渣。”他突然又进入调包模式，肃色道，“之前我和你说过，我爹也中了魔毒。他的魔毒一发作，他就会在特定时候碰到什么就会变成什么。”

听见这话，为什么我觉得冷汗涔涔？

水粽子皱眉盯来：“你刚才说抓了一只……鸟？还打算……清蒸？难道……”

我立刻甩开他的手，往里走，嘴里还斩钉截铁地回答：“没有。”

“渣渣！我耳朵很好！”

“说了没有！没有没有没有！”

进了屋里，我急忙将鸟放了。等它扑腾着翅膀飞走时，我才想起，它脑袋上没有白毛呀。正觉牙缝空空不开心，我又听见扑腾声，仰头看去，一只鸟儿从外飞入，站在房梁上，一副傲视众生的模样。我们对视一会儿，它突然一屁股坐下，两只爪子探在外面抖啊抖。

顿时我整个人都不好了。

娘，这个世界太危险，我要回家！

沈秋要我们先吃晚饭，说逍遥教总教主大概要过了子时才恢复。为了我的儿媳形象，我坚持等他们一块吃，过了子时，终于见到了传闻中的水行歌。

不得不说水行歌的名字比水粽子的好听多了，“水东流”虽然颇具诗意，但总有一股土豪气息，比他爹的名字差远了。而且水行歌是个中年美大叔，从里屋走出来时浑身散着清冷气息，从容淡定。沈秋虽然不是大美人，可跟他站一块，气场却意外地吻合。

到了桌前，水行歌还俯身挪挪凳子给她坐，等她坐定才坐下，在桌上那一碟碟粽子娘炒的……疑似炭火的菜上环视一圈，气息微屏，意味深长地说道："秋秋，都说了不要糟蹋粮食，"末了起身，"我去做饭。"

做饭！堂堂总教主大人竟然说他去做饭！加分！我偏头看看水粽子，见他正拿着筷子在等开饭，顿觉未来我一定要学好厨艺，否则水粽子一定会把我饿扁的。很快水粽子就被他娘踹去厨房帮忙了，沈秋则拉了我的手，一副要聊家常的样子。

见家翁第一步——知书达理。我努力挺直腰背，坐直了，已做好准备应对各种问题。

沈秋摇头："这么水灵的姑娘，怎么会看上东东呢？我儿子有什么好的？又傲娇又毒舌，又不懂疼姑娘，没幽默感，还没耐性。"

水粽子，这是你亲娘吗？你确定是她亲生的吗？我拧紧眉头，蓦地想明白，这一定是未来婆婆在考验我，于是正色道："他挺好的。"

她淡笑问道："哪里好？"

"他……"我百般思量，完了，我竟然想不到水粽子有什么优点，对啊，又傲娇又毒舌还不会体贴人，真的没有优点好吗，"不知道……就是觉得挺好。"

沈秋笑笑："梨子是个好姑娘。他以后要是敢欺负你，我一定帮你揍他。"

这话真暖心。这年头，婆婆偏帮儿子的事多了去了，往往做儿媳的还得忍气吞声。可这武林闻名的人物，却丝毫没有这个倾向。

一会儿上了菜，我尝了一口，忍不住说道："好吃。"

沈秋斜乜水粽子："你媳妇也是个喜欢吃的姑娘，你赶紧跟你爹学做菜，娘只能帮你到这儿了。"

水粽子扯扯嘴角："我……"

水行歌淡淡说道："他学不会，厨艺渣得令人发指，能不烧了厨房就好。"

水粽子愤然：“天底下哪里有事能难得住我！我一定能学会，不要小瞧我！”

水行歌忽然笑了笑：“哦。君子一言，快马一鞭，记得好好学。”

正在夹烤鸭的我一下戳偏了……水粽子的性格跟他爹妈的好像差很多呀。

水粽子抿抿唇，问道：“万伯伯和豆叔去哪里了？”

“我们也不知道，来的时候他们就没在这儿。我们本来顺路来这里探望他们，可只见大门敞开，人却不见一个，反而碰见你们了，”沈秋一笑，眼如新月般好看，可亲得很，“还看见了未来儿媳。”

“啪！”筷子又戳偏了烤鸭。我发誓这是我平生第一次如此腼腆。

水行歌动作微顿，最后收回筷子，拿了桌上的酒一饮而尽，缓声道：“梨子姑娘，在此之前，我必须要和你先说一件事，如果你不能接受，那这门亲事不提。”

他要说的事看起来好像很严重，我忙放下筷子，努力咽了咽口水：“您说。”

他还没开口，水粽子已经懒洋洋地插话：“渣渣她知道我中魔毒的事。”

水行歌微微一顿，片刻愉快道：“那为父就没什么要问的了。先吃饭吃饭，以后赶紧办了婚事接掌总舵吧，我和你娘就能去更远的地方玩了。”重新起筷夹菜，“秋秋吃鸭脖。”

我愕然，这就解决了？不要浪费我乖儿媳的表情啊，总教主大人，我准备了十八般武艺来讨公公婆婆的欢心啊！

水粽子笑笑，也夹了菜：“渣渣吃鸭脖。”

我默默伸碗，暗想，还好鸭子的脖子长，够分……不对，我的十八般武艺真的不看一下吗？

第十五章　下一个十年

翌日，水行歌和沈秋就离开了医谷，据说还要去探望好多个舅舅、阿姨……日后我们成亲后，去遍访亲友简直是全国游的节奏。

送走他们，我们还要继续等万神医回来。往回走时，水粽子笑道：“他们很喜欢你。”

我中气十足、信心满满地说：“那是当然，我可是花梨呀，人见人爱的花梨。”

“渣渣，我快要不能直视你了。”他失声笑笑，拉了我的手慢悠悠走着，“娘一直担心我不能找到肯接受我身中魔毒事实的姑娘，我爹倒是淡定，说迟早会遇见的。”

我笑看他：“就像当年你爹碰见了你娘。”

“嗯。”

我扬了扬下巴：“所以你要好好对我，学好厨艺，用美食留住我。”

水粽子摇头，长叹：“我竟然还比不上你的胃。”

他现在不毒舌，还会开玩笑了！我退后一步，往他背上一跳：“你背我回去，我就好好考虑，把你放在第一位，把胃放在第二位。”

水粽子弯下身，我爬了上去，他背上暖洋洋的。

“第一位了吗？”

“没有，”我笑笑，摇着头，“你要是背我一辈子，我就永远把你放在第一位。”

我瞧不见水粽子的脸,可听见他的声音中带着笑：“那就背一辈子。”

话暖入心，我乖乖趴着，探头在他脖子上亲了一口。虽然水粽子傲娇毒舌，没幽默感，还没耐性，但……谁也比不上他，他就是无可取代。

夜里，万神医和豆叔还是没回来，水粽子准备将两个房间霸占，我颇为忐忑：“要是惹毛了他们，不给你治病怎么办？”

水粽子晃了晃腰间的莲花玉佩：“有它不怕。”

我顿时恍然大悟，金库在手，神医我有啊。万神医威武不能屈，但金钱是战胜他的利器，何惧之有！我默默铺着床，只觉满屋是草药味的清香，连被子也是，遂纳闷道：“不过他们到底是跑到哪儿去了？就这么丢下医谷不管，有些蹊跷。”

水粽子想了片刻：“今晚先休息，明早去找他们。”

“嗯。”给他铺好床，我去了另一间房，屋里的墙壁上画满了花花绿绿的东西，灯火一暗，月光隐约照入，我略觉恐怖，赶紧拿被子蒙住头。

夜深人静，因是在山谷，大半夜了那窸窣窸窣的声音还在起起伏伏，如果不是对虫子没兴趣，我真想出去把它们全抓了烤熟。正睡得迷糊，忽然我听见虫鸣中混杂着有人走动的轻微脚步声，脚步声在窗户边停下，似乎有人跳了进来。那人在屋里面一瞬安静，半天才又有动静。

那人轻功不差，但我睡得不想动弹，等那人快走近，脑袋里一个念头闪过——该……该不会是水粽子吧？这山谷可没有别人呀。

默默咽了咽口水，我心想，水粽子，你太坏了，半夜摸进我房里意图不轨吗？我攥紧被子，打算他要是敢过来，我就把他往死里揍。

我隐约察觉那人俯身看来，气息已经能感觉到。

我咬着牙，暗道：水粽子，你可千万别碰我，你单纯的教主形象还要不要了？那手猛地放在腰间，我转身一巴掌呼过去，啪嗒一声巨响，那人轰隆倒地。我抱了被子往那人身上一压，怒揍：“水粽子，你这个色狼，色狼！”

被子下的人嗷呜乱叫，外头传来急促的脚步声："渣渣。"

我顿了顿。咦？这人不是水粽子？我急忙起身点灯，门猛地被轰开，水粽子破门而入，转瞬已到身边。我忙往他怀里一倒："好怕。"

"渣渣，这样装柔弱不符合你的本性，地上那个人被揍得那么惨，你不要以为我没看到好吗？"

我白了他一眼："喊，跟不幽默的人打交道，真是不开心。"

水粽子胡乱揉了一把我的头发："渣渣乖。"

他倒一点也不怕我的形象受损。我跑去拿了把梳子，努力梳起头发，审问刺客的事就交给他了。

水粽子蹲身将被子扯开，就见一个猥琐大汉颤颤巍巍看来，一副快要哭的模样，脸上青一块紫一块，啧，原来我下手这么重。汉子语带哭腔："大侠饶命。"

水粽子笑得和颜悦色："你半夜摸进我未婚妻的房间做什么？"

汉子咽了咽口水："偷……偷东西。"

水粽子不知从哪里摸出一把刀，在汉子的脸上刮来刮去，依旧笑得温和："万神医是江湖上出了名的铁公鸡，藏钱功夫一流，医谷半个子儿也找不到，你说你来偷东西？要偷难道不应该是去隔壁唐门门主唐毅棠家偷吗？"

汉子咬紧牙关不答，等水粽子抡起拳头，他又抖成风中落叶，结巴了："在下确实是来偷东西的，但偷的不是钱，是一粒金丹。"

我握着梳子，好奇地走过去："什么金丹？"

汉子额上冷汗涔涔："要是我说了，你们就放我走？"

"成交！"

"我乃是万花楼跑腿的，楼主身染重病，连万神医也束手无策。可是后来楼主听说，万神医有一粒花十年制成的金丹，有起死回生之效，可将他抓去拷问，他却打死不说，因此命我前来偷取，可没想到两位大侠在此。"

我顿了顿："金丹？十年？水粽子……"这跟水粽子爹娘拜托万神医研制解毒药丹的年份对上了，那很有可能就是万神医给水粽子配的药丸。

水粽子微微点头，我顿觉心塞，比到嘴的鸭子飞了还更心塞。我怒而起身，踹了汉子几脚："大爷的！去你们的楼主，赶紧给我带路，我要杀到万花楼，怒戳你们楼主！什么时候抓不好，偏偏是现在。"

我们披星戴月赶路过来，结果竟然碰上这个局面。难怪万神医一直没回来，原来是被人抓走了。水粽子说万神医藏钱谁都找不到，那他要藏一粒小小的金丹简直是易如反掌，外人只怕翻遍医谷也找不到，所以我们现在唯有去将他救出来。

水粽子拍拍我的脑袋："渣渣乖。"

我愤然："不乖！"

水粽子勾了勾嘴角，伸手点了汉子的昏睡穴："好好在这儿待着。"他瞅了一眼屋内，找了条绳子把汉子绑好，又在他身上摸了一番，掏出个令牌，细细辨别了会儿上面的字，笑道，"果然是万花楼的人。"

"万花楼？"我皱眉细想，"我怎么没听说过这个门派？"

"万花楼的门人并不少，但他们只为各大门派提供情报，从不出现在武林大会上，找他们办过事的人会知道他们行动隐蔽而快速，但大多数人都不知道这个门派的存在。"

我恍然大悟，仰天叹道："难怪我这名门正派不知道，原来是地下门派。"

水粽子斜斜瞥来："渣渣，身为逍遥教教主未婚妻，你这么说反派真的好吗？"

"差点忘了这个！"

"你竟然忘了这个！"

看着他奓毛真是件开心的事，终于把头发梳理顺畅的我松了一口气："以后再也不许揉我头发。"

他缓步靠近，又伸手来揉……童心未泯啊这家伙。

确定了目标是万花楼就好办多了。考虑到那粒金丹是万花楼萧楼主救命用的，我们即便打死他，他也不会交出万神医，所以我们料想如果逍遥教和飞舞门的人一起攻进去，只怕还没到跟前，他就抱着要死一起死的心先将万神医宰了。

我拿着布条给水粽子裹手，思量着要怎么进万花楼："水粽子，不如我们声东击西吧。你伪装成要找他们买情报的人，我潜进去闹个大动静，你再趁机去找人。”

“你去声东击西？万一有危险怎么办？”

我眯眼瞧他：“我可是高手！这件事你可别自告奋勇，我琢磨着，要是你去了，我还得去找你这个迷路的粽子。”

“要小心。”

“放心吧，我可不是那时候的江湖菜鸟。”我给他缠好布条，那布条密不透风，看得我都觉得热，默默抹了把汗，“我去让门人找他们的总舵。”

“不必，待会儿我去委托地放下线索，他们自己会来找我。以你的轻功，你跟在后面不是问题，顺藤摸瓜，就能找到他们的老巢。等我救出万神医再放个信号，你那时率众进来支援，配合得好的话，我们很快就能全身而退。”

我恍然大悟：“对哦，我怎么没想到？”

水粽子悠悠道：“这就是传说中的高手。”

我伸手拧他胳膊：“肯定是经常跟你在一起，所以变笨了。”

“那你要不要继续跟我在一起？”

我捂脸，水粽子越来越不纯洁了。我拍拍他的爪子：“人要那么聪明干吗？”

水粽子笑了笑，不再打趣我。

这么折腾了一番，困意也消散了。各自去梳洗后，水粽子往谷外去了，我留守谷中，擦亮流光剑，又把剑法练了一遍。现在我已经练到第二十四招，再练四招就大功告成了。水粽子说，我要是勤奋点，早就练完了，不过后面几招我明显感觉难度变大，如果要每天苦练一遍，实在痛苦。

二十四招耍完，我收敛剑气，浑身舒爽，一看四周，竹林方圆十丈内全都是被剑气削断的竹子。我咽了咽口水，装作什么都不知道，默默提剑往外走，越走越觉小腹聚起热气，直往脑门冲。我晃了晃脑袋，又复轻松。

“渣渣。”

我抬头看去，他竟然这么快就回来了，遂狐疑道：“水粽子，你该不会是去放诱饵，结果迷路，找不着北就原路返回了吧？”

水粽子嘴角一抽：“为什么我觉得我越发善良，渣渣你却越发毒舌了？这角色不对吧？”

我哈哈大笑，他说道：“医谷附近就有他们的人，我只要将一枚铜钱悬挂于高枝，他们午时会来每个点察看一遍。铜钱要是被取走了，未时我去原地等着就好，他们自会有人来接。”

“哦。”我点点头，“那我先去做饭。”

吃饱了我就开始练剑，仔细一想，自从我随大部队下山出任务，我就一直处于折腾中。也就是从那时起，我在华山混吃混喝的日子一去不复返。

用过午饭，休息一会儿，水粽子往医谷外面走去，我远远跟在后面。我们还没出谷，他就时而往后看过来：“渣渣，你真的在？”

“嗯，在。”原来我的轻功已经好到这地步了，可喜可贺。

午时已过，快到未时，水粽子在一棵高树前停下，抬头看去，脚下一动，人就往上跃去。似乎是确定铜钱已经被取走，因此他悠闲地倚在树干那儿。

我蹲在远处青草丛后，赶着在脚边飞来飞去想袭击我的蚊虫。好不容易到了未时，果真见有两个青衫汉子出现，不知说了什么，水粽子很快就随他们走了。等了小半会儿，我起身跟上。

这都入秋的天了，竟然还很热，我一边跟踪一边抹汗，热得脑袋都不清醒，也不知跟了多久，眼里蒙了雾气般，前方看得不清楚。这感觉隐约出现过，是高烧，还是中了暑气？

腿像灌了铅一样，越走越沉，重得提不起步来，膝头一弯，我往前倒去。直至地上石子把脸磕疼，我才猛地想起……这是走火入魔，又要变身无敌小奶娃的前兆啊！

果然，手脚急速往衣服里面收缩，我脑袋一嗡，晕死过去。

苍天一定是看我花梨活得太滋润了，所以这样“疼爱”我，简直是喜欢到连骨头也不放过——慷慨赐予了后天缩骨功。

我坐在地上缓了好一会儿神，默默埋怨着老天爷。腿脚终于能动时，我站起身，只觉全身酸麻得很，踮脚往前看去，哪里还有水粽子的踪影！

“保佑水粽子不会变成肉粽子。”我双掌合十，念叨一番，拖着长长的衣服和沉似百斤的剑往旁边树丛里钻，也不知道什么时候才会恢复。还好门人仍在原地待命，否则跟上来发现我当众变身，早就炸锅了。

我原地盘腿打坐，试着像平时那样提气运气，一会儿后，满怀信心睁眼，身体却还是一如既往小小的，根本没有变化。我正发愁要不要现在就号召门人进去，免得水粽子在里面以为我被活捉了，一时进退两难，忽然身子一轻，脚离地面，唯剩衣服垂落沾地。耳边传来一个汉子的笑声：“这小娃子不错，上好的药引。”

药引？寒气从脚底板直蹿脑门，我颤颤偏头，只见那是个精瘦人，两撇小胡子快垂到下巴，一看就是奸佞小人的模样，书里的炮灰，活不过三行字，于是我扮天真问道：“叔叔，你抓我做什么呀？”

他笑道：“抓你去炼金丹，献给楼主大人，换地位啊。”

楼主？炼金丹？听见这俩词，我猜想那想必就是万花楼了，不过这个时候我去那里根本一点忙也帮不上。我奋力挣扎，想掏出衣裳里的响炮，准备召唤门人。与其被抓住炼金丹，倒不如跟他们撒谎解释自己为什么会有他们花梨门主的响炮。

我刚拿出那东西，后脑勺被猛地一击，痛得我半死不活。

这要是让水粽子知道，他一定又会笑话我。我顿生感慨，人生啊，如此残酷。

因穴道被汉子点了，我动弹不得。我被他一只手拦腰抓着，直硌得肋骨疼，几乎觉得肋骨要断了时，终于听见别人查腰牌的声音，很快我们进了万花楼内。

汉子进了里头，轻笑：“楼主重病不起，我接连炼制的丸药都没用，地位一落千丈，连看门的人都瞧不起我。等我炼好金丹，正好可以扬眉吐气。”

我弱弱地说道：“用人做药引怎么可能有用！我干活非常勤恳，不如我给你做炼药童子吧。”

“童子骨血至纯至真，阴阳相辅，最适合炼制回魂丹。怪就怪小姑娘你长得太好看，让我堂堂神医看中了。”

生平第一次得到“好看”二字的赞誉，竟然是在这种情况下，我心里真苦……不带这么玩的。

汉子哼了一声：“楼主不信我这神医，还去医谷捉了个万神医来，结果那人死活不肯救楼主，真是活该。”

我竖起耳朵，继续装可怜，不对，现在的我是真可怜：“万神医？万神医在这儿？怎么可能？他没有千金铺路是不可能出来的，你说谎。”

汉子怒了：“连你这奶娃子都不信我，待会儿就将你丢去熬汤！那万神医就在水芳亭里。”

我撇撇嘴：“不是说请他来给楼主治病的吗？怎么会在亭子里？”

汉子轻笑：“因为他不肯给楼主医治，所以被困在那里。你可知水芳亭是什么地方？那儿四面环水，那水是毒水，人一沾水即化骨，所以那亭子下面堆满了白骨。万神医师徒俩没有半点轻功，插翅难飞。”

我轻轻笑道：“我不信，你一个不得宠信的大夫怎么可能知道这么机密的事？”

他大怒：“我是神医，不是大夫！”说罢，步子一顿，往另一个方向走，“让你见识见识！你最好别再惹怒我，否则我把你丢进水里。”

我窃喜，激将法奏效了。

走了几步，我听见他的话语里满是狐疑：“你不怕？”

我一时忘了自己还是个小姑娘，听见这种事应该要怕的，可现在反应也太迟了，干脆装死。他抖了我一会儿，似乎是确定我被吓晕了，于是笑声里带了些嘲讽，继续往前走。

也不知道走了多久，我终于听见别的声响。汉子脚步忽然顿下：“属下见过护法。”

对面声音平淡如水：“你又抓人来炼药了？好好一个大夫，把自己弄得跟邪门歪道似的，简直丢我们万花楼的脸。”

这简直是字字戳他这伪神医的痛处，抱着我腰的手劲果然变大，差点把我勒断气。护法大人，请你走开好吗？

“护法教训得是，只是属下也是在为楼主的康复做努力，还请护法体谅。”

“你的炼丹房不在这儿吧？这是要去何处？”那声音忽然一变，“莫非是想去水芳亭？”

汉子声调轻松：“当然不是，这儿有三岔路，我要去的自然是护法来时的路，怎么可能往水芳亭那边去！”

护法的语调又复冷淡：“滚吧。”

那抱腰的手又勒紧了些，我都快岔气了。汉子走了一步，突然又听到有人说道：“阁下请留步。”

我竖起耳朵一听，居然是水粽子的声音！他果然混进来了。一想到自己又变成了小渣渣出现在他面前，我简直要捂脸。因脸朝地，我正处于装死状态，没有办法抬头看他。不过他要是擦肩而过还认不出我，我倒是可以考虑休夫了。

汉子狐疑道：“这位公子有事？”

护法说道：“这位是逍遥教水教主，不可无礼。”

汉子果然恭敬起来：“水教主有事？”

水粽子声音平淡，一点也不像平时那样吊儿郎当：“这小姑娘长得颇像我的小姨子，最近我和她失散了，可否让我看上一看，要是有误伤，那可就伤和气了。”

汉子一个激灵，忙将我放下。垂了半天的身体终于被摆正，视线一和水粽子对上，我就见他的嘴角抽了抽，一脸“渣渣你果然是渣渣”的表情。我吸了吸鼻子，怒指庸医：“姐夫，这个坏人要抓我去炼丹。”

汉子又是一个哆嗦，讪笑：“在下不知这是水教主的小姨子，误会，误会。”

护法喝道：“还不快将她放了！”

我神气地往水粽子走去，直扑在他大腿上，感觉太有安全感了。水粽子低头看来，唇越抿越紧，完了，这人情可欠大发了。

我顺利和水粽子会师，就意味着计划肯定没有办法施行。我这模样太拖累人了，还不知道什么时候能恢复。我和水粽子手拉手跟护法往大厅走，前后左右都有人盯着，没有办法说话。

到了大厅，护法直瞅我："小姑娘的衣服……如此不合身，可惜我教中没有适龄孩童的衣裳，不如我去叫个巧娘来，帮你把它改改。"

我肃色摆手："不必劳烦护法大人，这衣服挺好的。"

水粽子在旁帮腔："就由着她这样吧。"

横竖这只是客套话，他说了一次就没说了："不知水教主这次大驾光临，所为何事？"

水粽子脸不红心不跳地说道："想寻一个人。"

"请说。"

"当年的飞舞门门主慕班。"

我眨眨眼，这个说法很好。水粽子把义父搬出来，完全一副"连逍遥教都找不到，找上你们万花楼实属合理"的模样，而且就算他们真去找，也别想找到，可以拖延时间。

护法微顿："那慕班在江湖上消失已有三十年之久，只怕踪迹难寻。"

水粽子笑笑："如果不是难找，又何必找你们万花楼，是吧？"

护法这才笑道："是在下口误了。只不过……"他瞪眼看来，"水教主找慕班做什么？难道是为了流星剑法？可之前不是有传水教主的未婚妻就是飞舞门新任门主吗？"

水粽子说道："正是因为我未婚妻是飞舞门门主，我们才要找他。我们之前苦于找不到剑谱，因此才想找到慕班，拿到剑谱。"

护法朗声笑道："原来水教主也是个痴情人，尊夫人好大的福气。如今楼主身体不适，不能操劳，因此大小事务都交由我打理，这价钱，自然也是由我来谈。"

水粽子淡笑："宋护法说多少就是多少，只要找到人就行。"

"水教主不怕在下狮子大开口？"

"江湖中人讲究信誉，万花楼也不是奸诈的小门小派，自会衡量到底拿多少钱合适。"

宋护法的眼睛都亮了起来："好，跟爽快人打交道果然痛快，水教主请静候佳音。"

水粽子往外头看了看，夕阳晚霞交叠的光彩扑进大殿，照得殿内橙红一片："天色已晚，这里离客栈甚远，我又带着个小姑娘，不知可否借住一晚？"

宋护法低头想了片刻，道："自然可以。来人，领水教主去上房。"

水粽子拉着我随侍婢进屋，吩咐她去打水来，关上门，听了好一会儿外头的动静，那绷了半天的脸才恢复如常，对着我道："渣渣。"

我爬上凳子倒茶喝，哼了一声："我怎么知道我会突然走火入魔变成这样？"我抱住他的胳膊，呜咽，"水粽子，我差点被那个神棍抓去熬汤，你竟然不安慰我。"

水粽子拍拍我的脑袋："乖，有哪里受伤没？"

"没有。"我探身向前，凑近他耳边说道，"我知道万神医和豆叔被关在哪里了。我们刚才在三岔路碰面的地方还有另外一条路通往水芳亭。那儿有个湖，湖上面有个孤亭，四面环水，但是水里有剧毒，人要是掉下去会化成白骨。"

水粽子微微点头："万神医和豆叔都不会武功，困在那儿根本逃不走。"他又瞧瞧我，"只是我们现在还不能动手，我带不走三个人。"

我握拳："我会努力恢复的。"

他斜乜看来："你知道怎么恢复？"

我蔫了："不知道，依照上一回，约莫会很快。实在不行的话，我就先离开，方便你救他们。拿到金丹要紧，有了金丹，你就再也不用裹成粽子了。"

水粽子竟然没笑，眉头倒是越拧越紧："如果金丹可以治你走火入魔，那渣渣你先吃，毕竟小公子比小姑娘安全多了。"

"我不吃。"我心里既感动又心酸，这颗解药对他来说意味着什么自不用说，他等了十年才等到，现在却轻易地要给我，"水粽子，你要是敢往我嘴里塞，我会生气的。"

水粽子双眸看来，眼神无比温柔："为什么？"

我义正词严地说道："永葆青春是每个姑娘的终极夙愿。"

"渣渣，你能找个更合理的借口吗？"

“这已经很合理了……”

我们大眼瞪小眼，看了好一会儿，这金丹归属还是没有着落。我抓起他宽大的手，说道：“水粽子，比起保护别人，我更喜欢别人保护我。除非你不想护着我，那我就只好拿着金丹跑了。”

水粽子沉默了良久，最后点了点头，反握着我的手，定定道：“我会护着你，直到下一个十年。”

这话真是雷得我外焦里嫩，又让我心神荡漾。

半夜，人声寂寥，因入了秋，连虫子的鸣叫也少了。

感觉到脚步声，我迷迷糊糊睁眼看去，一个高大的身影往这边走来：“渣渣，你好好睡觉，我去水芳亭。”

“嗯，小心。”

水粽子出去后，我又睡了过去，只觉浑身酸软，连翻个身都没力气，被窝里热腾腾的，感觉自己像个包子被蒸了一遍。

“热！”我怒而掀被起来，一脚将被子踹了下去，之后抹了一把额头，上面全是汗——我差点被蒸熟了。

外头敲门声咚咚响：“水教主可是有事吩咐？”

“没有。”

我应了一声，外头一顿，我也一顿——怎么不是奶声奶气了——忙看看手脚，竟然恢复了。我打了个滚翻下床，连鞋都来不及穿，抓了剑刚到窗口，果然有人破门而入，喝道：“大胆贼人，竟敢闯我万花楼！”

伴着背后咣当剑声，我翻身跳到窗外，往上跃去，从屋顶逃走。我真是被老天爷玩死了，本来水粽子潜入水芳亭可以一探究竟，结果大半夜因我变回原样就暴露了。这动静一闹，万花楼的人发现他不在房内，顿时闹开了。

我一个脑袋两个大地继续跑，还好他们轻功不高。我转而往水芳亭跑去，期盼能碰见水粽子，一起把人救出来，结果跑着跑着却见一个熟悉的身影在远处飞檐上蹲着，头上顶了好大一轮明月。

我扯着嘴角往那儿跑去，一人缓缓转身，那张脸丰神俊朗，漾着无邪笑意。我还没到近处，他就朝我招手：“渣渣，你终于恢复了。”

“水粽子……”我眯眼看他，“你一定是迷路了。”

水粽子耸耸肩：“能不能不要拆穿？”

我扶额：“所以你出来这么久，是因为既找不到亭子也找不到回房间的路了？”

水粽子摸摸我的脑袋：“渣渣，你知道得太多了。”

我哭笑不得，拉了他的手边走边说：“刚才睡着睡着就恢复了，结果外头的人听见声音问了话，我顺口应答，然后就被他们追了六个屋顶。”

水粽子反手握住了我的手腕：“脉象平和，内力也回来了，待会儿让万神医好好看看。”

“嗯。”

这里离水芳亭应当不远，我们一路摸到附近，从屋顶往下看，见把守的人有十来个，而且他们很频繁地来回走动。看来刚才的动静惊动了他们，要不然大半夜的，他们哪有这么精神！

“水粽子，要不现在就放响箭召集门人吧，凭我们两人的身手，在水亭之上保护万神医和豆叔也不是难事。”

“那亭子里面的，真是他们？”

因无法确定亭子里的人是不是万神医和豆叔，我们俩继续蹲守，过了好一会儿，就见那宋护法急匆匆过来。他守备的人说了些话，还去凉亭那儿瞧了一眼，这才离开。

我们对视一眼，如果亭子里关押的人不是大鱼，宋护法特地赶过来干吗？

“我去引开他们，你先将两人送到岸上，我很快回来。”

我点点头，见他要走，低声道：“不要迷路。”

水粽子的俊脸微微一僵，路痴属性果然是他永远的痛处。

我静静躲在假山后面，忍受着蚊虫叮咬。传说中，高手也一定会折服的对象除了有七大姑八大婆，还有蚊子。

我耐着性子拍拍拍，在这种情况下，武功毫无用武之地。忽然那边声响渐大，水粽子行动了。几乎听不见声音，我一个跨步迈出，却见前头黑压压站了一群人，我顿时曝光在众人眼前，不禁咋舌。

为什么好像一个人都没有追过去？这不符合剧情走向。

众人齐刷刷盯来，片刻后水粽子就回来了，一脸无奈："我也不知道为什么他们不肯追过来，一定是美男计不如美人计。"

"这只能说明，他们守着的人确实是万神医！"

完美的推理还没开始，他们已提剑扬刀袭来。这不按剧情发展的事真是不想再提了，我抽手拔剑，当听见流光剑出鞘的声响，一瞬间热血沸腾。

水粽子趁空放了响箭，不多久守在外面的两派人马就会前来支援，这个时段我们只要不让人靠近亭子就好。

长剑急挥，剑气四扫，这些人根本不是对手，只是听见动静过来的人越来越多，炮灰陆续抱团过来，简直是想用车轮战来逼死高手。

水粽子夺了一人的长剑，直冲到我身边："渣渣，你去凉亭那边守着。"

"嗯！"

我一剑劈开一条路，果真见有人正往凉亭上去，便急冲而过，鞋尖连水面都不敢碰。跳上凉亭，我还没动手，那三个喽啰鬼叫一声就跑了，生怕我把他们打落水中一样。我回身一看两个被捆得像粽子的人，认真辨认，大喜："你确实是万神医。"

那胡子有些泛白的男子很激动："没想到我名声这么大，连样貌也传遍天下了。"

我不忍告诉万神医事实，因为水粽子说，万神医天生奸商样貌，非常好辨认。我本来还不信，可现在一看，小眼透着精光，无比符合呀；再看他旁边那人，是个三十刚过的憨厚男子，也十分符合被他压榨三十载的豆叔的形象呀。

"我叫花梨，和水东流去医谷找你拿金丹，结果发现你们竟然被万花楼的人抓了。"

万神医立刻说道："金丹在我发冠里，快快拿给他。"

我伸手在他发冠里找了找，果然找出一颗药丸。难怪万花楼楼主找不到，他竟然将它藏在了这个地方。我将金丹紧握在手中，狐疑地看他：“你凭我一面之词就相信我和水粽子是一伙的？”

万神医笑了笑，那奸商面貌更是生动：“我看见你腰间的梅花玉佩了，那可是沈家人一同送给小东流的，到哪个钱庄都能取钱。”

我恍然大悟，这才帮他劈开紧缠的绳子：“你眼力真好。”

万神医黯然神伤：“那么值钱的东西，想看不见都难啊。”

“……”

豆叔和颜悦色：“师父，没关系，金丹已经交到她的手里了，货物出门，恕不退还。”

“憨厚”二字立刻从我脑子里被抹了个干净。

万神医的眼睛更亮了：“自从被抓进来，你知道我有多怕金丹被他们找到，最后人财两空吗？还好你出现了！看到你拿了过去，老夫心中安慰。”

塞进腰间的金丹顿时重如千金，我艰难道：“所以你这么开心，只是因为这笔交易成功了？等等，说好的跟水粽子爹娘二十年的交情和为此花费十年的苦心研制呢？”

万神医撇嘴：“那些都是浮云。”

我默默看着外头，心想以后水粽子要再说我是财奴，我一定要把万神医抓出来“挡箭”。

远处传来更大声响，那宋护法又带了一群人过来。我已经看不见水粽子的身影了，只能从人群中偶尔飞出来的几个人的方向来判定他在哪儿。

宋护法领人往这边奔来，我拿剑护在前头：“你们往后，不要……”万神医和豆叔早就躲在后面了。喂，男子汉的尊严你们还要不要了？

前面几人轻功非常好，一看就知道跟那些喽啰不是一个级别的。他们冲入亭子，径直往万神医袭去。我扬剑横扫，剑光乱飞，将他们逼至亭边，不能近身半寸。

宋护法冷笑：“流光剑……原来你和水东流串通好了，要来灭我万花楼。”

“万神医是水家多年挚友，你们将他抓走拷问，我们来救可没错。”

我小心地和他说着话，见他身旁几人已经开始往两边挪，暗道不好，我一人还能护住两面，但四面来袭可就难办了，更何况这两只还是不会武功的“小白兔”，“不如我们做个交易吧。”

宋护法问道：“什么交易？”

“以钱换人。”

宋护法喝道：“楼主性命千金难换！我岂是这种人！”

我瞅着他，分不清这话的真假，于是一把抓住万神医往水亭外推：“好啊，那你要是再敢靠近，我就把他丢下去，化成白骨。”

万神医腿一软，往下瘫去：“水家媳妇，你不能这么做，你怎么能翻脸不认人？我刚把金丹给你，你竟然如此狠心。”

忽略耳边聒噪，我直勾勾地看着宋护法。他忽然笑得诡异起来：“原来他将金丹给了你。”

他的眼里闪过一丝凶狠，我忙将万神医拖了进来，往上踹去。只要万神医说金丹不在他们那儿，他们就没有性命之忧，宋护法只会盯着有金丹的我。我逃起来，总比他们容易。可谁想，这亭子狭小，我动起剑来，还容易误伤那两只“小白兔”。

一身绝学无法施展，我被憋出一肚子火，想出去大展拳脚也不能如愿，正愁着要不要把亭子劈了，趁乱带着人跑，突然听见一人惨叫，只见水粽子已经杀了进来，顿时感动万分，还是自家男人靠得住！

水粽子一进来，局势立刻变了。原本还咄咄逼人的攻势，转瞬变成防守。几人对峙不前，警惕地看着对方。

见宋护法面带犹豫，我轻笑：“护法大人，你根本就不想救你们楼主。”

他大怒：“胡说！我对楼主忠心耿耿，绝无二心。”

“喊，如果你真的要救，又怎么会对我处处下狠手！把我打落水中，金丹也会一起化为血水，你们楼主也再没解药了，对吧？”

宋护法面色深沉，旁边几人并无惊讶，我瞬时明白，他身边的这些万花楼高层人士早就知道了他的意图，我并没有猜错：“这金丹对我们而言肯定有用处，我们将它带走，宋护法也可以对弟子说是我们抢走了，这样楼主也不会起疑心。这笔买卖你们并不亏。”

他沉思半晌，问道：“你果真不会将金丹献给楼主？”

水粽子嗤笑道：“辛辛苦苦抢来交给你们楼主？你倒是给我个理由，为什么我们要这么做？”

我内心的小人直摇头，毒舌啊毒舌。

宋护法仍在迟疑，我微微挪步，看向水粽子。我们一人带一个走，以我们的武力值，在这里他们想拦也难。他轻轻眨了眨眼，一副他了然的模样，心有灵犀得令人感动。

眼神一瞬交换，我立刻抓住身旁的豆叔，原以为水粽子会抓万神医走，结果他往前一步，奋力朝宋护法轰了一掌。

等等，说好的心有灵犀呢？

宋护法避之不及，虽迅速闪身，可侧身闪过时还是受了些许掌力，一时间面色骤变。那掌力大半轰在亭柱上，碎裂声哗啦作响……

“不好！亭子要倒了！”

不知谁号了一声，脚下一歪，亭子已经坍塌一处，瞬间倾斜。万神医那个菜鸟步子一颠，往后头倒去，我急忙拽住他，猛力一扯，将他拉回安全地带，谁想腰间猛动，放得好好的药丸蹦了出来，直往水里掉去。

“金丹！”

我急得两眼一黑，探身去捞，万神医登时鬼叫起来：“小心毒潭！”

我顾不了那么多，只想着将金丹保住给水粽子解毒。他盼了十年的解药，都到嘴边了，我怎么能让它在眼前消失，只是想想就不甘心。我飞身扑去，眼看要碰到，却因一指之差，眼睁睁看着它扑腾没入水里。我身体一顿，已被人拽了回去，满眼都是水粽子暴躁的脸：“渣渣，你不要命了吗？！”

我瞧着他，想到那颗金丹，泪光闪闪，说不出话来。

岸上的刀剑声响彻万花楼，门人终于赶来了。宋护法几人见形势不妙，急忙抽身离开。反正金丹已经没了，他们再也不用担心什么。

亭子还半死不活地强撑着，没有完全垮塌。万神医和豆叔蹲在一角，一副等着我们救他们走的可怜模样。

水粽子摸摸我的脑袋："哭什么，不就是一颗药丸！"

我泪眼蒙眬："你刚才吼我。"

"以后不吼了。"

水粽子难得温柔，可他越是如此我就越难受，哽咽道："可惜，真的很可惜，绝无仅有的金丹就这么没了。"

他笑，他竟然还在笑："不可惜，金丹只有一颗，渣渣也只有一个，不用想也知道后者重要。"

眼泪顿时流得更凶，我心酸极了。

水粽子忽然一脸肃色："渣渣，答应我一件事。"

我点点头。等等，他这么严肃，该不会是要正式求婚了吧？粽子粽子，你要是现在求婚，我立刻点头，直接跪地向老天爷叩头拜堂也完全没问题！

他缓声道："以后我变小了，不要欺负我。"

"……"我的心碎成渣渣了。

万神医在一旁小声说道："你们两个谈完情，说完爱之后，记得给我药钱哟。"

"……"我怒了，扫了一眼亭子里的人，全都是不解风情、注定孤独万年的家伙，遂怒向岸上人下令，"将宋护法活捉回来！"

有逍遥教和飞舞门两路人马的堵截，他们想逃也难。我悠闲地在大堂里喝着茶吃着点心，享受萧楼主座上宾的待遇。

那萧楼主对外说身染重病，但是现在，他明明活蹦乱跳，气色良好，精神抖擞得跟中了状元似的。

"萧楼主……您的病好了？"

萧楼主笑得和蔼可亲："托花门主的福，已经全好了。"

我在心里默默竖起鄙视的指头，你根本就没病，只是想看看你大病时谁才是忠心人，谁想夺位吧。狐狸，又是一只老狐狸。这么一想，我的心更痛了，真想掀桌让他还我金丹，太冤了。

过了片刻，门人进来，连带着宋护法一干人等也一起捉了回来。

宋护法抬头看来，目光刚落在萧楼主面上，就被对方精神抖擞的样子吓着了，刚才在亭子里咄咄逼人的气势顿时不见，立刻就面如死灰，跪在那儿一动不动。

萧楼主转着手里的玉珠子，目光凌厉："老夫待你们不薄，让你们吃好喝好，没想到老夫气还没断，你们就迫不及待地要来夺位。平日你们信誓旦旦，说效忠一世，结果却真叫老夫寒心。幸得水教主、花门主两位相助，老夫才平复此次叛乱。"

我嘴角扯得厉害，根本控制不住想殴打他的心。我握拳慢慢起身，就听水粽子悠然开口了："萧楼主，我们这次过来，是为了万神医炼制的那颗金丹。可刚才在水亭混乱中，金丹不慎落水，十年金丹化为一摊水。那金丹于我们意义重大，现下我们不知道该如何是好了。"

这话摆明了就是要找萧楼主的碴，我默默站到水粽子一边，目光灼灼地盯着他。虽然现在无论做什么都晚了，但是不出口气会憋死的，我们可不是包子。

萧楼主身形岿然不动："我跟令尊颇有交情，想必他听说这次你助老夫一臂之力，也会很高兴。"

啧，这都把水粽子的爹搬出来了，他还厚颜无耻地说我们"帮"了他是我们小辈的殊荣，金丹的事提也不提。

水粽子笑笑："可是我不高兴，我未婚妻也不高兴。"

萧楼主身体微微一动，直直看来，面上紧绷，看得出有些紧张了："水教主的意思是，非要跟老夫算账？"

水粽子连看也不看他，倚身在椅中，往房梁看去："怎么办？我心情不好，非常不好。"

我倚在一旁，一同看房梁："我心情也不好，很不好，好像只有钱能安慰了。"

教众和门人将门口堵住了，黑压压的一片，我们每吐一字，就能听见他们手里兵器摩擦的声响。

萧楼主的声音都颤抖了："在下愿将万花楼五分之一的钱财赠送给二位。"

水粽子叹道："心情更不好了。"

"四分之一……"

我托腮摇头："怎么办？原来我们堂堂两大教的辛苦费只有那么一点。"

"三分之一。"

萧楼主好像快要吐血了，我瞟了他一眼，见他的脸快黑成锅底了。我又看了看水粽子，他竟然在玩手指……果然孩子气，拿出威仪来呀，教主大人。

我们两人沉默片刻，萧楼主好像没有再追加的意思。水粽子站起身，拉了我的手往外走，走到宋护法旁边，拍拍他的肩膀，笑得和颜悦色："不如你来做万花楼楼主吧。"

宋护法大喜，眼睛贼亮："在下愿奉上万花楼二分之一的钱财！"

水粽子笑笑："真乖。"

萧楼主大喝："我跟你们拼了！"

我瞥了他一眼，顿时门外刀剑声唰唰作响，萧楼主立刻蔫了，老脸皱成一团，差点哭了出来，喉咙里似还含了一口血："在下……在下愿奉上全部钱财，一枚铜钱都不剩。"

没有钱财维系的门派，除非是十分忠心的人，否则根本不能维持下去。水粽子冷冷说道："逍遥教和飞舞门从来都不是可以让人利用的，你既然敢打我们的主意，就必然要为此付出代价。"

萧楼主不知是受的打击太大还是破罐子破摔，忽然笑了笑："水东流，你比你爹更心狠。"

水粽子不是心狠……而是愤怒。我明白他不喜欢变成武力值为负的小毛孩的原因了。一向强大的人，突然发生翻天覆地的变化，在走火入魔之后体会过这种差异的我，十分理解他的愤怒和失落。

他没有暴怒地要萧楼主的命，已经是极力在控制了。这件事本来跟我们无关，可我们却意外地被卷入这场纷争中。

我握紧水粽子的手，和他一起离开万花楼。

此时已经快至午时，秋日的阳光落在身上，我们却不觉温暖。我晃了晃他的手："水粽子，以后你变成小粽子的时候，我不会欺负你的。"

水粽子嘴角微勾："我没事，已经这么过了十年，还不是活得好好的！”他忽然笑笑，“要不是那时候我变成小粽子躲在门背后，哪里能碰见渣渣的你！”

我拧眉：“什么叫‘渣渣的你’？我那天是多英勇地冲出来救你呀。”

“重点明明不是这四个字……”水粽子仰天叹道，“为什么你们姑娘的重点总是跟我们的不一样？”

我扑哧笑笑，倚在他的肩膀上：“我明白。”

我怎会不懂那颗粽子心！即便被毒舌包裹，还傲娇得不行，可水粽子的心思分明那样明显，我根本不用去猜。

“渣渣，我们回逍遥教成亲吧。”

这话我们已然说过很多遍，每回说完就要碰上一堆事，只是我总是觉得，如果我能安心答应他，那我们就再不会出什么意外。

“嗯。”

我们两人腻歪着，却听见后头的豆叔叹气。

“师父，我也想要个媳妇。”

“重点应该是，跟他们要金丹的钱。”

“确实是，不过师父……我还是想要个媳妇。总是看别人秀恩爱真是太心酸了，尤其是碰到一点也不顾及单身人士心情的小两口。”

“……”

虽然金丹没有了，但水粽子还是领着我回到了医谷，要万神医给我诊断脉象，看看我为何会走火入魔。

万神医抬指在我手腕上方停住，并不落下，一只手还在捋胡子，十足的世外高人。我不由感叹：“万神医竟能隔空把脉，不愧是神医。”

水粽子扶额：“十锭金子。”

话落，万神医的手指摁在脉搏上。

“……”这年头，信神医还不如信神棍。

万神医本来还得意扬扬，可手指停留得越久，眉头皱得越紧。虽然他是神棍，但我还是忍不住担心，于是小心翼翼地问道：“怎么样？”

“脉象倒是平和，你所说的迹象确实是走火入魔，但平日无事……你近日都在练什么武功？”

“流星剑法。”

万神医忽然咝咝倒抽冷气：“练到第几式了？”

“二十四……”

“费了多长时日？”

“两三个月。”

“啧，那样厉害刚劲的剑法，你竟然一口气练到第二十四式，没有吐血而亡就算万幸了。”万神医终于有了神医模样，“想必教你的人也没有料到你能在短时间内练到这个程度，否则他绝对不会贸然将全部招式传给你。”

我咽了咽口水：“那怎么办？”天赋异禀、武学奇才的事不是我能控制的啊，要不是我太懒，一口气练完也不是问题，可这真的不是我的错，痛心，“唉，谁让我这么聪明！这又不是我能阻止的。”

水粽子语重心长道：“渣渣，做人要低调。”

万神医干笑两声：“这套剑法难度太大，途中真气紊乱导致走火入魔并不奇怪。等练完后，一切都会平复，你不用再担心这个问题。剩下的招式你慢慢练吧，要循序渐进，两年后，自然恢复。”

听见“恢复”二字，我又想起水粽子的金丹：“万神医，能否再研制一颗金丹？”末了老老实实再添一句，“钱不是问题。”

万神医拍拍心口：“再给我十年，一定不负所托。”

水粽子扯了扯嘴角：“十年后我们的孩子都会打酱油了，不行，药费得减半。”

万神医竟然奓毛了：“那就让你们的小酱油来拿！”

水粽子伸手一击，拍在他伸出的手掌上，笑道：“那就这么说定了。十年后我让小酱油来拿，你得减一半药费。”

“……”万神医捂住心口，痛心疾首，毫不留情地将我们踹出了医谷，“再见！”

我和水粽子手拉手看着万神医愤然离去，四目相对，捧腹大笑。

此时斜阳已垂落山头，快彻底落下。旁边云霞橙红一片，浸染山林，映得大地暖暖的。

我看向水粽子，那温暖的光照落在他面上，只是看着就觉如沐春风："水粽子，背我。"

水粽子颇为无奈："背人什么时候成了讨媳妇喜欢的技能了？"

我笑笑，爬了上去："那你愿意背一辈子吗？"

水粽子笑声悠悠："那你愿意让我背一辈子吗？"

这个问题根本不用想，我们异口同声地回答，却比任何时候都要认真。

"愿意。"

番外之当粽子还是小粽子

最近水行歌觉得自家儿子很奇怪，非常奇怪。

压了这想法好几天，他终于忍不住问正在绣花的妻子：“秋秋，你有没有觉得东东有点奇怪？睡觉前我看他挺高的，早上看他好像又缩回去了。”

沈秋抬头，纳闷道：“啊？”

“……”水行歌扶额，他就知道不该问她，应该把这个问题憋在心里一百年的，只能和颜悦色道，“那你觉得东东这一年长个子了吗？”

沈秋觉得自己要是再冒出个“啊”字一定会被丢出去的，只好正色道：“高了。”

水行歌抿唇微笑：“高了多少？”

沈秋拧眉：“一根手指头那么高。”

水行歌扯了扯嘴角，语重心长道：“秋秋，生下孩子还要好好养的，知道吗？整天绣小鸡又不能给你孵蛋，东东的母爱被绣花瓜分了一半，他会很难过的。”

“水行歌，这是鸳鸯。”

他眨眨眼：“这竟然是鸳鸯？！”

沈秋怒了：“你才是毛茸茸的小鸡！这是我为了纪念我们成亲十年绣

的鸳鸯枕，我给你准备的惊喜，可你竟然侮辱我的绣工。初一、十五我一定要往你怀里塞小鸡，哼！”

“惊……喜？”水行歌忽然心疼她，“可你现在已经告诉我了……”

“……”

看着她傻眼，水行歌笑笑，抱住她亲了一口：“无论是鸳鸯还是小鸡，我都喜欢。”

沈秋哼哼，往他怀里窝，瞧着手上被针扎的伤口，感觉一点也不疼了。

是夜，夜凉如水。

屋顶上坐了两个人，他们迎面对着天穹硕大的月亮黯然神伤。

“怎么办？东东，你爹好像发现你时高时矮了。”沈秋抓着自己手里的小鸡绣枕，更加悲伤，“难为你娘在你爹面前露出了我不会绣花的正面目，真是丢脸丢大发了。”

水东流冷静地看着纠结不已的娘亲：“娘，这个真相不摆出来，爹也知道你不会绣花，所以你不用觉得丢脸呀。”

沈秋怒而伸手揉儿子的头：“真是亲儿子。”

“啊啊！亲娘！”

两人闹腾完，又对着月亮神伤。

“东东，娘会努力给你种仙草的。”

水东流狐疑道：“真的有用吗？娘以前不是种过吗？可爹爹的魔毒还是没解。”

沈秋叹气：“我苦心种了仙草两年，后来花开之际，我们不过是多腻歪了一会儿，结果一转身，花竟然被一只野猫吃了。猫竟然吃野草野花，简直不能忍。”

水东流扯了扯嘴角，他真的不想吐槽自己的爹娘。

“所以呀，这件事先不要告诉你爹。他自己觉得无所谓，可如果知道连你也中了魔毒，他一定会内疚的。”

水东流点点头，沈秋拍拍儿子的脑袋：“东东乖。”

虽然这么说，可沈秋在儿子看不见自己脸的时候，还是不自觉露出心疼的表情。

这晚，水行歌回到教里，还在屋门外，就听见嗞嗞嗞的奇异声音。他皱眉往里走，一看到前方景象，脸就僵得厉害："秋秋，你被哮天犬附身了吗？"

地上的碎布条真是不能更壮观。

沈秋两手一拉，又扯开一条："好玩！"

"……"完了，他这妻子越来越萌了。

水行歌无奈走到前头，蹲下身看着那撕得尺寸几乎一致的布条，狐疑地看着她："秋秋，你有事瞒着我？"

沈秋继续专注地撕着布条："没有。"

"肯定有。"

沈秋眨眼看他："教主大人这么聪明，谁能瞒得过您呀！"

她说得如此有道理，他竟然完全无法反驳……水行歌笑笑，悠悠道："秋秋，你的小聪明从来不用在正途上。"她分明是有事，还瞒着他，他默默一想，难道她放弃了绣花鸡，转而给他其他惊喜？他不由满心期待，没有再追问。

可他等啊等，那幅小鸡绣花图已经送了，会也约过了，二人也单独吃过饭了，可就是没等来关于布条的礼物。水行歌忧郁了。

他的妻子和儿子，有事瞒着他。

这晚睡下，察觉她又要爬出去，他问道："秋秋，你去哪儿？"

"茅厕。"

"外面冷，不要去太久，记得披好衣服。"

可这一去，他等了很久都没等到她回来。水行歌放心不下，起身去外面找。奇怪的是，一路上下人都没看见她。难道她是从屋顶上走的？脚尖一点，他轻轻跃上屋顶，果然看见远处屋顶上坐着两个人……两个？

他皱皱眉头，稍稍靠近，那两个人不就是秋秋和他儿子！大半夜的，母子俩在那儿说什么悄悄话？

沈秋正在认真给水东流缠布条："一大早就要去你师公那里，娘又不能陪着你，记得不要让人碰到你，你师公眼尖着呢。"

"娘，为什么女的能碰我，男的不行？要是我二十岁了，还会被人碰一下就变成小个子吗？"

沈秋心里也很是担心，安慰道："要是今年之内，娘还找不到法子，娘就出门给你找药，走到天涯海角也要找到。"

"秋秋，你要去哪里？"

水行歌听见她要走，大惊，这一开口，就见她和儿子差点抱成团滚下去，吓了一大跳："水行歌，你轻功好也不带这么欺负人的。"

水行歌握住她的肩："你要去浪迹天涯？秋秋，我不会再嫌弃你绣的鸳鸯了，也不会再问你为什么撕布条了。"

沈秋愣了愣，难得见他又急了，要是儿子不在一旁，真想抱住他。她恍惚想起当年两人成亲前，从屋顶上滚到地上被众师兄弟围观的事。不对，现在不是忆往昔的时候。她偏头躲开他的眼神："不是你想的那样，我没想走。"

"那你刚才说要去天涯海角。"水行歌看见她手里抓着一段布条，便顺着它看去，却见他缠在儿子手上，"东东……"

沈秋见瞒不住了，这才和他说了实话："东东体内也有魔毒，一碰男子就会变成矮个子，所以我才给他缠上这个。"

水行歌怔了片刻："魔毒……"

他一直担心的事，到底还是发生了。

水东流说道："其实这挺好，"他笑笑，"能永葆青春，这是多少人艳羡的事！"

水行歌默然半会儿，摸摸儿子的脑袋："爹待会儿就让血鸽送信去医谷，让万神医给你炼药。"他又握了妻子的手，"我去找药，走遍天南地北，耗尽一生，直至找到解药为止。"

沈秋鼻子一酸："我跟你一起去。"他对自己的魔毒不曾上心过，可对儿子却是倾尽心血。他是个好夫君，也是个好爹爹。

本来他们还畏惧魔毒，可如今，魔毒又算得了什么，最重要的是他们没有舍弃对方。水东流静静地看着爹娘，再次觉得，世上再也找不到比爹娘更般配的夫妻。

月色清冷，可月下一家三口却并不觉得有冷意。

番外之小酱油

江湖近日掀起轩然大波，武林中人纷纷往关中聚拢。

这不是因为有大魔头出现，也不是有绝色美人出现，而是因为传闻中万神医耗费十年心血，炼制了一颗金丹。这金丹不但可以解百毒，还能一夜增强五十年内力，一时间传言被传得神乎其神。众人觊觎传言中的金丹，于是集合大队人马前往医谷。

“我要是能炼出那样一颗金丹，早就自己吞一缸，然后轰他们走了好吗？一群蠢货！”

这嘶吼声差点震碎这风和日丽的天际，一个头发花白、胡子也如白银的老者哼了一声，坐在凉亭里生闷气。

嫡传弟子豆子站在一旁，那是个年纪四十、颇有仙风道骨的男子，对于师父的脾气，他早就习以为常了。

万神医哼道：“当年说好的，十年后让他们的小酱油来取，结果小酱油竟然到现在也没来。他再不来，金丹就要被人抢走了！这是逼我拱手相让吗？”

豆子微微一顿，提醒道：“水家富可敌国，侵吞武林乃是眨眼之间的事，如果金丹被人抢了，他们再抢回来就是。只是师父，一粒金丹值好多银子呢。”

听到钱，万神医的心揪得更紧。

可是说好的大队人马却中途转道，往另一边去了。

原来近日又有传闻，一个岩洞内有绝世武功秘籍，还有一个身怀八十年功力而急需找传人的白发老者。

万神医轻笑："俗，忒俗，这种话本里的武侠故事竟然还有人信。我实打实的金丹竟然还比不过一个谣言，哼！"

豆子说道："听说还有数不尽的宝藏。"

"还不赶快备马！"

"师父，您能有点原则吗？"

"最危险的地方就是最安全的地方，谁也想不到我会去那里，对吧对吧？"

豆子默默看天，他家师父永远都长不大了。

不过几日，已经有众多武林中人齐聚传言中的那个岩洞外安营扎寨，谁也不许谁靠近洞口，全部僵持在外头。

万神医也化身为一个江湖无名小派的掌门，搭了个窝远远看着。这日日头高照，众人都躲在帐篷里，万神医贼贼地盯着外面，想趁机过去。可洞口一直有人走动，他急得真想将其他人踹到月亮上去喂兔子。

他看得犯困，打了个哈欠，就见一只漂亮的小黑猫迈着步子悠悠从眼前晃了过去。那猫看样子不像野猫，万神医的视线随它挪动。忽然它转身，蹲坐在地上，一双如黄色宝石的眼睛幽幽看来。

万神医因趴在地上观察动向，这会儿视线全被它挡住，皱眉，吼了它几声："走开，快走开，这儿没肉。"

谁想那黑猫起身，却向他这里走来。万神医啪地关上帐篷，他可不想野猫进帐。

一连几天他都看见黑猫想往自己这边靠，简直是要认他做主人了。万神医不由伤心，负手望天："我这样英俊潇洒的人，一辈子没姑娘投怀送抱，反而被只猫盯上，我又不是长得像肉包子。"

说罢，隐约听见其他帐篷有动静，他警惕地往外看去，突然发现有人往外冲，断杀着进洞。

徒弟去买吃的，这会儿还没回来，他磨蹭了好一会儿，等前头人都进去得差不多了才往里冲。

洞内并不算宽敞，一路蜿蜒向前。因前面的人放缓速度、走得小心，万神医很快就赶上了，差点被疑神疑鬼的人挤成了豆腐渣。

“高人在哪里？”

“秘籍在哪儿？老前辈，我是真心拜师的，您出现一下吧。”

洞内熙熙攘攘，却只有他们的回音。就在众人怀疑事有蹊跷时，他们就见前面十几步处已然不是狭小的暗道，而是一个宽阔石洞。地方豁然开朗，众人的疑心也瞬间散去，他们又高呼起老前辈。

石洞里有一盏灯火，高高放在石壁上，轻功不好的根本上不去，众人更加确定这里有高人和宝藏。

那隐约闪动的火光突然被遮了大半，一大片阴影投在地上。众人立刻抬头看去，只见一只小黑猫蹲在灯盏一旁，左右摆着尾巴，以至于洞内时暗时亮。见只是一只猫，大家都没在意。

万神医见又是它，忍不住多看了几眼。那猫好像也立刻看来，直勾勾地盯着他。这一看，万神医心里不由有些发毛，这眼神……真不像只猫啊，正要转身，见地上的阴影突然不见了，回头一看，猫也不在了。他刚松了一口气，只觉背上一重，就听旁人惊呼离开。万神医还没反应过来，脑袋像被什么压住，发顿时胡乱散开。

他愣了片刻，一个黑影从头顶飞跃，轻落地上，嘴里正叼着个东西。他抬手摸摸藏在发里面的金丹，金丹已然不见。他怔了一会儿，愕然：“难道你是……”

话还没说完，那小黑猫似乎笑了笑，转身跑了。

因为只是只小猫，众人并没有在意。那黑猫悠悠然跑出洞外，日头照来，已是夕阳西下，不胜美丽。它瞅了瞅斜阳，钻进草丛里。

不一会儿，风吹草丛，绿油油的草后面走出个穿着藏青色袄裙的小姑娘。她的个头并不高，一双眼眸乌黑明亮，满是自信得意。回头瞅了一眼那石洞，她粉嫩的嘴角上扬：“爹爹说得没错，这些人果然都是战